森瑶子の帽子

島 﨑 今 日 子

幻冬舎文庫

もう若くない女の焦燥と性を描いて三十八歳でデビュー、
五十二歳でこの世を去るまでの十五年の間に百冊を超える本を世に送り出し、
その華やかなライフスタイルで女性の憧れを集めた。
日本のゴールデンエイジを駆け抜けた小説家は、いつも、
帽子の陰から真っ赤な唇で笑っていた。

森瑶子の帽子　目次

写真
おおくぼひさこ

P88
『森瑤子自選集』（集英社）用に撮影
P256
初出「ＳＯＰＨＩＡ」（講談社）1991年12月号
P289
初出「ＭＯＲＥ」（集英社）1989年1月号
P386
初出「ＭＯＲＥ」（集英社）1989年1月号

本文デザイン
緒方修一

森瑤子の帽子

グラマラスな小説家

消費文化が爛熟した一九八〇年代は、また「女の時代」でもあった。自己表現を求めて女たちは欲望を解き放ち、出版の世界にも若い女性の書き手が次々登場した。八五年、女たちの反乱の結晶のように、山田詠美が、しがない女性シンガーと黒人脱走兵の切ない愛を描いた『ベッドタイムアイズ』を引っさげて文壇にデビューし、時代のスターとなった。男女雇用機会均等法が制定され、日本がバブルの頂上に向かおうという時である。そして、この時代の女たちには、誰もが「憧れる」と口にする先駆的な存在がいた。作家の森瑤子が、その人だ。

山田も、彼女に対してはためらうことなく同じ言葉を口にした。

「八〇年代から九〇年代にかけてのグラマラスライフを、小説を書くことによって実践した人です。森さんには、作品からイメージされる作者像があった。それまでの作家の中で、小説を読んで、ライフスタイルまで真似したくなる作家はいなかった。森さんが最初じゃない？」

——夏が、終ろうとしていた。

この象徴的な一文で始まる「情事」で、森瑤子が第二回すばる文学賞を受賞したのは、七八年である。この年、総理府は、はじめての婦人白書を発表し、女子の平均賃金は男子の五十八％だと記した。前年には、性について女性の本音を特集した「MORE」が創刊されている。「情事」は、女たちに衝撃と圧倒的な共感を持って迎え入れられた。

イギリス人の夫と娘を持つ三十五歳のヨーコが、外国人のたまり場である六本木のバーでアメリカ人男性と恋に落ち、そして終わっていく物語。夫との関係に倦《う》むヨーコの自分から若さが失われつつあるという不安と心の渇き、性への欲求がスタイリッシュでクールな文体で臆面もなく綴られていた。

——セックスを、反吐が出るまでやりぬいてみたいという、剥き出しの欲望から一瞬たりとも心を外《そ》らすことができないでいた期間があった。（「情事」）

六本木という場所にも、スノビッシュな会話にも、作品の中には都会の匂いと洗練が漂い、セックスという言葉さえ無機質で、エロとは遠いむしろカッコいいものとして響いた。それまでの日本文学にはなかった乾いたアンニュイが、なんと洒落《しやれ》ていたろう。

東京藝大出でヴァイオリンを弾いていたという自身の経歴も、イギリス人の夫と、ハーフの娘を三人持つというプロフィールも、作品世界と重なった。

森瑤子。本名、伊藤雅代、そしてミセス・ブラッキン。一九四〇年十一月四日生まれで、三人きょうだいの長子である。生後まもなく、父の仕事の関係で中国の張家口に移り住み、敗戦直前、四歳の時に日本に戻る。父の勧めで、六歳からヴァイオリンを習い始める。下北沢の実家には、森が九歳の頃から、アメリカやドイツ、カンボジアなど世界各国からの留学生が下宿していた。

東京藝大入学後はヴァイオリンに挫折し、詩人や画家など美術科の学生たちと新宿の風月堂で過ごすようになる。卒業後、広告会社でＣＦ制作の仕事に就いていた頃、世界旅行途中の住所不定、無職のチェシャー生まれの英国人アイヴァン・ブラッキンと出会い、オリンピック翌年の六五年一月、二十四歳で結婚した。

二十六歳で長女を出産したのを機に専業主婦に。三人の娘を育てながら三浦半島突端の家で暮らし、長女のインターナショナル小学校入学を機に六本木に転居。この六本木での生活が「情事」の舞台となっている。

森より十九歳年下の山田詠美が、発表されたばかりの「情事」を読んだのは、まだ「山田詠美」になるずっと前のことである。明治大学文学部に在学しながら、本名の山田双葉名で漫画家デビューを果たしていた。転校生ゆえに孤独だった少女の頃から、古典に始まる膨大な本に耽溺してきた山田は本に関しては目利きであったが、その彼女にして、「情事」は特別なものとして胸に飛び込んできた。

「読んだ時、思わず、その雑誌を抱きしめてしまったほどです。六本木の夜、外国人の男、人妻の情事。下司《げす》な男性ライターが面白おかしく書きなぐるだろう世界を、そんな興味本位を超えて、人間が人間に惹かれてしまう真実が書かれてあった。それは、他者と自分との関わりを冷静に見つめたことのある人でしか書けないと思いました。それからたてつづけに集英社から出た作品を読んだけれど、どれもよかった。スノビッシュでありながら温かくって、お洒落でいながら素朴、華やかでいながら孤独。私のような小娘が思う大人の要素が、すべてそこにあった。私はサガンが好きだったから、今までこんな作家いなかった、ようやく日本にもこんな作家が出てきたとすごく憧れました」

小説を書いた動機を、森はこんな風に振り返っている。

——自分に収入がないという状態は私を鬱屈させたが、何よりもまいったのは、社会から隔離され、置き去りにされ、忘れられてしまったように感じたことだった。不安や不満で鬱々とした毎日。それが影響して夫婦の関係も最悪だった。（中略）
私はまず、強烈に、自分がここにいると世界にむかって叫びたかった。ここに生きて、人を愛し、傷つき、苦悩し、与え、与えられ、途方にくれている一人の女がいることを、知ってもらいたかった。（角川文庫『プライベート・タイム』／八六年）

戦後日本で、ウーマンリブとフェミニズムの洗礼を受けた七〇年代から八〇年代は、専業主婦であることが最も肩身の狭かった時代と言えるだろう。経済事情から労働力として切実に「女が輝く時代」と求められるのではない。豊かさの中で「自立」と「自己実現」という言葉が女たちを家庭の外へと駆り立てていた。森は、男女平等教育を最初に受けた戦後第一世代であり、「女の子でも仕事を持ちなさい」と育てられてきた。小さな頃から「何事も一番でなければ気がすまなかった」性格でもあった。ただ妻であり、母であり、何者でもないことが苦悩そのものだったのである。

「情事」によって、森瑤子という新しい名前と、名声と経済力を手にした一人の主婦は、なりたい自分になっていく。誰よりも早く専業主婦の焦燥、セクシュアリティ、母娘の葛藤という女の永遠のテーマを文学として表現しながら、華やかな社交生活にファーストクラスで飛び回る旅、カナダの島や与論に別荘を持ち、艶やかなファッションとアクセサリーで身を飾った。日本中がバブルに踊る最中《さなか》にあって、女性誌のグラビアの常連となって、女たちがため息を吐《つ》くゴージャスライフを送るのである。我々がそんな生活の深い陰を知るのは、彼女がいなくなってからのことだ。

山田が、憧れの作家と対面したのは、森のデビュー作を抱きしめてからおよそ八年後であった。

その間、大学は中退し、漫画家もやめて、ホステスで稼ぎながら身をやつす日々が続いた。だが、子連れの黒人の米軍人と同棲していた二十六歳の時にはじめて書いた小説が文藝賞を受賞し、芥川賞候補になった。私生活をスキャンダラスに取り沙汰されながらも、江藤淳も激賞した才能でたちまち売れっ子作家となった山田が食事会に誘われ、オープン間もない乃木坂の「リストランテ山﨑」に出向くと、そこに森が待っていたのである。

「私が、『森瑤子のファンだ、会いたい、会いたい』と言っていたので、仲のよかった編集者がセッティングしてくれたんだと思う。当時角川書店にいた幻冬舎の見城(徹)さんと、石原(正康)君。森さんは、イメージ通りの方だった。大きな肩パッドが入った服を着て、真っ赤なルージュをひいて、ゴージャスなマダムでした。緊張していた私をリラックスさせようと、気を配ってくれて。私は、六本木で遊んでいた頃に見ていた、『バーニーズ・イン』というバーに集まるような外資系白人コミュニティにいた女の人だなぁって、思ったものでした。私って言えば、ソウルミュージックの流れるファンキーなクラブにいて、同じ六本木、同じ外国人と付き合ってると言っても、そういう人たちとは確実にラインが引かれているような感じでしたから」

初対面の時から、森は山田に特別な親近感と好意を寄せてきた。山田が石原たちと交わす言葉が新鮮だと嬉しがって、その才能と性格を愛し、しばしば「詠美ちゃんと私には、他の人にわからない共通点があるのよ」と山田の耳元で囁いた。

――あなたは、私の知っている女の中で、一番心の純粋なひとです。誰れよりも心根のきれいな人。たくさんの地獄を見たぶんだけ美しい言葉を誰れよりも知っている人。あきらかにあなたの右手は（右ききだったわよね？）、天才の手。私はあなたと、あなたが書いたものが大好きです。（集英社文庫『熱帯安楽椅子』解説・森瑤子／九〇年）

没後に発表された二人の対談でも、森は自分と山田の共通点を語っている。

——「ただ外国人と恋愛をして、かかわるというだけじゃなくて、生活を一緒にしてかかわっている。そこの部分が二人同質で、今まで書かれていた単なる外国物の小説と違っていると思うのね」「別に翻訳しながら書いているわけじゃないけれども、私たちの小説の会話体はたぶん二人とも英語ですね」(『森瑤子自選集』月報②／九三年七月)

翻訳調の硬質な文体、英語圏の男との恋愛、ディテール、森瑤子の作品と初期の山田の作品の共通点はしばしば指摘されるところである。鬱々とした時間を過ごしながら、迸る表現への欲求を抑えきれずに書いた小説で世に出たことも相似形だろう。

「二人の始まりはサガンでしょうね。私も森さんもサガンが大好きで、作品の核になるものが、すごく似ていたところがあったと思います。言葉に関して言えば、日常生活で英語を使っていると、やっぱり、影響を受けます。私はよく、『やたら主語が多い』と言われて、今は意識して、主語を外すように外すようにしているけれど、森さんにも同じようなところがあって、関係代名詞とか使ってしまうんです。そういうところから、わりと似たところが出てたんだと思います。もう一つ、共通点は、作中の登場人物のプライドを守ってやるところ。私たちは二人とも、自分の付き合った男を悪く書いたことはありません。どんなクズであってもね。ちゃんと、愛しいクズと書く。相手が自分に足る人間だったと信じたいの。悪口書く作家より、私たちははるかに自尊心が高いのでしょう。食えない女たちですね」

共に人気作家の二人は対談や互いの小説に解説を寄稿し合うなど接点は多かったが、作家の五木寛之を囲んで定期的な集まりを持つようにもなっていた。

「サガンの『ブラームスはお好き』や、ボーヴォワールの『招かれた女』って、あるでしょう。大人の男女と若い男、あるいは若い女という三人の話だけれど、私と森さんと五木さんで、あれを気取っていたかもしれない。疑似フレンチ。そこに、スポンサー兼アテンドとして見城さんと石原君が加わった五人組。バブルだったから、出版社も潤沢にお金を使えたんです。全日空ホテルのスイートを借りて花火を見ながらドンペリニヨンを開けるとか、できたばかりのトゥールダルジャンで鴨のナンバープレートをもらうとか、イリュージョニストの日本公演のあとにマキシムで食事するとか。多い時は月に一度くらい会っていたから、洋服どうしようかとか。私としてはかなり無理をしていて、マキシムに行った時なんか、バブルにまかせて四百万円もするミンクの毛皮を買っちゃったんです。あんなの、今なんて、冬のゴミ出しにしか役に立たない。でも、森さんはどこに行っても、堂々としていた」

芦ノ湖の瀟洒なホテルのフレンチを食べるために、車二台を連ねて箱根までドライブ旅行したこともある。

「そういう、突然思い立ったゴージャスなハプニングを演出するのが似合う時代でした。私は五木さんの運転するジャガーのバックシートで緊張して身を縮ませていたけれど、助手席の森さんは堂々たるレディ。マナーなんて完璧なんだけれど、食事が終わったあとにコンパクトを出して口紅を直しながら、『ちょっとの不作法が人をセクシーに見せるのよ』とか言うの。座り方も、意外ときちんとしていない。背もたれがある椅子に身体をあずけて寄っかかっているし、片足を立てるように座っていたり。だから、よけいに余裕があるように見える。その上、森さんの英語は完全なイングリッシュアクセント。上手でしたよ。だから何者？　どこの国の人？　って感じです。私は、その人が何者であるかわからなくても外国でウェイターが敬意を払ってしまう日本の女の人を二人知っています。塩野七生さんと森瑤子さんです」

森との時間は、二十代から三十代にさしかかろうという山田にとって大人の女になるためのレッスンであった。

「待ち合わせには必ず十五分早く来るの。私も早く行くほうだけど、必ず森さんが先。『先に来てるほうが自分で自由に仕切れるのよ』と言ってたけれど、さまざまな分野のセレブたちと交流を持ちながら、そこで采配をふるうのも森さんでした。メニューの決め方なんて、森さんを見て、みんな、倣う感じだった。つまり、誰かに委《ゆだ》ねちゃいけないということを教えられるわけです。『同じでいいです』はダメで、『メニューの中から食べたいものを選んでコースを決めるということ自体がエンターテインメントだから、そこを楽しみましょう』とね。だから、集まりがあったあと、石原君と二人で『ちょっと飲んで行こう』と居酒屋さんに入ったこともありました。私はそんなレベルだったけれど、緊張感を持ちながら物慣れた雰囲気を出すという感じとか、わかってよかったなと思います」

若さ礼賛のこの国で、いかに年齢を重ねながら味わい深い人間味を醸しだしていくか。山田にとって、森は素晴らしい教師であったが、大人の女でいることを引き受けるのは孤独と悲しみを隠し持つことだということにも気づいていた。森自身、疲れと綻びをふと年下の同業者に見せることもあった。金沢で五木の朗読会が開かれた時、いつものメンバーで駆けつけた。その折に泊まったニューグランドホテルでの朝、ティールームで山田がお茶を飲んでいると、森がやって来た。

「コーヒーを飲みながら、『小説のことも考えないで、ぼうっとおしゃべりしながらコーヒー飲むなんてああ、幸せ〜。私ねえ、こんなふうに自由になったのってどれくらいぶりかわからない』と言うの。最初、私は何を言っているのかわからなかった。ずっと何かを気にして気にしていたんでしょうね。疲れるだろうなと思ってました。森さんは本当にいい人なの。誰に対しても気さくで、優しくて、みんなに気を遣う。きらびやかな芸能人がいっぱいいるパーティーでも常に中心にいたけれど、どこかバニティー・フェアの匂いがした。女友だちに会う時ですら、鎧を着ているように見えましたから。二人ともシャイだから私とも最後までどこか緊張感がありましたが、心を割って話せる人がどれだけいたのか。要するに、森さんのすべてに肩パッドが入っていたんですね。あのファッションで、きちんと化粧して、『森瑤子のあるべき姿』を常にプレゼンしていた。そのプレゼンする様子を見ちゃう時もあったので、『いいじゃないですか。だらしなくても』と言うと、『うちの夫はそういうのを許さない人なの』って。大変だなと思いましたよね」

最後のエッセイ集『マイ・ファミリー』にも出てくる森の逸話に、夫に合わせて寝返りを打つという話がある。イギリス料理に、週末の別荘行き、夏になると二カ月軽井沢に避暑に行く。森の暮らし向きは、すべてにおいて夫、アイヴァン・ブラッキンの望む英国風のそれであった。

八七年にカナダの島ノルウェイ・アイランドを購入し、二年後の八九年には一億円以上をかけて与論島に別荘を建設。日本の企業がこぞって世界中の不動産を購入していた時代でも、森の豪勢な暮らしぶりは桁外れの贅沢さであった。八八年一月の「週刊サンケイ」に載ったインタビューでは、森は「一日四時間の執筆で、年収五千万円」と答えている。

山田が例のメンバーともども与論の別荘を訪れたのは、九一年の夏だった。

「空港まで、ご夫婦で迎えに来てくださったんです。私は短パンにGジャンという格好だったのに、アイヴァンさんは、白洲次郎のようなカントリージェントルマンの格好で、サファリな帽子にブーツ。森さんも、シルクのスカーフをなびかせて、ハーフブーツをはいていた。別荘は、リビングなんか天井が高くて、家具はテーブルなどすべて、お箸まで素敵だった。ゲストルームはそれなりに簡素なんだけど、そこも自分の趣味がありすぎないようにと気を遣ったと思う。当時は、そんな言葉はなかったけれど、ハイソサエティライフを夫婦で体現しているって感じでした」

山田は、折々で森の華やかな生活と暮らしぶりに戸惑いを覚えずにはいられなかった。待ち合わせた時、森から嬉しそうに「さっきPISAで買っちゃった」とイヤリングを見せられたことがある。「素敵ですね」とほめると、「四千八百円だと思ったら、四万八千円だったの」と、森は笑った。

「お金の感覚が違うなと、ちょっとびっくりしたのを覚えています。よく、『あのアーティストの器を買いに行かない？　それでもてなしたらいい気分よ』とか誘われたけれど、私には興味がないからいつも断っていた。島を買った、別荘を建てたと聞いても、メンテナンス大変だろうなとか、電気代かかるんだろうなと思ってしまう。財産を持つと身軽でなくなっちゃうから、私は嫌なんです。カバン一個と鉛筆一本と紙があれば小説は書けるじゃない？　だけど、そうはいかなかったのが森さんだった。それはきっと、世代的なものが大きいのでしょう。戦争と飢えを知っている世代で、とくに中国から引き揚げてきた森さんには、物質的なものを取り込んでおかなければ安心できない。そんな感じがあったような気がします」

森は、「作家である前に母であり、妻であることを優先してほしい」と日々懇願する夫との激しい夫婦喧嘩と離婚話を、しばしばエッセイにも綴っている。世間一般とは逆転した社会的かつ経済的なパワーバランスが、夫婦間に軋轢をもたらしていた。山田の耳にもいろいろな風聞が入ってきた。

女の自立を謳う時代にあってさえ、いや、今でさえ、妻が夫より経済力を持つことは女に引け目を感じさせるものである。ことに森の世代では、それはさぞ大きかったろう。山田は、三十一歳で七歳年下の米軍軍曹と結婚し、十五年後に離婚、二〇一一年には十歳年下の文芸評論家と再婚した。いずれの結婚も、森と同じように、経済力では妻である彼女が勝っている。

「私の場合は、気兼ねはしませんが、それなりに気は遣います。お金はとても便利なものだけど、それ以上でもそれ以下でもないと思って、私のお金もそう扱ってもらいます。そのお金を作り出す際の私の苦労も見てもらいます。泣き言も言います。森さんは、スタイリッシュなイメージを夫の前でも守りすぎたんじゃないかな。一方、外に向けては夫を素晴らしい典型的なイングリッシュマンであると演出していたのでしょう。アイヴァンさんと出会ったことによって、『森瑤子』になっていったのだから。ゴージャスな生活を一番望んだのは夫で、森さんは夫の望みを全部叶えてあげていた。そういう見方もできますが、それが自分の欲望だったかもしれない。いずれにしても、ゴージャスな夫婦というスタイルを作っていったのは夫婦共犯ですよね。ただ、森さんは、最後のほう、『疲れたわ〜』とよく言っていた。ホテルで缶詰になっても、夜には必ず家に帰って昼間に戻って書いていたもの。もうちょっと森さんを大事にしてくれる男だったらどうだったんだろうと、亀海さんのことなんかを思うわけです」

亀海とは、森が、二十一歳の時に婚約した同じ年のグラフィックデザイナー、亀海《かめがい》昌次《しょうじ》のことだ。その恋は一年で終わってしまったが、三十四歳で二人は再会し、森が作家となってからは彼がその作品のほとんどの装丁を手がけていた。山田は、亀海と森と一緒に食事をしたことがある。

「六本木の玉砂利が敷いてある、多分もうなくなっているだろうバブリーな寿司屋でした。その時、二人が丁々発止で話していたから、ちょっとびっくりした。森さんにもチャキチャキな部分があるんだなぁって、唯一ちょっとカッコ悪いところを見せられる男友だちに見えました。亀海さんはいい人で、いい男で、すごく森さんのことを大事にしてた。あとで『私は別れた男なんて二度と会いたくないけど、森さんはそういう人たちを男友だちにするんですね』と聞くと、『だって寝たくもない男と友だちになれないじゃないの』と言っていた。森さんには男は常にそういう対象として映っているということで、それは私とは全然違う。やっぱり、世代のせいかもしれません。あの頃の森さんの一番好きな映画は、ロバート・デ・ニーロとメリル・ストリープの『恋におちて』。森さんと亀海さんの間には微妙にセクシーな空気があったけれど、寝ないから危うさを保っていたんでしょうね」

それにしても、女たちに「経済力を持つこと」「自分の欲望を知ること」と自立のたしなみを説いていた森に、離婚の選択はなかったのか。山田のように。

「森さんは、『美味しいものを山ほど食べると哀しくなるの』と言うの。『不幸があって哀しくならなきゃ、小説が書けない』と言っていた。私は健全な精神があればこそ不健全な精神が宿って小説が書けると思うんだけれど、森さんは反対のタイプだった。森さんの結婚継続は、私の離婚より余程作家的かもしれませんね。私の場合は、離婚と作家としてのアイデンティティに何の関係もありません。だって相手から言われたんだもの。元夫は他の人と恋に落ちていて、私をもう愛せなくなった女として接してました。ある意味、誠実ですね。問題を抱えているのに結局別れない夫婦って、本当は目に見えなくても、別れられない損得勘定が働いてるんじゃないですか。でも、『枷がないと書けない』と言うのも、大いなる錯覚だったかもしれない。ある時期から森さんには量産するイメージがつきまとい、書きすぎていると周りの誰もが思っていました。全部捨てて一人になる勇気があったら、まだ生きていて、いい作品を書いていたんじゃないかと思うことがあります。身を削るように人に気を遣い、身を削るように書いていたもの」

ある時期から、森はエッセイで使う題材をそのまま小説でも使うようになっていた。山田たちと一緒にいても、誰かが何かを言うと、すぐにメモ帳を出して、「それ、使っていい？」と訊ねた。対談や共著が増えて、講演に飛び回り、書く時間を捻出するのも大変そうだった。デビューから六年で締切りのない仕事しかしないと決めた山田には、敬愛してやまない作家が才能を浪費しているように映った。

「ずっとお金に追い立てられていたみたいで、書きたい、書きたいと言ってるわりには、森さんには時間がなかった。カギカッコだけで構成されている小説を『とってもいい方法見つけたの』と言っていた。特別なたくらみがない限り、作家の腕の見せ所は地の文にあると思っているので驚きました。男と女の関わりを書いていくのがすごく上手だったのに、デパートにコーナーを持つとか、私にはくだらない用事にしか見えないことに忙殺されていて、作品がだんだんきれいごとになってることを残念に感じてました。森さん、本当のこと、書けばよかったんだよ。周りの人に気を遣うことをやめたらよかったんだよ。そうしたらまだ生きてた。『自選集』のために対談をした時も、『出すの、早すぎませんか』と聞いたら、『もう私にはあんまり時間がない。自分で作った全集を見たいの。満足するにはそれしかないから』と言っていた。あれからずいぶん年をとり、おばさんになった私は、今なら『いい小説を書くには時間がいる』と言ってあげられたのに」

九三年三月、前年から身体の不調を訴えていた森は東京都内の病院で胃ガンの手術を受けたものの、すでに手遅れで、五月に聖蹟桜ケ丘のホスピスに転院。ここへ、山田は見城と石原と共に森を見舞った。森の唇にぬられたトレードマークの真っ赤なルージュが少しはみ出していたのが、山田には切なかった。「詠美ちゃん。私、お仕事しすぎちゃった。ダイエットなんかしなきゃよかった」と言ったあと、山田の手を握った森は、「あなたの手は力強いわ」と明るく微笑んだ。

　ガンの告知を受けてから死に向かって疾走するように、森はすべての始末を終えて、七月六日、家族に見守られながら永眠。山田は、訃報を石原たちと過ごしていたバリ島で聞いた。その前夜に、白い服を着た森が「詠美ちゃん、ありがとう。やっと楽になれました」と言って光の向こうに消えていく夢を見ていた。山田は、森自身のプロデュースによる告別式にも出ず、ホテルの自室で一人シャンパンを開けて、大好きで大切な先輩作家の死を悼んだ。

「日本中が、あんなお金を投げ捨てるように使ってきらびやかなものを手に入れた時代は他にないし、森さんのような人も他にはいません。時代と彼女がぴったり重なったんですね。ゴージャスであることに勤勉で、一所懸命ゴージャスやって、きっと、疲れちゃったんですね。自分が五十二歳になった時、ああ、森さんはこの年で死んだのだと感慨深くて、私はここまで生きてるんだからもっと小説書かなきゃと思いました」

　森瑤子の新作が読めなくなって、四半世紀が過ぎた。日本経済も出版業界も陰りを増すなかで、山田詠美は小説を書き続け、今なお後に続く世代を触発している。デビュ－して三十二年、あらゆる文学賞をその手にしながら生み出した本は七十冊に届かない。

伊藤家の長女

東京世田谷の下北沢駅から五分も歩くと大きな杉の木が目に入ってくる。そこには三軒の家が建っているが、かつては一軒の大きな古い洋館で、前には広い庭が広がっていた。森瑤子が五十二年の人生で最も長く、最後まで暮らしていた場所である。現在はその一軒に森の弟、伊藤隆輔が妻の恭子と暮らし、もう一軒には妹の伊藤真澄が暮らしている。ここは、森たちの父である伊藤三男が三十五歳の時に、八つ年下の妻の喜美枝とともに手に入れた我が家であった。

ミセス・ブラッキンとなった伊藤雅代が、森瑤子としてはじめて世に登場したのは一九七八年十一月四日、彼女が三十八歳の誕生日を迎えたその日である。当日発売された「すばる」には井上光晴、梅原猛、加賀乙彦、瀬戸内晴美、中島梓、富士正晴といった名前が並ぶが、巻頭は第二回すばる文学賞の発表で、当選作二作のうち最初の当選作として「情事　森瑤子」と名前が掲げられていた。「受賞のことば」の中で、森は興奮を隠さず喜びを語っている。

――子供時代の夢の、最後のひとつが、今、実現しつつあるのかもしれないという、微かな期待に包まれながら、今回の受賞決定にまつわる、偶然の一致の因縁じみたものについて、考える。決定のニュースを頂いたのが、自らも文筆に夢を持ち続ける父の誕生日であった。作品が発表される「すばる」十二月号の発売日が、私の三十八歳《ママ》目の誕生日。（「すばる」集英社／七八年十二月号）

森は、三男が小説家志望であったこと、机に向かう父の姿を見て幼い頃に小説家を夢にみたことをいくつものエッセイで綴っている。彼女は父に多大な影響を受けた「父の娘」であった。

三男は一九一二年九月に、後に東京国際空港にその地を明け渡すことになる穴守稲荷神社の門前町、羽田穴守町の料亭の六人きょうだいの三男として生まれた。幼い頃から成績優秀で、一中（現・日比谷高校）入学後、帝大を目指すが挫折、國學院の国文科に進んでからは同人雑誌を作って、小説を書き始めた。まだ芥川賞も直木賞もなかった時代である。三四年、大学四年の秋に藤川省自の名で、「サンデー毎日」の懸賞小説に冤罪をテーマにした時代小説を応募し、三千五百を超える応募作の中から首席当選で賞金三百円を手にした。大学卒業後は日本コロムビア蓄音機に入り、プロの作家を目指すが叶わなかった。若い頃の三男は知的な面差しに身長百七十六センチの痩軀で、いかにも森好みである。初期作品の男性のモデルは父と夫だと、後に彼女は語っている。

母の喜美枝は二〇年四月に生まれた。静岡県の伊豆川奈で屈指の漁業家として知られた網元を祖父に持ち、漁港の中心地に呉服雑貨店を営む斎藤家の五人きょうだいの三女として豊かにのびやかに育った。子どもの頃から川奈の海を泳ぎ回り、中学の平泳ぎの日本記録を持つほどであった。彫りの深い顔立ち、身長百六十五センチで洋服の似合う母を、森は「ローレン・バコールのような女」と呼んだ。

喜美枝が、姉・幸枝の亡夫の大学時代の友人であった三男と出会うのは、牛込区(現・新宿区)の高等女学校に通う十六歳の頃だった。日中戦争が始まった頃に二人は婚約し、喜美枝は女学校卒業後に花形の職場であった銀座三越のネクタイ売場に勤めたものの、四〇年一月には三男と結婚し、夫の転職先の「蒙疆公司」がある占領地帯の自治区、張家口に渡ることになる。十九歳の若い花嫁であった。その頃の三男は日本コロムビア蓄音機を辞めて小学校の代用教員になっていたが、兵役逃れと結婚生活が営めるだけの収入を求めて特殊会社に転職したのである。

太平洋戦争突入までに一年と迫った四〇年十一月四日、喜美枝は里帰りした川奈で長女を出産した。はじめての子を、三男は「ユウガノガニキミガヨノヨ」と名付け、翌春には、妻子を黄砂が吹き荒れる張家口へ呼び戻した。二年後の八月に、長男の隆輔が誕生。だが、戦況は厳しくなっていく。四五年三月、三男は妻子を川奈に疎開させ、自身は張家口に戻り、六月に中国南部の戦場へ出征した。敗戦後は捕虜収容所に拘留され、彼が家族の元に戻ったのは四六年の六月であった。

森は、父が帰ってきた日のことを、亡くなる直前まで夫のアイヴァン・ブラッキンと一緒に連載していたエッセイに「父、帰る」と題して書いている。

日本中が飢えている時でも川奈は海の幸にも山の幸にも恵まれており、呉服屋だった斎藤家には食料に換えることができた着物や帯がたくさんあった。アメリカ兵が時々やってきて、ハーシーの板チョコやチューインガムを子どもたちに配っていく。

川奈小学校に入学した森が家に帰ると、縁側にカーキ色の軍服姿の父が静かに座っていた。その傍らの大きなリュックは、自分はほとんど食べずに家族のためにためたカンパンでいっぱいだった。

――「ほら」と父は両手一杯とりだして、カンパンを私の手にのせてくれた。弟にも同じようにしてくれた。見れば父は骨と皮のように痩せていた。（中略）（略）私と弟は子供心にもアメリカ兵から物をもらっているとは口が裂けても言えなくて、うつむいて、いつまでもボソボソとカンパンを嚙みしめ続けた。そして父はそういう私たちを、眼鏡の奥の眼を細めて、うれしそうに眺めていたのだった。（「WE SHALL MEET SOMEDAY」／「月刊カドカワ」角川書店／九三年三月号）

同じ連載の中では、疎開時代の母の姿も描写されていた。捕虜生活から戻った三男がすぐに東京へ職を探しにいったあと、喜美枝は友人と一緒にボランティアで、四、五歳の幼児を預かる託児所を始めたのだ。

――母は他の子供たちの手前、私に手厳しくするか全く無視する態度に出るし、何をしてくれるのにもいつも一番最後のあとまわし。それでずいぶん屈折した気持ちを抱いたりした。（中略）

気性も激しかった。ちょっとしたことでもすぐにかっときて怒るのだが、その怒りは主として実の子である私にぶつけられた。私はますますひねくれていくわけだった。託児所の美しい先生が自分の母親だというのは、誇らしくもあり恥ずかしくもあり、なんとも複雑な環境だったことは確かだ。（同／九三年四月号）

生い立ちを綴ったこの連載が中断したのは残念なことである。森は小説でもエッセイでも、四歳の頃、川奈の海岸で母に置き去りにされそうになったとその時の〝見捨てられ不安〟と、「母の愛情に飢えていた自分」を書いていた。森にとっての父と母の姿の原型は確かにこの時代にある。

二歳年下の隆輔は森と同じ疎開時代を経験しているが、まだ幼かった彼にはその時代の記憶はほとんどない。

「空襲警報のサイレンの音や土臭い防空壕に潜ったこと、母が素潜りで獲ってきた生きた伊勢海老をバケツにいっぱい詰めて東京に売りに行っていたことぐらいしか覚えていません。終戦後はみんな困っていた時代です。居候していた母の実家は、昔は大名が泊まる部屋もあった結構大きな屋敷だったんですね。でも、大家族の中にお荷物三人が転がり込んだのですから母には引け目があるし、子どもを抱えて必死だったと思います。そもそも母は放任主義で、子どもは放ったらかし、あんまりかまわない。まだ世間も知らない十九歳で結婚して、本当は陰で見てるんだけど直接愛情を示すことに関しては不器用でした」

単身東京に出た三男は、幸枝の再婚相手が経営する綿布会社に職を得る。物がなかった時代に綿布はよく売れ、役員となった彼は祐天寺に土地付き一戸建てを買って、川奈から家族を呼び寄せることができた。翌四七年には、かつて漢方医の屋敷だったという下北沢の洋館を購入し、下宿人ともども移り住んだ。森は広尾小学校から東大原小学校へ転校し、三年からは成城学園初等学校に通った。川奈小学校から数えると三度の転校は、伊藤家の経済状況の変遷とシンクロする。

「父はプチブルというか小市民的で、いい生活をしたい、普通の市民レベルよりも多少はマシな生活をおくれる家族になりたいという男だったです。だから下北沢の家を買った時も庭に藤棚を作って、池まで作って、みんなで遊べるピンポン台も作った。僕が小五の時は、日本でテレビ放送が始まるというので、アメリカのマジェスティック社というテレビの代理店に勤めていて、テレビがただ同然で手に入った。あの当時で十七インチのテレビで、家に帰ると玄関が開けっ放しになっていて三、四十人の知らない人がいて、うちが街頭テレビ状態になっていました」

持ち家信仰が浸透していく時代、三男の思いは、なんとか敗戦国の貧しさから抜け出したいという多くの日本人の願いそのものでもあった。三男は祐天寺にはじめての自分の家を持った時、自分がやりたかったヴァイオリンを長女の森に習わせた。

――贅沢ついでに、父は私にヴァイオリンを習わせることにした。（中略）

（略）私は最初からヴァイオリンの音も、お稽古も大嫌いだった。しかし練習をしないと、父はすごく怒った。食事を抜かされたり、真夜中に叩き起してでも、練習させられた。こうして六歳半の時から、芸大を卒業するまで、私とヴァイオリンの憎しみの関係が十七年間も続いたのである。

私が辛くてよく泣いていると母はこう言って私を慰めた。

「あんたみたいに無器量に生まれた女の子は、将来、お嫁のもらい手がないかもしれないのよ。その時のために、自分で自分のめんどうが見られるよう、ちゃんと手に職をつけておく必要があるんです。いつかきっと、そのことであんたはお父さんに感謝するようになりますからね」（同／九三年五月号）

この時、母から無器量と呼ばれて少女の森は傷ついた。そうした小さな傷の積み重ねが森の母への鬱屈となっていったことは想像に難くない。彼女は淋しかったのだろう、空想を友とすることを覚えていった。

——子供の頃、私は空想ばっかりしており、なかでもガリバーの小人たちのような小人を五人ばかり、頭の中に囲《かこ》ったことがある。三人の姉妹と両親の小人で、私が作ったケーキ箱の家とか、縄《なわ》バシゴとかの器は現実なのだが、自由自在に飛び回ったり、服を着替《きが》えたり、姉妹喧嘩《きょうだいげんか》をしたりと、飽《あ》きることがなかった。（角川文庫『風のように』／八七年）

ピアノが置ける部屋がある下北沢の家に移ると、隆輔はピアノを習わせられた。四八年にこの家で生まれた真澄もヴァイオリンを習ったという。ヴァイオリンとピアノで合奏する着物姿の森と隆輔の写真が残っている。

「僕も妹も姉のようにうるさくは言われなかった。僕の記憶に残る姉はしょっちゅう叱られて泣いている姿です。父は気が短くて、目茶苦茶におっかないカミナリ親父だったんです。ご飯の時でも、何食べようかなと箸を出すと『迷い箸するな！』と、バッチーン。その親父から一番厳しく叱られていたのが姉でした。食いしん坊だったからすぐに食べ物に手を出してパチンとやられる。『稽古しないならやめろ』とヴァイオリンを雪のなかに投げられたこともある。年がら年中怒られてました」

隆輔には忘れられない思い出がある。小学校の同級生たちが家に遊びに来て、その中の一人が三男自慢の石灯籠を壊してしまったのだ。みんなが真っ青になってうろたえていると、どこからか森がやって来て「私が引き受けるから黙ってなさい」と言ってくれたのだ。姉が何をどう言い繕ったのかは知らないが、隆輔が父に叱られることはなかった。

「姉は僕らの防波堤になってくれてるところもあった。結構、度胸もあったんですね。

母が度胸の据わっている女だったから似たのかもしれません。母は一切物怖《ものお》じしないタイプでした。目上の人でも自分が気に入らないことをしたら二度と家には入れなかった。金輪際という言葉が口癖で、父も『お母さんの金輪際が出たらおしまいだ』と言っていました。母は料理もチャカチャカと要領よく手早く美味しく作る人だったんですが、姉はその血も受け継いでいます」

森が小学五年の時、三男は綿布会社を退職する。ナイロンやアクリルなどが次々と開発され、綿布の好景気はピタリと止んだのだ。森は成城学園の中学校には上がらず、近くの区立梅丘中学に通い、高校になると私立の常磐松高校（現・トキワ松学園高校）へ進学した。学校は替わってもヴァイオリンだけはやめさせてもらえなかった。

三男は、洋服の仕立屋や航空写真の会社や塗装の会社を経営するなど、五九年に本田技研の子会社に勤めるまで、生涯にわたって十二回の転職を繰り返している。

「父は小器用な男で、趣味でも仕事でもあれこれ手を出し、勉強してそれなりの知識を得てそこそこまでいくのですが、器用貧乏で長続きしないタイプです。しばらく無職で家でブラブラしていることもありました」

喜美枝は、夫の度重なる転職について不満を言うことも愚痴ることもなく、家計が苦しい時は自分で何とかすればいいと考え、実際、何とでもやり繰りした。戦後の住宅難の時代から伊藤家は親戚や知人に頼まれた下宿人を抱えており、五六年からはホームステイの留学生を受け入れるようになった。それも母にすれば家計の一助だったろうと、隆輔は話す。

「だいたい下宿人がいつも四、五人いましたから。サンチェーズさんというイギリス人のおばあさんがメイドさんと数年住んでいたこともありました。僕が高校の頃、母は山野美容学校に通って美容師の免許をとり、東大原小学校近くに店を借りて二、三人雇って美容院をやってました。自分の自由になるお金も欲しかったんでしょう。僕も年末、手伝いに呼ばれてカーラーを巻きましたよ」

「女性にも経済力が必要」「自分で稼いだお金で贅沢をしている」と書いた森の自立の精神は、間違いなく母によって育まれたものだ。だが、娘はどこまでも母に厳しい。後年、女性誌の母を語る連載シリーズ「母たちの愛と奇跡」に登場した時も、森は母に辛辣であった。喜美枝の姉、幸枝は最初の夫が亡くなった後、単身カナダに渡り、帰国してからは英語の教師として働く才女だった。喜美枝はそんな姉の影響で欧米への憧れが強く、常に自分の夢見た結婚ではなかったという不満があって、苛立ちを抑えるためにいつも何かに熱中せずにはいられず、フラストレーションがたまると時々父に辛くあたった。そう、森は語っている。

――父もかわいそうでした。家族のために一生懸命働いて、浮気ひとつするわけでもないし、いい父親だったんです。でも、母は他に甘える人はいないから、自分の中の不満を父にぶつけるしかなかった。(「婦人画報」婦人画報社／九一年十二月号)

隆輔は、この森の話は面白おかしく脚色したものだろうと推察した。

「現実の父は亭主関白で、仕事熱心ではありましたが、酒飲みで相当遊びまわった節があります。父はいつも仕事で遅くて、酔っぱらって帰ってきました。夫婦仲がよかったとは言いませんが、昔の人ですからそれでもその頃の普通の夫婦の感じです。母が家を飛び出すくらいの喧嘩もありましたが、原因は父の遊びですから母を責められません」

三十九歳の喜美枝が美容院を開いた五九年、森は東京藝大に入ったばかりであったが、隆輔の目にも姉の変化ははっきりとわかった。

「詩人や画家といったいろんな芸術家の卵に出会って世界がパッと開けた感じですね。姉は磁力のある石のような人で、周りに似たような人、同じ価値観の人が集まっていました。それまで僕とはあまり話すこともなかったんですが、その頃から喫茶店に連れて行ってもらったり、手伝っている二期会や三期会のイタリアオペラに『人がいないから出てよ』と言われたりしました」

森が藝大生の頃は、中学生だった真澄もよく姉にパーティーに誘われた。

「今までの日本のカルチャーとは違う新しい人種、自由人たちの集まりだと感じました。ちょうどサルトルとボーヴォワールの時代で、姉が夜中まで音楽や芸術について仲間と語り合っている姿をすごく素敵だなと思いました。姉にとって、あの時代は古き良き時代で、最高の青春時代だったと思います。とても楽しそうでした」

コントロールがきかなくなった娘は両親を怒らせた。三男は、門限を守らない娘が帰るのを玄関で待って叱りつけ、そのことで母と娘の口争いが絶えなかった。当時はまだ「嫁入り前」という言葉が生きていて、それはどこにでもある親子の風景だった。

森が、同い年のグラフィックデザイナー、亀海昌次と婚約したのは藝大三年、二十一歳の時だった。親の知らない婚約は三男を激怒させ、一年後に二人は別れた。隆輔は、その時の森の打ちひしがれた姿をよく覚えている。

「姉の落ち込みようはひどかったですからね。父は自分がいろんな職業を転々としながら食いつないできたという苦労があったので、サラリーマンでないと安定感がないということで反対したのでしょう」

しかし、二年後、森はもっと不安定な相手を選ぶ。旅の途中に日本に降り立った住所不定、無職のイギリス人、アイヴァン・ブラッキンと出会い電撃的に婚約、翌六五年一月三十日に東京タワーの下にあったセント・オルボンヌ教会で式を挙げた。無論、両親は強く反対し、心を痛めた。

三男は、娘を亡くして五年後に書いた『森瑤子・わが娘の断章』で、その時の森は「私たち、もう婚約したのよ」と言って親の同意など必要とはしなかった、と書いている。

慶應大学の学生だった隆輔には、姉の結婚が父への反発に見えた。

「亀海さんとの結婚がヘンないちゃもんつけられて許されなかったので、自暴自棄というか。アイヴァンは見た目はハンサムでカッコいいんです。だから一緒にいると自分もカッコよく見えるなというぐらいの感じだったのではないでしょうか」

ミセス・ブラッキンとなった森は朝日広告社に勤めながら、コピーライターとして働くようになったアイヴァンと東池袋のアパートで新婚生活をスタートさせる。それは嫁入り道具もなく、親の支援も一切ないゼロからのスタートであった。六七年に長女のヘザーが生まれると専業主婦となり、子育てのために三崎半島の家に移り住んだ。次女マリアが生まれた翌年の七二年に建てた三崎の家は、三男が保証人となって銀行から借り入れて購入できたもので、そこで三女ナオミが生まれた。

「三崎の家に関しては保証人になるだけではなく、後でまたいくらかお金を貸して、それがなかなか返ってこないと父は言っていた。父は金銭的には厳しい人でした。親がかりの時は面倒はみるけれど、学校を卒業したら自分でやれという方針で、僕も結婚式は自分のお金で挙げました」

森の結婚生活はすべて英国式にこだわるアイヴァンを立て、夫唱婦随を地で行くようなものであった。隆輔には夫と争いたくない姉が努力しているように思えたが、真澄には姉が幸せだとわかった。

「最初の頃は絶対幸せでした。姉とは『女はお金、男は顔』なんて言い合ってたんですが、アイヴァンはハンサムだった。三崎の家によく呼ばれて行きました。海のすぐそばにあって、夕陽がきれいなんです。そういうところで暮らし、姉は料理が上手で、可愛い娘たちがいて、みんなでご飯食べて、ビーチでお散歩して。アイヴァンはすぐ怒るから夫婦喧嘩はありましたが、彼は悪い人じゃない。ユーモアがあって面白いブリティッシュジョークがいっぱい出てくるから、よく姉と大笑いしました。若かった私にはとても理想的なファミリーに見えました。その影響で私も外国人と結婚したのかもしれません」

真澄は姉に憧れて育った。高校三年の時にアメリカに留学し、十九歳で日本に戻り、ガイドをやって稼ぎながら上智大学の国際学部に通っていたが、全共闘運動の余波で大学が封鎖になりフランスへ渡る。そこで森に助言されて写真を始め、フランス人と結婚して二十四歳で娘を産んだ。八二年初頭に離婚して日本に戻った時には、すでに姉は森瑤子になって、下北沢の家で暮らしていた。七九年に最後の勤め先を筆頭常務で勇退した三男が喜美枝の希望を受けて夫婦で伊東に移ることになったため、経済的に逼迫していたブラッキン家を見かねて我が家に住まわせていたのだ。

娘のリサとともに帰国した真澄は、姉家族が住む実家の二階に住んで、森の紹介で

PR会社に勤め、やがて自らの会社を立ち上げる。森は妹の自立を応援し、食事を作り、自分の三人の娘と同じようにリサの面倒をみてくれた。

「リサを自分の養子にしてもいいと言ってくれたほど可愛がってくれました」

この頃、森は四十〜四十二歳。八一年に「傷」が芥川賞候補になり、翌八二年から八三年にかけて『熱い風』と『風物語』が続いて直木賞候補になるなど、人気作家としての地位を固めつつあって、ブラッキン家の経済は急速によくなっていく。さらにバブルになると日本経済に併走するかのように艶やかさを増していった作家は、娘たちをイギリスに留学させ、カナダに島を買い、ファーストクラスで世界を飛び回るという目が眩むような贅沢な暮らしと社交で、女たちにため息を吐かせるのである。

大学卒業後、外資系企業に勤め、実家から離れていた隆輔は、まるで別人のようになった姉を眺めながら「住む世界が違うな」と感じていた。けれど森が人の羨む生活のために払う犠牲は小さくなかった。「ミスター森瑤子」となった夫の不満は募り、夫婦喧嘩が日常の風景になっていた。すぐ近くにいた真澄には、アイヴァンの淋しさが伝わってきた。

「アイヴァンにとって姉は昔のような奥さんではなくなっていきますよね。夜は食事会に行ってしまうし、子どもも大きくなってくると一人で食事することも多くなる。他人が大勢出入りする家には居場所がなかっただろうし、妻不在で一人家に残されているのは淋しい。自分は仕事もうまくいかないのに、姉はうまくいってどんどんお金も入ってくる。だから、姉はアイヴァンに気兼ねして、カナダの島とか、彼の我が儘放題の要求を聞いてあげていました。彼の好きにさせていたわけです」

アイヴァンはさまざまな事業を思いつくのだが、仕事はうまくいかなかった。妻が作家になる前に始めたダーツ販売の仕事は千五百万円の借金を残した。映画「007」にも登場したヨットを扱うヨット販売会社も興したが、座礁した。森はヨットやポルシェを夫の望むままに買い与えるだけではなく、夫の事業の失敗の後始末のために原稿用紙を埋め続けなければならなかった。三男にとってアイヴァンは娘を苦しめ、搾取する存在だった。

――小説「情事」によって新スタートする直前の経済状態は惨澹たるものだったのである。

ダーツ販売の失敗による借財や、所得税の滞納、銀行借入金の返済などと他にもいろいろ借金があって、それらの返済のために、麻布と三崎の二重生活をやめ、三崎の土地と家を処分することをすすめたくらいだった。

しかし、この数年、ブラッキン家の暮し向きは急変した。（中略）だからと言って、あの馬鹿げた島を買うために三崎の土地家屋を売却することには賛成できなかった。（中略）まして、そのノルウェー・アイランドとやらは、アイヴァン・ブラッキンの強引な要望であり、雅代はしぶしぶ同意しているらしい。（『森瑤子・わが娘の断章』文藝春秋刊／伊藤三男著／九八年）

森は苦笑まじりに「アイヴァンは仕事しないでうちにいてくれたほうがいいのよね」と真澄や周囲の人に漏らすようになっていた。隆輔は、幾度となくアイヴァンに「また騙されるからもう何も手を出すな」と忠告したが、彼がそれに耳を傾けることはなかった。三男は、「アイヴァンとの腐れ縁を断ち切れぬところから彼女の創作が始まった。これこそが夫アイヴァンの唯一の、しかも絶大な貢献である」と書いたが、隆輔も父の意見に同意する。

「姉からすれば自己犠牲を払った人生だったのかなとは思いますが、アイヴァンと一緒にならなかったら作家になっていたかどうか」

晩年の森は、真澄に「私も別れたいのよ」と打ち明けている。

「でも、私は姉はアイヴァンを愛していたと思います。彼が書く原動力だったのは事実だし、やっぱり最後まで離婚せず、彼に優しかった。亡くなる時も、アイヴァンに幸せになってほしいと願って、カナダの島を彼に遺《のこ》してあげたいと言いましたから」


伊藤家の話に戻ろう。

森が念願だった下北沢の自宅の新築にとりかかったのは、与論島に別荘を建てた八九年のことである。そもそも森が新築の話を思いついたのは真澄が帰国した直後で、ブラッキン家と三男夫婦と真澄母娘の三家族が暮らせるようにと、計画を立てたのだ。だが、喜美枝が反対して話は一旦頓挫した。この時の母と娘の口論が、長年の母との確執が表面化した瞬間として『夜ごとの揺り籠、舟、あるいは戦場』や『叫ぶ私』に出てくる。三男は、書かれていることは脚色が多くフィクションだと自著で分析しており、隆輔も父と意見を同じにする。

「女同士の喧嘩はしょっちゅうありましたけれど、本質的に憎み合うとかではなかったと思う。作家になってから姉は両親をよく旅行に連れていってましたし、確執があったなんてちょっと考えられない。姉は非常に敏感で、僕が鈍感だったからかもしれませんが」

真澄の考えは兄とは少し異なり、この時から母と姉の間がギクシャクするようになったと感じていた。

「今さら、父にローンを負わせたくないと思ったのでしょう。それで、母は建て替えをかなり強硬に反対したのだと思います。二人の間の長年の鬱屈がパーッと出てしまったのかもしれません。その時はもう母より森瑤子になっている姉のほうが強くなってましたね。でも、母は心の中では姉のことはすごく大切にしていたし、愛していましたよ。姉が本を出すことに誇りを持っていたし、みんなに勧めていた。どんなに自分のことをひどく書かれても淡々としていました」

――母はわたしに何にも与えてくれなかったけど、それこそ何ひとつもよ、先生、父はたったひとつだけ大きなものを与えてくれたわ、それはある生き方だったの、音楽家にしようとして、楽器と、毎月の月謝を延々と十七年間払い続けてくれたわ、でもわたしは音楽に決してなじむことができなくて、父の与えてくれた大きなものは、重荷以外の何ものでもなかった。父のことを考えるとそこに苛立ちがあり、更にその底に漠とした怒りに似た感情がある。しかしそれはそっとしておこう、今のところは。(『夜ごとの揺り籠、舟、あるいは戦場』講談社刊/八三年)

『夜ごとの〜』を書いた数年後のエッセイにはこんな一文がある。

――今、私の手元に届いたセピア色に褪せた写真の中の母の表情は、私をある種のとりかえしのつかない思いにつき落とすのだ。私の記憶の中にある母の表情とは違うのだ。母は、この小面憎い赤んぼうを愛していたのかもしれない、とふと思った。とすると、あの長きにわたる母の不満、あの飢餓感は何であったのだろう?(『もう一度、オクラホマミクサを踊ろう』主婦の友社刊/八六年)

晩年、父についてはこう語っている。

──（略）私の父というのは、そういう強い人（筆者注・かつて理想と思っていた、どんな状況からも守ってくれる包容力のある強い存在）じゃなかったんですね。脆くて弱い人間だった。夫を見たら、彼もまたある意味で父と似ているんです。（「ＳＯＰＨＩＡ」講談社／九一年十二月号）

森は、自選集の月報（九三年七月）に載った山田詠美との対談で、つくりごとのほうがリアリティーは出ると語った上で、「母親のことをずいぶん書いているけれども、七〇％ぐらいはつくりごとなの」と語っている。森には、戦後の時代を悪戦苦闘しながら家族を養ってきた父へは同情と共感、そして父の期待に添えなかったことへの申し訳なさがあり、一方逞しい母へは近親憎悪があったのではないか。三男の著書には「娘とその母親は、強い自我と誇り高さで非常に似通っていた。というより、ほとんど共通の基盤の上に立っていた」と書かれてあった。

後年、ヨロヨロの身体になっているのに娘の足元ばかりを心配する母の姿を見て、「娘が幾つになっても母親は母親の思いを捨てきれないのだろう」「（筆者注・そんな母の気持ちが）痛いほどわかる」と記した。ともかく、娘には自分と重なる母は思いのままに書ける存在だったのである。

九〇年の夏、森の家族、隆輔夫妻、三男夫妻と真澄母娘がそれぞれ暮らす三軒の家が完成した。喜美枝は、長女の家の陰になって陽が入らない家を「ここには来ない」と敬遠し、亡くなるまで伊東の家を離れなかった。

森がスキルス性の胃ガンに倒れたのは、新居が建ってまだ三年足らずの九三年春のことである。本人の強い希望で病状は伏せられて、隆輔が両親に姉の本当の状態を知らせたのは、一時危篤に陥った六月初旬であった。息子に連れられて三男と喜美枝は聖ヶ丘病院に駆けつけた。


——どちらからも言葉はないまま時が過ぎる。どのくらい長く、みつめ合ったまま無言でいたか覚えがない。やがて家内が、やはり無言で、娘の浮腫《むく》んだ掌をとって、ゆっくり摩《さす》り始めた。しばらく母親を見ていた娘が、私に眼を移し、「あれ、書き直したのよ、お父さん」と言った。(『森瑤子・わが娘の断章』)

あれとは、三男が長く温めてきた題材を「お前が書くように」と森に強く勧めたはじめての時代小説『甲比丹』のことだ。三男は、亡くなる直前に森をとりあげたAERAの「現代の肖像」で、朝日新聞社の編集委員であった川村二郎の取材に応えて『情事』以上のものは書けていないのではないかと思います。多作である必要はありません。これからは、残るものを書けばよいのです」と、娘への思いを語っていた。

七月六日、森瑤子永眠。

四年後の九七年、喜美枝は脳腫瘍のため、娘が亡くなった同じ病院で死去した。娘と同じように病床で洗礼を受けていた。七十七歳だった。真澄が語る。

「家族の中で姉が一番早く亡くなりました。私は一年以上喪失感から抜け出せませんでした。母にとっても娘を突然失うことは相当なショックだったと思います。それからの母は急速に身体が弱くなっていきました」

自慢の娘を失って落胆の激しかった三男は、その後、娘の未完となった『甲比丹物語』を完成させ、『森瑤子・わが娘の断章』を書き、『小説・徳川三代　家康・秀忠・家光をめぐる人々』を世に出した。隆輔のもとには、父が九十六歳で亡くなるまで書き続けた膨大な自分史が残されているが、ワープロで書かれたその原稿に刻まれた記憶の鮮明さには驚くばかりである。

父と母が働き、子どもたちを育てた下北沢の家。その場所に、三十年近く前に森瑤子が精魂込めて完成させた我が家はまだしっかりとした姿で建っていた。

六〇年代の青春

森瑤子は、太平洋戦争開戦前夜の一九四〇年十一月に生まれた。同い年には浅丘ルリ子や筒美京平、デヴィ・スカルノ、大鵬などがいて、海外に目を移せばジョン・レノン、リンゴ・スター、ハービー・ハンコック、キャサリン・ロスなどがいる。世界大戦終焉後に訪れた平和の恩恵を享受しながら古い価値観に抵抗し、新しいカルチャーを生み出す担い手となっていった世代である。無論、森もそんな一人であり、自分の基礎は東京藝大時代にあると繰り返し書き、語っていた。

森が藝大の器楽科に入学したのは、皇太子明仁親王と正田美智子のご成婚があった五九年四月。当時は五〇年代フランスを中心とする西欧文化が極東の地まで押し寄せてきた時期であり、まだ伊藤雅代という本名しか持たなかった森もその風に全身を任せ、出会うべくして人に出会い、青春の喜びと苦悩を激しく味わっていくのである。

藝大生となった森の一歩は、一人の同級生との出会いから始まる。後に小澤征爾に乞われて新日本フィルに参加、日本ではじめて女性のコンサートマスターとなったヴァイオリニスト瀬戸瑤子、その頃は林瑤子といった。

――私の親友だった。彼女のヴァイオリン演奏の清潔な甘美さと、誠実な正確さを愛して止まなかった。森瑤子というペンネームは彼女の名前からもらったのである。（「クロワッサン」マガジンハウス／九〇年九月二十五日号）

――私がどれだけ彼女に傾倒したかという証拠に、私は彼女の名をほとんどそのまま、ペンネームにしている。林が森になっただけである。彼女には一言の断りもなしで。彼女は私を許してくれるだろうか。（『さよならに乾杯』ＰＨＰ研究所刊／八三年）

入学して一週間もたたないうちに、森は六歳から鍛練を積んだ自分のヴァイオリンの腕前が二十人中十八番目だということに気づいてしまった。圧倒的な一番は瀬戸であった。瀬戸は美しくチャーミングで、周りには取り巻きがいて、誰からも賞賛の目を向けられる存在であった。五九年秋の伊藤雅代の日記（森瑤子事務所所蔵）には、瀬戸と一緒に練習をしたり、銀座にダンスを習いに行って、お茶をしながらおしゃべりする様子が記されている。同時に、瀬戸への熱烈な憧れと愛情と尊敬、そして到底追いつけない才能と人格を前にした悲しみと苦しみが幾度となく綴られてあった。

現在もステージに立ち、東京音大で教鞭を執る瀬戸は、全身から華やかなオーラを立ち上らせて待ち合わせの場所に現れた。

四〇年七月生まれ。黒柳徹子の父、黒柳守綱の同僚でもあったヴァイオリニストの林良輝を父に持つ瀬戸は、小学校に上がるまで、誰もがご飯を食べるようにヴァイオリンを弾くものだと信じて育った。本郷の実家には常に父の弟子が出入りしていたからだ。桐朋学園の「子供のための音楽教室」を経て東京藝大音楽学部附属音楽高等学校に進み、藝大へ。森との出会いの場は朝日ジュニアオーケストラで、高校時代ではなかったか、と振り返る。

「朝日ジュニアの人たちと一緒にバスに乗っている写真があり、そこに雅代さんも写っていましたから」

朝日ジュニアオーケストラについては、主宰した朝日新聞社にも資料が残っていない。ただ、五六年十二月九日の朝刊に若い才能を育てることを目的としたジュニアオーケストラ教室の生徒募集の社告が掲載されており、瀬戸も森もスタート当初からの参加者であったと推測される。

それまで美術の学校へ進みたいと希望していた森が、入試三カ月前に突如藝大器楽科へと進路変更したのは瀬戸の影響があったかもしれないものの、それは定かではない。瀬戸はその頃からさまざまな音楽活動をしており、森と共に過ごした時間の記憶がそれほど残っていないのである。そもそもヴァイオリン一筋の瀬戸には親友と呼べる友だちはいなかった。

「雅代さんはさかんにコンタクトしてくる方でした。それは音楽のことではなくて、口紅もつけず、白か薄いピンクやブルーのブラウスしか着ない私のことが気になるらしくて、いろんなものを着せたがって。ヴァイオリンのことしか知らない私を見ていられなかったのでしょう。お母様がなさっている美容院に連れて行かれてパーマをかけられ、口紅をつけられて、洋服も『これがいいわ』って、黄色い水玉のふわ～っとした服を着せられたのを覚えています。伊東にもうかがいました。お母様はストレートにものを言う方でしたけれど、お父様はおとなしい方でした」

森は瀬戸のヴァイオリンを多くの人に聴かせたがり、しばしば外に連れ出そうとした。

「いろんな人に私を会わせたがりましたね。あの頃から雅代さんは美術部に入り浸っていて、藝大の彫刻科の人たちの前や、彼女のアルバイト先のお家の集まりでもヴァイオリンを弾かされました。私はなんのことだかよくわからなくて、彼女のために十分だけ弾いてすっと帰ってました」

この頃、将来への不安と同じくらい森の心を占めていたのは恋愛である。自分のことだけではなくて、瀬戸の知らぬ間に彼女の恋までとりもとうとしたりもしていた。

「その人の音楽が好きと言っただけなのに彼女が真剣な恋愛に作り上げて、その方に言ったのか、彼からジャンジャンお手紙が来て、私、戸惑い、困ってしまったことがありました」

子どもの頃から特別な存在になりたいと切望していた森は、瀬戸のようになりたかったのだろう。だが、瀬戸の目にも、森のヴァイオリンの腕前はソリストとしてやっていくにはきついと映っていた。

「そういう人が他に何人かいました。やっぱり向き不向きがあると思います。その頃は、小説を書きたいなんて知りませんでしたが、彼女は小説ならとめどもなく言葉が出てくるわけでしょ。でも、ヴァイオリンはそうじゃなかった。一所懸命やっていたし、私もこうやったほうがいい、ああやったほうがいいとアドバイスした記憶はありますが、先が見えちゃったんじゃないでしょうか。悩んだろうし、苦しかったでしょう。だからか、いろんなことに興味があって、派手で遊び好きな感じもしました。でも、行動的に見えるんだけれどとても恥ずかしがり屋、シャイな人でした」

伊藤雅代の日記には、ヴァイオリンに精進しようと誓う日もあれば、「音楽なんてものは、他人がやるもの。嫉妬も焦りも感じることなく音楽を聴きたい。私は戯曲家になろう」と書いた日もあり、山積みの原稿用紙を横に置いて何も書けない自分を呪う日もあった。森は彷徨の中にいた。

六〇年一月十五日、成人の日に瀬戸はジュリアード音楽院で学ぶためアメリカへと旅立った。しばし、森との関係は途切れることになる。そして瀬戸に代わって森に多大な影響を与えることになるのが、ヴィレジャンなるグループの面々との出会いであった。森がエッセイで最も多く書いた最初の恋も、ここで生まれた。きっかけを作ったのは画家の佐々木豊である。

――やがて、その彼女は一年ほどでアメリカへ留学してしまった。私はただ一人の友情を失うことに気も狂わんばかりに悲嘆にくれたが、同時に、心の奥底で重荷がとりのぞかれたようにも感じていた。(『さよならに乾杯』)

――一年の時には、同級生に天才的にうまい人がいたの。だから私も引きずられてヴァイオリンに集中できたんだけど、その彼女が外国に留学しちゃって、気力がなくなっちゃったのね。ヴァイオリンから気持ちが離れて美校の方に行き始めた。(『森瑤子自選集』月報④/九三年九月)

六〇年の夏。森より五歳上の佐々木は、当時、藝大油画科専攻科にいて、ある朝、丸い文字で書かれた一枚のハガキを受け取った。そこには、「私は十九歳でヴァイオリンを専攻する藝大の学生ですが、日頃から現代詩と現代絵画は同じ運命をたどるのではないかと思っていたが、あなたの個展を見てそれを確信した」と書かれてあった。銀座や京橋の個展をぶらつくのが趣味になっていた森が、ふらりと入った画廊で二人の男の会話を耳にして出したものだった。佐々木が下宿に泊まっていた北上壮一郎に「僕たちが話していたことと同じことを言ってる」とハガキを見せると、彼は「知り合った女は紹介し合う、男女の関係を持たないというのが僕たちのルールだったね」と応えた。

佐々木より八歳年長の北上はムッシュウという名で知られ、詩を書いたことのない自称詩人で、実弟には役者の北上弥太郎がいた。いわば高等遊民で、都立大学駅の岡田茉莉子が経営するアパートで学習院の同窓生ガコという女性と暮らしていた。ガコは絵を描き、ムッシュウは東大受験失敗を繰り返していたという。佐々木とは、藝大の学園祭、藝祭で邂逅し、その日からお互いの家を泊まり歩く仲となって、お茶の水のシャンソン喫茶ジローや新宿の風月堂で多くの時間を過ごすようになっていた。ファンファンと呼ばれていた佐々木が記憶を辿る。

「その頃はみんなハングリーで、第一次イタリアオペラや映画のエキストラに出たり、ペンキ塗りやちんどん屋のバイトをしてた。一日千円もらえたからね。バイトでは赤瀬川原平や池田満寿夫も一緒だったよ。個人プレーでデートするとお金がかかるから、どこに行っても誰かお金があるやつが支払ってくれるのを待っている感じで、いつも群れていた。風月堂には寺山修司がいたし、ジローの愛想の悪いボーイはなかにし礼だった。そんな時代だったんです」

佐々木は、森のハガキに対して、「十二時に、藝大の門を入ったところの楡の木の下でリンゴを齧っているのが僕です」と返事を書いた。当日、待っていると、少しぽっちゃりした大柄な女性がヴァイオリンを抱えてひどく恥ずかしそうに走ってきた。立ち話をした後、佐々木は「今夜、ある男から君のところに電話がいくからね」と告げた。そしてその夜、森のもとに北上から電話が入り、翌日、二人は風月堂で会った。森の恋が始まった。

――(略)三十分も約束に遅れてから、不意に私の肩に手を置くと、背後から私の耳に、

「あなたがボクのジュリエットですね?」と囁いた。

あの、電話の声で。

ふり返ると、彼はそこにいた。電話の声そっくりの様子で——。青ざめた美しい手と、ほっそりとした優雅な躰つきと、頰の殺いだような線と切れ上った眼と——。

（『別れの予感』ＰＨＰ研究所刊／八一年）


佐々木は、森が北上に恋するだろうことはすぐにわかった。

「ムッシュウは、『太陽がいっぱい』のアラン・ドロンを見てすぐに靴屋に飛び込み、靴下を脱いで素足にデッキシューズを履くような男。空虚、それが彼の哲学で、一日を演劇のように自分で創作して、喫茶店の客を観客に見立て、恋愛ゲームを演じていくことに生き甲斐を感じていた。『今日は役がついたから出かけるぞー』と言って、ムッシュウは風月堂に出かけて行った。だから好奇心いっぱいの森瑤子がムッシュウにやられるなって、すぐわかったね。でも、わざわざ彼に同棲相手がいるとは彼女には言わなかったよ。みんなフリーで対等、それが我々の暗黙のルールだったから」

その日から森はマコと呼ばれ、北上に会うために風月堂やジローに出かけ、自然発生的に集まった仲間との絆を深めていくのである。そこは実存主義者やアーティストのたまり場で、画家もいれば、美大生や女優の卵など開花する前の才能が群生していた。みなあだ名で呼び合い、本名を知らない人も大勢いた。六〇年安保で世の中は騒然とし、森が仲間とデモに参加することもあった。一方で「所得倍増計画」で日本経済は順調、クレーやマティス、シャガールらの絵画展が次々開かれて、時はヌーヴェルヴァーグの時代だった。

——私は私なりに、何かをつかみとろう、学びとろうと必死だった。なぜなら、常に自分だけが後れを取り、取り残されるような気がしていたからだ。(中略)それよりもっと切実に、充実感が欲しかった。(『夜のチョコレート』角川書店刊/九〇年)

森は、北上の恋人とは知らず、群を抜いて素敵だった女性、まるでアヌーク・エーメのようなガコに激しく憧れ、アイラインを引き、黒い服を着て、ブリジット・バルドーやジャンヌ・モローの表情を真似、待つのが当たり前の恋人を何時間も待ち続けた。スタイリストの草分けの一人、いちだぱとらは、ヴァイオリンを小脇に抱えた森が思い詰めたような眼差《まなざ》しでジローの店内を横切り、北上の陣取る定席に脇目もふらずに歩み寄る姿を目撃している。

　森の一学年下のぱとらは、森より早く、文化学院の高校時代にジローでガコや北上と知り合っていた。ぱとらとは、その髪形と容姿を見て北上がつけた呼び名だ。

「森さんははにかみ屋さんで、恥ずかしさをジェスチャーで表す感じが外国映画っぽかった。ムッシュウを見る目にも態度にも気持ちが溢れていて、ウキウキドキドキしていて、感電しそうだった。私はガコによく呼び出されていたんですが、数時間過ぎるとマコとデートをすませたムッシュウが私たちの席に戻ってきた。その時は気づかなかったけれど、不思議な三角関係の渦中にいたのですね。ムッシュウは残念ながらO脚で背が低かったのですが知的な男で、納豆を食べる時はお茶碗に納豆がついてはいけないとかいちいちうるさいの。日本女性の三十人くらいは彼のおかげで素敵な女性になったんじゃないかな。ジローはサンジェルマン・デ・プレのカフェで、ムッシュウとガコはサルトルとボーヴォワールでした」

　作家になった森はエッセイだけではなく、短編「招かれなかった女」でこの関係を小説にしている。

――私の時間はもちろん、私の思想、音楽、愛などを私から取り上げた。彼は私の肉体以外のすべてを私から激しく取り立てたのである。そして私が何よりも彼に与えたかったのは、私の躰なのであった。（「招かれなかった女」／「セゾン・ド・ノンノ」集英社／七九年夏季号）

「招かれなかった女」をはじめとする森の著作には当時の仲間たちの会話がしばしば登場する。映画や演劇、文学や絵画や音楽について交わした芸術論。風月堂やジローで待ち合わせた後、誰彼なしに誘い合って誰かの家に行き、パーティーを開くことも頻繁にあった。森の小説に登場する洒落た言葉遣いや社交辞令はあの頃のものだと、佐々木は述懐した。

「我々はパーティーが好きで、案内状なんかはマコがイラストを描いて、コピーも書いていた。上手だったよ。『わざと遅れてきて気を惹こうと思ってもダメよ』というのは女子美の学生だったべべがいつも言う言葉なんだけれど、マコは小説にその台詞を使っていたね。僕の言った言葉なんかも書かれている。パーティーというのは自己演出の場所で、マコはムッシュウや僕たちに相当鍛えられたと思うよ。そうそう、べべはマコが『情事』を書いた時、代わって家事をしてあげていたみたいだよ」

後年、人気作家となってからの森はパーティーやイベントを率先して仕掛けていたが、その萌芽はこの時代にあったのだ。森の卒業演奏はセザール・フランクのヴァイオリンソナタであり、やがて池田満寿夫に触発されて小説を書くことになる。フランクは北上が風月堂で日がな一日聴いていた音楽で、池田満寿夫は佐々木ら仲間がその作品について語り、認めた名前であった。

――なんとたくさんのことをあの頃私たちは吸収したことだろう。ムッシュウやヴィレジャンとつきあったその一年間で私の容貌はずいぶん変わってしまった。（中略）私はもはやおでぶのティーン・エイジャーではなかった。（角川文庫『プライベート・タイム』／八六年）

――（略）ある種フーテンのエリート意識みたいなものがあったと思うの。一番新しい映画を見て、誰もしていないことを一番先にまねしたしね。（『森瑤子自選集』月報④）

二十歳の森が夢中になったのは北上ではあったが、彼とその仲間たちが体現する自由と新しい時代に心を射貫かれたのである。だが、ヴァイオリンを放り出して門限を破るようになった娘は、両親の心配の種になっていた。佐々木は、この時期、森の両親と顔を合わせている。ある時、森の母が開いたばかりの美容院がパーティー会場になったのだ。佐々木が持参したその時の写真には、黒い服を着てひたむきな目をしてダンスを踊る森が写っていた。

「お父さんは、娘が薄汚い連中を連れてきたってすごく嫌がったようです」

森の恋は、娘の行状を案じた両親が興信所に依頼して北上の素行調査をしたことによって一年で終止符を打った。森は、北上とガコが恋人だったことにショックを受けてグループを離れたと書いている。だが、実際のところは、ヴィレジャンの仲間との交流は藝大卒業以降も続いた。警察のポスターやアングラバーのマッチのデザインを手がけるなど、北上とガコは広告の仕事を始めており、森は結婚後も彼らを手伝っている。一時の濃密な時間が薄らいだのは確かだとしても、それは新しい出会いがあったからではなかったか。六一年、森は藝大三年の夏に、白木屋デパート（後に東急百貨店と合併）の宣伝部にいたグラフィックデザイナーの亀海昌次と恋に落ちていた。

「そう言えば、マコの口からカメ、カメと聞くようになったね。二股かけていたのかな。でも、あの時代はみんな、そんなふうだったから」

そう言って笑う佐々木は、森が亀海と婚約したことも、その婚約が破棄されたことも知らない。佐々木が知る森の次の恋の相手はアイヴァン・ブラッキンで、六五年一月末にセント・オルボンヌ教会で行われた二人の結婚式に参列し、その後もゆるやかにブラッキン夫妻との交友は続いた。

「三崎の家のパーティーに呼ばれたことがあった。ちょうど僕が世界旅行に行く前で、マコはスープの飲み方を教えてくれ、アイヴァンはイギリスが嫌いな僕に盛んにイギリスに行けって勧めたよ。ちょうどビートルズの全盛期だったからね。二人とも楽しそうだった。ただ、その後、アイヴァンと二人で六本木の街を歩いたことがあって、その時、彼は自分に女性の目が集まるのをとても意識していた。ああ、これはマコ、大変だなぁと思ったのを覚えている」

瀬戸瑤子が森と再会したのは、七〇年のことだった。六七年に帰国し、結婚して練馬で暮らしていた瀬戸のもとに、三崎に住んでいたミセス・ブラッキンから電話がかかってきた。三つになった長女にヴァイオリンを習わせたいと森は話し、「小さな子は教えないので」としぶる瀬戸に「どうしてもあなたに教えてほしい。瑤子さんのようにしたいから」と懇願した。

――自分自身が六歳のときから習い始めて二十二歳までやり、結局それで身を立て得なかったのはスタートが遅かったからと、身をもって悔いた体験があったから、（中略）

（略）芸大時代の友人にレッスンをみてもらうために、三浦のはずれから東京まで週に一回子どもたちを連れて通いだした。（『さよならに乾杯』）

その時のレッスンの風景を、瀬戸はためらいぎみに思い返した。

「ヘザーちゃんは可愛い子だったんですよ。まだちっちゃくて、私は遊びながら教えてあげたいと思うのに、彼女はすぐにも弾けるようにしてほしいんです。雨の中でもおんぶ紐で背中に背負ってやって来るんですが、来てすぐにレッスンなんですね。少し休ませてあげようとしても、雅代さんはきかない。しかも、レッスン中にもバシッと手が出ちゃったりしましたから、大変でしたね。どうして終わったかは覚えていませんが、もちろん、とても続きませんでした」

七三年、三人の娘の母親となった森は六本木に住居を移し、その後、夫が手がけるダーツの販売代理の仕事を手伝うようになっていた。

妻や母でしかない自分に学生時代以上の焦燥感を募らせる三十代半ばの森を、ぱとらが垣間見《かいまみ》ている。ぱとらは二十歳でジローの仲間と結婚し、三年後に男児を出産した後に夫と別れ、二十八歳でスタイリストとなった。青山に事務所を構えるほどの売れっ子となっていた彼女のもとに、ある日、べべから洋服を縫いたいと売り込みの電話が入り、しばらくして、それまで話したことがなかった森に「スタイリストについて是非お話が聞きたいのよ」と電話で家に招待されたのである。七六年のことだ。

六本木の家ではブラッキン夫妻とべべが待ち受けており、テーブルには手料理が美味しそうな匂いをたてていた。夫妻の招待の目的は、ダーツを貸し出すから宣伝してほしいということで、ぱとらが「仕事が広告なので、雑誌とは違い自由がきかない」

と説明すると、森は気を利かせてすぐに話題を打ち切った。客がいてもアイヴァンは気難しさを隠さず早々に席を立っていき、それから女三人のおしゃべりが始まった。

「森さんは少しふっくらして、大人になっていました。こんなに声がいい方なのかと思いました。翻訳本の挿絵を描いてるというので見せてもらいましたが、漫画のような洒落たタッチでうまくてびっくり。思い出話にも花が咲きましたけれど、彼女の興味は、男を捨てて一人で生きていけるかということにありました。あなたはいいわねと私の独立を羨ましがって、いろいろ聞かれました。ちょうど女性の自立が言われ始めた時代でしょ。彼女は仕事がしたいという飢餓感がすごかった。なんとか今の環境から抜け出したいと思って頑張って、疲れている主婦がそこにいました」

それから一年後に森ははじめての小説を書くのである。「情事」がすばる文学賞の候補作として残っていた時期、新日本フィルのコンサートマスターの席にいた瀬戸は、同窓会の夜に、「今、小説を書いているの」と言う森とすれ違った。二人の子どもの母となっていた瀬戸は、ベビーシッターもつけないで娘たちを三人だけで家に残したまま夜中までみなと楽しんでいる森に驚き、心配したが、彼女は「寝てるから大丈夫よ」と取り合わなかった。

七八年十一月、伊藤雅代は第二回すばる文学賞を受賞し、森瑤子という名を手にして華々しく文壇にデビューした。瀬戸が旧友のペンネームを知るのは集英社から単行本が贈られてきた時だった。本を開くとそこには「瑤子さん、ごめんなさい。あなたの名前を使ってしまったけれど、許してもらえるかしら」と森の字で心配気に書かれてあった。瀬戸は、ヨーコという主人公の名前が目に入った瞬間に本を閉じてしまった。

「三ページも読まなかったけれど、ふっと読んだ瞬間、嫌でした。雅代さんがずっと何かを探していることはわかってましたし、ああこれで幸せになれるんだなと思って彼女のためには喜びました。だけど、彼女の小説を読もうとは思わなかった。彼女が有名になってからは、電車の吊り広告で『森瑤子』と見ただけでもドキッとしました。自分の名前とたった一字違いなので」

森の絶頂期、瀬戸のもとにはさるテレビ局から森と対面してくれないかという依頼がきたが、瀬戸は断っている。かかわりたくない、巻き込まれて自分の生活をかき乱されたくないという気持ちだった。

「機嫌を悪くしてるだろうなと思いましたが、ちょうど長男の受験などがあり、私も大変な時期でした。マスコミの前で会うなんて嫌でしたし、そんなことで振り回されたくはなかったんです。もっと彼女も落ち着いて、お互い六十歳を過ぎた頃に温泉にでも行って楽しく会いましょうといった気持ちでした。雅代さんがあんなに早く亡くなるとは思わなかったから」

ぱとらは、「情事」を読んだ時、ヨーコの恋人レインは北上をモデルにしていると直感的に思った。電話のやりとりや煙草の吸い方が北上のものだったからである。

八〇年代に入ると、森がヴィレジャンの仲間を招集し、ぱとらもその席に誘われたことがあった。すでに北上とガコは別れており、北上は有名詩人の娘であるピアニストと結婚し、ガコはアメリカ人と結婚してアメリカに渡ったが、出産後に離婚していた。集まりは、失意のなか帰国するガコを励まそうというものであったようで、ぱとらは森の友情に胸打たれた。

森瑤子となったマコは少しはにかみながらも堂々とした風情で、連夜続いた宴会が十時半になると決まって「門限だからお先に失礼するわね。みなさんはどうぞ楽しんでいらして」と立ち去っていくのだった。その後、ぱとらがパーティーなどで会う度に森は華やかさを増していった。

「マニキュアをぬるようになって、おどおどする感じがなくなっていました。まだ大きな肩パッドの服ではなかったけれどスエードの靴をはいていらしたので、ああ変わったなぁと思いましたね。主婦は手入れの大変なスエードは選びませんから。私がコムデギャルソンを着ていると、『こんなボロボロ、私の男友だちだとすぐに脱がすわよ』とからかわれました」

余談になるが、森は八〇年代のコムデギャルソンとワイズの爆発的な流行を「ぞろぞろしたもの」と嘆いていた。

作家になった森は、既に画壇で確たる地位を築いていた佐々木に連載小説のイラストや本の表紙を描いてもらいたいと頼んできた。単行本では『誘惑』や『招かれなかった女たち』、文庫本では『情事』や『嫉妬』、『傷』など、初期の何冊かの表紙やカバーは佐々木の作品を使って亀海が装丁したものである。佐々木は対談などにも男友だちの一人としてよくひっぱり出され、森も彼の個展には真っ先に駆けつけた。

「頭の回転がよく、会話にもリズムがあったから作家となって落ち着くところに落ち着いた感じだった。自己演出に長《た》けた彼女はどんどん華やかになって、ちょっとギンギラギンなイメージになっていったでしょ。でも、僕は黒いセーターを着てテレくさそうに走ってきた十九歳の素朴なマコを知っているから、そんなイメージには違和感を覚えたよね。マスコミに出すコメントでも本音以上にパンチを効かせている気がした。過剰に演出して、自然体ではなくなっていったという気はします」

佐々木は森の最後の対談相手となった。『森瑤子自選集』に挟み込む月報の対談相手の一人に選ばれて、九三年三月二十七日に下北沢の自宅を訪ねている。彼女が胃ガンにかかって二日後に入院し、三日後に手術を受けることを、この時の佐々木は知らされていない。ただ、『風と共に去りぬ』の続編『スカーレット』の翻訳の仕事がストレスだったために体調不良だ、と聞いていた。この時に撮られた写真の森は、少し細くなっているが、やつれは見られない。

「その時のマコにそんなに異変は感じなかったんです。これからはもう少し純文学に傾斜して、シリアスな仕事に時間をかけて、文学史に残る仕事をしたいと盛んに言っていたね。軽薄な流行作家では終わりたくないというのが、言葉のはしばしに感じられた」

佐々木が、森の病状を知るのは五月である。日本橋三越で開いた個展のオープニングパーティーで森の姿を探していると、彼女と親しい画家の田村能里子から「雅代さん、今日は来られない」と教えられたのだ。

六月の真夜中、名古屋にいた瀬戸のもとにムッシュウと名乗る男から一本の電話が入った。森が病床にいてあと数日の命かもしれない、「最期にあなたに会わせたい。なんとかしてくれないか」と電話の主は話した。愛知県立芸術大学教授の職に就いていた瀬戸は翌日が自分の主催する会であったため、「明日はどうしても難しい、待ってほしい」と頼むと、北上は「延命処置はしたくないが、してもらおう」と電話を切った。その数日後、瀬戸が病院に何度目かの電話を入れて、口に氷を含んだ状態の森と話すことができた。

森は「名前を使ってごめんなさい」と謝り、瀬戸も「会わなくてごめんなさい。そこまで怒っているわけじゃないのよ」とテレビ出演を拒否した気持ちを伝えた。それから瀬戸は、森が二十分間同じことを話し続けるのを当惑して聞いていた。森はこう繰り返した。

「私はもう好きなことだけやったからいいの。瑤子さんも勉強ばかりしないで、人生を楽しまなくっちゃダメよ、遊びなさい。楽しんで生きてほしいの」

七月六日午後二時、森瑤子逝去。その日の夕方、瀬戸は知らせてくれた北上と共に息子の車で下北沢の家に駆けつけると、ちょうどお棺が到着して、五木寛之からの花束が届いたところだった。

告別式は八日に四谷の聖イグナチオ教会で華々しく行われた。突然の訃報にただ呆然としたぱとらは、カサブランカの花を六本木のゴトウから贈るのが精一杯で教会には行けず、テレビに映る華麗なセレモニーを見つめていた。佐々木は北上と一緒に式に参列した。

「そのムッシュウももう亡くなってしまった。我々が一緒にいた時間はまさに青春学園物語だね。でも、僕は一度もマコのヴァイオリンを聴いてないんだよね。仲間は誰も聴いてないんじゃない？」

森が最後に聴かせたかったのは自分のヴァイオリンではなかった。

聖イグナチオ教会で「タイスの瞑想曲」を弾き終えた瀬戸は、アイヴァンよりも三人の娘たちよりも先に真っ赤な一本の薔薇を眠る森の頭上に置いた。瀬戸には親族より先の献花に強い抵抗があったが、献奏も献花もすべては森がどうしてもと強く望んだことであり、断る術《すべ》はなかった。

「彼女の遺言だからと言われて、言われるままにやりました。亡くなる前にずいぶん会っていないのですから、薔薇を置いた時はとっても複雑な気持ちでした。それでも音楽で私の気持ちは彼女に通じたと思います。翌日は私の誕生日でした。それまで誰かと歩いていた人生を、その日から一人で生き始めたような気になりました。とても不思議な感覚でした」

作家は百冊を超える著作を残し、仲間たちの誰よりも早くに人生を駆け抜けていってしまった。それは、バブルの余韻にピリオドを打つかのような死であった。

——音楽会にいったり、芝居をみたり、映画をみて、みんなでワイワイやっているうちに、時間は信じられないくらいはやく過ぎてしまうのだ。あの過ぎていく時間のはやさが、青春そのものであったといまは思う。（角川文庫『恋愛関係』／八八年）

自選集に収録するために行われた、佐々木豊との対談での1枚。
これが公に撮られた最後の写真となった。

母と娘 Ⅰ

長女の場合

六本木、外国人が集うバー、軽井沢の別荘、イサム・ノグチの提灯《ちょうちん》、グリル料理、そして女の失われていく若さへの焦燥と性愛への渇望――森瑤子が書いた「情事」には、一九七八年という時代の欲望が充満していた。三十八歳の森は、この一作をきっかけに日本の八〇年代を象徴する人気作家へと駆け上っていくのである。

森には三人の娘がいる。ヘザーに、マリアに、ナオミ。現在、森瑤子事務所の代表を務めているのは、長女で、ホーム&ライフスタイルプロデューサーのヘザー・ブラッキンだ。東京郊外のタウンハウスで気持ちのいい家具と家族の写真に囲まれて暮らす彼女は、落ち着いた面持ちできれいな日本語を話す。彼女が母の作品に目を通すようになったのは大人になってから、母のデビュー作を読んだのも二十歳を過ぎていた。出版から八年以上がたっていた。

「主人公ヨーコの娘の名前はエリカでしたけれど、『この娘は私だ』って思いました。ヘザーという名前は母が大好きでつけてくれたんですが、英語ではエリカの花をそう呼びます。それからポールが父だったり、チャルコット・ハウスがバーニーズ・インだったり。ポールの友だちはあの人だろうけれど、母と恋愛関係になるなんてないなとか。母があの小説を書いた時に何度も原稿を読んだという母の親友は、『一人の人をモデルにしたというよりもたくさんの人を観察しながら人物を造形した』と言っていましたが、読んでいると何となくどこがフィクションでどこが本当かというのはわかりました」

森は、さまざまな場面で、「小説とは根も葉もある嘘である」と佐藤春夫の言葉を引用してきた。そんな彼女は、華麗な私生活が作品世界と重なり合って、ライフスタイルまで真似したいと女性読者に思わせた最初の作家であった。森自身が憧れたサガンのように、デュラスのように。同時に主婦から作家になった存在としても嚆矢《こうし》であり、最後の講演では「作家として私の書いているものは、すべて家族に帰っていきます」と語っている。家族にしか見せなかった顔もあった。

二十六歳の森が東京都千代田区にある九段坂病院で第一子を出産したのは、六七年九月二十四日。世界ではベトナム反戦運動が広がり、ミニスカート・ブームを巻き起こしたツイッギーがイギリスから来日した年でもあった。三カ月歳下のイギリス人、アイヴァン・ブラッキンと結婚して三年足らず、森、すなわち伊藤雅代はミセス・ブラッキンと呼ばれていた。

「東池袋のカーテンもないアパートの一室から出発した両親は、その頃は田園調布のアパートに住んでいました。お金持ちが住むエリアでなく、その反対側のところ。それなのになぜ九段坂病院かというと、父が『イギリス大使館に近いから届けが簡単じゃない？』と言ったようです。当時、父はビジネスパートナーと二人で広告代理店をやっていて、コピーライターでした。日本の企業が海外に出す機械などのネーミングを考えたり、カタログを書いたり。父は文章がとても上手なんです。母も少しだけフリーランスでコピーライターをやっていました」

――直前まで大きなお腹をかかえてふうふうと勤め上げた朝日広告社とも、やむなくお別れ。親がかりの時代は別にして、生れて初めて男に寄生して生きることになってしまった。つまり私の収入ゼロ。退職金と健康保険からでる出産費を合わせれば、なんとか一年はもつだろう。(『ラヴ・ストーリー』角川書店刊／八八年)

日本社会は右肩上がりの経済を邁進していたものの、六〇年代、七〇年代は女性の就職先が限定されており、戦後において専業主婦率が最も高かった。六三年に東京藝大を卒業した森は十七年間弾き続けたヴァイオリンを諦め、「絵と文が得意で音楽がわかる」という理由で、広告会社でTVコマーシャルを作る仕事に就いていた。だが、この時代は出産イコール退職が世間の規範。広告という追い風にのる業界で仕事をして、夫と対等に稼いでいた森は、二十六歳で毎週月曜日に夫から生活費を渡される専業主婦になった。この頃の彼女はまだ主婦の時間を憂えてはいない。暮しの手帖社から出版され、核家族のバイブルとなった『スポック博士の育児書』を片手に、はじめての子育てに懸命だったからだ。

ヘザーが生まれてまもなく、ブラッキン一家は東京を離れ、三浦半島突端の諸磯にある家に移っていた。当時、諸磯には外国人の家が点在して、外国人タレントだったリンダ・ビーチが所有していた家具完備のコテージが海好きの夫妻の心をとらえた。

「私の記憶が始まるのは諸磯の二軒目の借家からです。幼稚園に通い始めるぐらいだから三歳か四歳でしょうか。幼稚園では『ガイジン、ガイジン』といじめられたので、母がすぐにやめさせて、母の実家のある下北沢の幼稚園にしばらく通いました。でも、そこでもいじめられたので、やめてしまった。下北沢では、母からヴァイオリンを教えられました。できないと『なんでできないのっ！』と叱られ、弓で叩かれて。私は泣いて泣いて、ヒックヒックなっちゃって。今なら虐待ですよね。そのあとはピアノを習わせられましたが、先生が『音楽の才能はない』と言ったのでそこで終わりました。亡くなる時、病院で母はその時のことを謝ってくれました」

七一年に次女が生まれ、森がマリーンからとってマリアと名付けた。日本経済は順調だった。ブラッキン夫妻は中古のクラウンで紀ノ国屋へ買物に行き、夏を軽井沢の貸別荘で過ごす生活を手にし、七二年には諸磯に自分たちの家を建てた。森が「風の家」と呼んで愛し、小説の舞台にもした家だ。その一年後、三女のナオミ・ジェーンが誕生する。

「父が建てた家は、石を積み上げた外壁も、中もほとんどが父の手作りです。暖炉を作り、部屋を増築しました。作り付けの二段ベッドがあるカッコいい部屋を作ってくれたので、私たちはそこで寝ていました。父は朝、黒いクラウンに乗って東京へ仕事に行き、夕方に帰ってきてました。母は何をしていたのかな。一緒に海に潜って遊んだりしました。サザエやアサリを採って、クラムチャウダーとか作ってくれましたね」

ブラッキン家の暮らしは、森が「うちの夫は亭主関白」と書く夫のこだわりから英国スタイルだった。姉妹が開設しているブログ「three sisters, three places,three lives 母、森瑤子との想い出、そして母に伝えたいこと…」では、当時の写真が公開されており、その一端をうかがうことができる。

「結婚した時、イギリスの祖母が母にイギリス料理の本をプレゼントしたんです。母は最初はその料理本をベースに作っていたようですが、料理の才能があったから自分なりに工夫して自分のものにしていったのでしょう。両親ともテーブルマナーには厳しかったです。祖父から戦争の話を聞かされているので、母は食べ物を残すのもダメだった。家で話す言葉は、父がいる時は英語で、母だけなら日本語。『両方のネイティブになってほしい』というのが両親の理想でした」

ヘザーは、本好きの両親がこの家でよく本を読んでいた姿を目に焼きつけているが、ナオミが生まれて三カ月もたたないうちに、一家は東京タワーの見える六本木の借家に住まいを移すことになる。就学年齢に成長したヘザーを、聖心インターナショナルスクールに入学させるためだった。

「両親は、日本の学校でいじめられると可哀想という気持ちが強かった。三崎に家族ぐるみの付き合いをしていて、今でも親しくしているカナダ人家族がいます。私たちの服は、そこの娘さんたちのお下がりだったし、彼女たちが聖心インターナショナルに通っていたんですね。その影響もありました。それに六本木にはバーニーズ・インがあった。父は仕事が終わるとそこに寄って英語で話して発散してから家に帰ってご飯を食べるようになりましたけど、やっぱり、交友関係を考えて東京の中心がよかったんでしょう。家は六本木の、今、六本木ヒルズが建っているところにあった一軒家でした。トルコ人の大家さんで、一階が父の事務所で二階が住居。金曜日の夜になると車に荷物を詰め込んで三崎の家に行き、週末を家族で過ごすのがブラッキン家の習慣でした」

インターナショナルスクールに入ったヘザーは、もういじめられることはなく、さまざまな国の子どもたちが通うこの学校で「日本人でもなくイギリス人でもなくて、両方合わせもったインターナショナルだ」というアイデンティティを獲得していく。森は、国籍の問題やいじめについてとくに言葉にすることはなかった。ただ、「あなたはハーフじゃない、ダブルよ」と言い、「ほら、モデルさんはみんなダブルだよ。ヘザーはきっと美人になるよ。ほら、こんな顔になるわ」と娘にファッション雑誌を差し出した。

六本木の家での森は、階下で仕事をする夫を気遣い「家の中を走っちゃダメ」と子どもたちをよく叱ったが、勉強についてはほとんど関心を寄せなかった。

「教育が英語なので、日本語の漢字は小学四年レベルで止まってしまいました。伊藤の祖父に『お前たちは半分日本人なんだから』と言われ、夏休みも軽井沢で一時間勉強させられましたけど、そんな時も母は祖父に任せきり。『テレビを見る時間があれば本を読みなさい』と言われても、『勉強しなさい』と言われたことはありません。母が私たちに言ったのは、『何か好きなことを見つけなさい』ということでした。ひとりぼっちで淋しくなった時に没頭できるものがあることが大切だから、仕事でも趣味でも絵でも音楽でも何でもいいから自分でできることを見つけなさい。それは、私が母から教えられた大切なことです」

ヘザーの記憶によれば、この頃から家には胃薬のマーロックスが常備されていて、森はしばしば胃腸科の医者であった大家の妻の診療所に通っていたという。森の胃ガンを発見したのは、この女性医師、「モヒト先生」である。

ヘザーが小学生の頃、母が家にいない期間があった。それが一カ月だったか、一週間だったか、数日だったかは漠然としている。その間、父がご飯を食べに連れて行ってくれていたが、あの時、母はどこへ行っていたのか。

同じ頃、母は胃を悪くしており、しばらくしてから「もう治ったわよ」と娘に告げたことがある。ちょうどテレビで母親が死んでいく闘病もののドラマを見て、「お母さんって、死ぬんだ……」とショックを受けた後だったので、母の笑顔を見て、どんなに安堵したか。後に母の病気を知ったヘザーは、小学生の頃の一連の出来事を思い出すのだった。

三十代半ばに差しかかろうという森の内面には、切実な葛藤が起こっていた。自分は何者か、母と妻でしかないのかという問いである。アメリカから「自立」を謳うフェミニズムの風が映画や本を通して吹いてきて、女たちの心をざわつかせていた。夫は息抜きにパブに飲みに出かけることができても、幼い子どもがいる自分はただ本と想像の世界に逃げ込むしかない。六本木という都会の喧騒が主婦の孤独を一層際立たせた。さらに夫がダーツの日本での販売権を得ると仕事を手伝うようになって、そのために夫婦の間で争いが起こった。ビジネスは順調とは言えず、しかも、西洋人である夫は働きバチの日本人のような働き方はしない。価値観の違いから綻びが目立ち、森には味方であるはずの夫が敵にさえ見えていった。

——海辺の生活は孤独だったが、六本木のほうがそれ以上に孤独だと知るのには、それほど時間がかからなかった。(中略)
海辺にいる時以上に、私は自分が幽閉されてしまっているような気がした。(中略)男に養われているのであるから、家に閉じ込められるのは止むをえないことだと考えようとした。
(略)仕事をしよう、と切実に思った。(『ラヴ・ストーリー』)

危機感は主として、自分の内側にあった。つまり、たいていの主婦たちが陥るあの憂鬱《ゆううつ》――このままで老いていっていいのだろうか、という想い。

もしかしたら、別の生き方があったのではないか、いや今からでもあるのではないか、か。一刻一刻がもはやとりかえしのつかない方角にむかって、自分を押し進めていくあの焦燥感。

生き方を修正したいという思いの他に、人にかまってもらいたい、もっと切実に愛してもらいたい、私がここにいることを認めて、それを尊重して欲しいという欲求もあった。(角川文庫『ジンは心を酔わせるの』／八六年)

森瑤子誕生前夜の母の苦悩を知るには、小学生のヘザーはまだ幼すぎた。

「父がダーツの仕事をやっていた頃は秘書や営業の人とかスタッフも何人かいて、母が手伝うようになると母も父と一緒にバーに行くようになりました。外国人のダーツの選手が来日する時は、母が通訳したりね。私たちを下北沢の実家に預けて、夜、出かけることもありました。そんな時、私が妹たちの面倒をみることもありましたが、お小遣いをもらえたのでOK。うちはお金は自分で稼ぐものだという教えで、なんでもお小遣い制、お皿も私たちが洗っていました。母には楽しいこともあったと思うんですけれど、夫婦喧嘩は時々していましたよね」

七七年の夏、鬱々としていた主婦の耳に、版画家の池田満寿夫が芥川賞を受賞したというニュースが飛び込んできた。小説家でなくとも小説を書けるのか。軽井沢の別荘にいた森は、二週間ではじめての小説を書き上げたと、エッセイに綴る。その小説「情事」は、翌年、第二回すばる文学賞を受賞。ヘザーは十一歳になったばかりだった。

「母が書いてるなんて全然わからなかったから、きっと夜中に書いていたんでしょう。ある日、母が『ママに電話がかかってくるから、電話には出ないでね』となんだか苛立っていて。それで電話があって、すぐ出かけて行きました。『ママの書いたお話が賞をとったんだよ』と言われて、『すごい、なんかもらえるの?』と聞いたら、『賞金五十万円』って。子どもだから、わぁ、うちはお金持ちって思ったのを覚えています」

翌七九年の夏、森の両親が伊東に居を移すことになり、ブラッキン一家は下北沢の家へ引っ越した。母が作家になったことも住まいが替わったことも、ヘザーにはそれほど大きな変化とは映らなかった。

「変わったとすれば、下北沢の家は広かったので私たちが個室を持てたことと、犬を飼ったことぐらい。あと、夜に母がいないことが増えたかなというぐらいです。でも、母はその頃はちゃんとご飯を作ってくれてから、出かけてました。朝も起きていたし、お弁当も作ってくれていた。私が初潮を迎えた時は『おめでとう』と言って、ハンカチをプレゼントしてくれました。そのうち母も忙しくなって、アシスタントの人が一人、二人、三人と増えていき、玄関近くの広い部屋を事務所にしていた父も松濤にオフィスを借りるようになりました」

ヘザーが母の変化をはっきりと意識するのは、森がデビューして五年になろうという頃だ。香港に出かけた両親が、それぞれロレックスの金時計を買ってきたのだ。

「香港の知人に、向こうのロレックスの社長を紹介してもらったと聞いています。母はこういう時は結構、慎重で計画的でした。高校生だった私は驚いて、うわぁ、気持ち悪いと反発しました。でも、母にとっては金のロレックスは憧れ、夢だったんですね。母が自分ではじめて大きな買物をしたのがこの時計だと思います。今は私の腕にあります」

ヘザーの言うように、ロレックスの金時計は森の欲望を刺激したのだろう、エッセイにもよく登場させた。円は高くなっていて、海外に出かける人が爆発的に増えていた。ファッション誌にはロレックスの時計やカルティエのリングがステータスとして紹介され、人々の憧れを誘った。

週刊誌が「主婦作家」と呼んだ森は経済力という「自立」のための魔法の杖を手にして、女性誌のグラビアに登場するようになる。美しい家族が並ぶ大きなテーブルの大皿に盛られたラムレッグやサラダやアップルパイ、贅沢な旅行、有名人たちとの交流に恋愛指南。肩パッドが入った服に大きな帽子、真っ赤なルージュという我々のイメージする森瑤子が出来上がっていく。憧れを手にした作家が、自らを憧れを誘う存在へと変身させていったのである。

「もともと母は地味なくらい、シンプルな服装しかしませんでした。それが気づいたらああいう格好になっていて。私には母がお洒落だったという意識はなくて、亡くなってから人に言われて、ああそうだったのかと思いました。ただ、朝起きてからボサボサの髪にネグリジェのままでずっと原稿を書いていた母が、四時になり、『さあ、出かけよう』となった時の変身はすごかった。サーッとシャワーを浴びて、颯爽と出かけて行った。出かけたあとにクローゼットをのぞくと洋服がいっぱいで、私も母の服を勝手に持っていったりもしました」

ちょうどこの時期、森ははじめての書き下ろし作品『夜ごとの揺り籠、舟、あるいは戦場』を上梓していた。母娘の葛藤と夫婦の軋轢を交差させたこの小説は、萩尾望都が母に愛されない娘を描いた名作『イグアナの娘』よりも九年も早くに発表されている。八五年には、三女ナオミの夜尿症治療と『夜ごとの～』の取材のために受けたセラピストとの対話を記録した『叫ぶ私』を発表。フェミニズムの命題でもある性の問題と母娘の問題を森はいち早く作品にし、エッセイでも「母に愛されなかった自分」「娘を愛せない自分」を吐露していくのである。

それは、まだあるべき母親像に縛られていた女たちの関心と共感を呼ぶには十分過ぎた。

ヘザーは、母と祖母の仲のよい姿しか知らない。母の愛情コンプレックスも、母が自分は母親として機能不全ではないかと悩んでいたことも、亡くなった後に知ったのだ。ヘザーは、遺品の中に十九歳だった伊藤雅代の日記を見つけている。雅代は、そこで、美容院を開業しようとしている母・喜美枝への批判と不満を綴っていた。

〈お母さんは、おそろしく個人主義だ。自分のことしか考えていない。年頃の娘や息

（筆者注・子）がどんな風な事を考え望んでいるかを、すっかり無視して已れの利益しか見ようとしない。〉
〈不可能なことを可能にするファイトや能力は敬服に値するけれど、それには多くの犠牲のあることを忘れてはならない。年相応の、そして能力相応の事をしなければならない。特に家庭の主婦は子供の教育や生活に終始注意をしていなければならないのだ。〉
森の日記で批判される喜美枝の姿は、仕事が加速度的に増えて、夫に「君はまず子どもたちの母親であり、次にミセス・ブラッキンであり、最後が森瑤子なのだ」と責められる自身の姿とどこか重なる。
「苦しくなるから読めないでいる母の本があって、『夜ごとの〜』も『叫ぶ私』も読んでいません。私が高校生ぐらいから、母が夕飯を作らない日もでてきて、帰ってくると二千円置いてあって『ケンタッキー、買ってらっしゃい』って。朝も、コンビニが始まった頃だったので、お弁当代五百円がテーブルに置いてあったりしました。それまでファストフードもインスタント食品も食べさせてもらえなかったから、私たちはそれで嬉しかったんですよね。でも、一人で食事している父は淋しそうだった。両親が大喧嘩して、泣いて止めたこともありました。でも、そうしたことが両親の危機だったという感じはしなかった。私は十八歳で家を出ているので、母の作家としてのピークを知らないからかもしれないですね。だから母への不満もとくに感じたことはありません。そこは、マリアやナオミとはまた違う思いを持っているかもしれない。ナオミは母が森瑤子になった時はまだ五歳でしたから」

小さな頃から、「将来は自分で選びなさい」「十八歳で家を出なさい」と母に言われてきたヘザーがロンドンのリッチモンド大学美術学部に入学するために日本を発ったのは、バブル直前の八五年の夏だった。

「その時のことは忘れられません。あまりにも母が冷たかったので。出発の日、母は『じゃあね』と言って、どこかへ出かけちゃったんです。今思えば、互いに泣きだしたら困るから、お別れをしたくなかったんですね。母は確かにシャイで愛情表現は下手でした。子どもの頃から抱きしめてくれるのは父で、母はそうじゃなかった。でも、私は母の愛情を疑ったことはありません。厳しかったけれど、普通の日本人の母親と同じですよ。もしかしたら母は、父や私たちが頻繁にハグしたりキスしたり、アイ・ラブ・ユーと言い合っているのを見て、なぜ同じようにできないのかと自分を責めていたのかもしれない。したいけれどできない辛さがあったのではないでしょうか」

――この本を、（中略）私が心から愛していて、決して愛しているのだと口にして伝えることの出来ない人々――私の母や父や、夫や娘たち――に捧げる。（『叫ぶ私』主婦の友社刊／八五年）

大学でインテリアデザインを学んだヘザーは、卒業後にベルギーのインテリアデザインの会社に就職し、九一年にベルギー人男性と結婚した。ブラッキン家は高級外車やヨットを所有し、クリスマスにはスイスやフランスでスキーを楽しみ、夏はカナダの十一ヘクタールある島や与論の別荘で過ごしていた。だが、ヘザーは帰国の度に家の中が変わっていくのを感じた。

「母は外出していることが多くなっていました。高校生だった妹たちも夜遅くまで帰ってこないし、週末は友だちやボーイフレンドと遊びに行っていない。父も、毎週末一人で三崎に行きヨットで過ごしてました。なんだか母のせいで家族がバラバラだなと思いました。私が高校生の時は門限もお小遣いも厳しかったのに、ナオミにはカードを渡していたりしてなんなの？　とも思いましたよ。みんな、もう小さな子どもではなくなったから仕方がなかったんでしょう。でも、母に誘われてパーティーやファッションショーに行くと、場違いのように感じながらも、みなさんが母をリスペクトしていることを誇らしくも感じていました」

ヘザーがベルギーの教会で挙式した時の模様は、機内誌や女性誌のグラビアで数ページにわたって紹介された。二十三歳のヘザーに、プライベートまで公開されることへの抵抗がなかったわけではない。が、雑誌の世界はタイアップ記事全盛時代、またグラビアでオーラを放つ森にはそうした仕事が多かった。

「両親と飛行機に乗る時は、子どもはエコノミーで、親はビジネス。それがファーストクラスになっていったんですが、バブルだったし、当時母は機内誌の連載もしていたので、プライベートの時も航空会社がアップグレードしてくれたことがあったようです。結婚式がグラビアに載るのはとても恥ずかしかった。でも、母の周りにはいつも編集者やカメラマンがくっついてるのが当たり前で、何があってもストーリーになるんだと、もう慣れっこになっていたところはありました。それでも、家族について書かれるのは嫌でした。何度も何度も、母に『書かないで』と頼んだけれど、『これであなたたちは食べていけるんだから』とか『ママが書いてるからあなたはイギリスの学校に行けるのよ』という返事が返ってきただけ」

家族は森にとって格好の題材であった。最後のエッセイ集には、嫉妬深い夫と「ピラニア軍団」と呼ぶ娘たちに手を焼く様子や、クリスマスに自分だけ家族の誰からもプレゼントをもらえない淋しさが、自虐的に綴られてある。

死後、次女のマリアと、父・伊藤三男がそれぞれ森瑤子の想い出を出版している。そこには、森が華やかな生活の裏でどれだけの代償を払っていたかが、書かれてあった。ヘザーは、二冊とも途中で読むのをやめた。

「母が書くのは大げさなんです。母は何でも持っていたし、好みがあるので、何をあげていいのか難しかったけれど、みんな、それぞれ母にプレゼントしていましたよ。母はお金には厳しい人でした。エッセイに書いてあったので、母のファンに、よく『ビル買ってもらったんでしょう』と聞かれました。とんでもない、ベルギーで投資用の一軒家を買ったので、登記料二百万円を借りたんです。しかも父から借りたんです。父も気の毒です。六本木時代は、娘たちをインターナショナルスクールに通わせ家賃も払っていて、普通のサラリーマンより稼いでました。ただ作家になった母の稼ぎに比べるとどうしても少ない。カナダの島も母が買ったのではなく、あれは、もともと父が買った三崎の家を売って買ったもので、プールやテニスコートを作る費用などは母が払ったんですね。母への束縛も、日本人の夫ならもっと強かったんじゃないでしょうか。母は家族のことは脚色して書くので、一部のファンの方には私たち家族のイメージはあまりよくないかもしれません。でも、それも母の作品を愛してくださるからこそだと思っています。ファンの方がいなければ森瑤子は存在しませんでした。森瑤子を愛し続けてくださるファンのみなさんに、心から感謝しています」

——私の小説の嘘と真実を知っているのは、唯一彼ら（筆者注・父や母や夫や娘たち）であり、私は彼らをして無理矢理に容認させ、辛うじて書き続けることが出来る人間なのだ。（『ファミリー・レポート』新潮社刊／八八年）

バブル景気は弾けたものの、日本中が皇太子妃決定にわき返っていた九三年三月。一年以上胃の不調を訴えていた森は都内の病院で胃ガンの手術を受けたが、すでに手遅れだった。五月の連休明け、多摩市のホスピスに移る。この間、森は両親や海外にいる長女と三女には何も知らせないようにと夫や秘書に固く口止めをした。ヘザーが母の本当の容体を知ったのは六月の初めだった。一月に出張で日本に戻った彼女は、出かけるという母のスーツを一緒に選び、下北沢の駅で「じゃあね」と別れていた。その時の母はいつもの元気な母だったから、ショックは大きかった。

「でも、三週間ほど病院で家族一緒に過ごすことができました。ある日、母の『一人ずつと話したい』というリクエストがあって、それぞれ順番に部屋に入りました。私は、二つのことを言われたんですね。『長女だったからヘザーに厳しかったと思う。ごめんなさいね』って。それから『ダディは一人でいられない人。早く再婚してほしいから絶対反対したり、お嫁さんをいじめることはしないで』と約束させられました。私が『ダディが再婚するなんて嫌！』と反論しても、『真面目に聞いて。ダディはひとりぼっちになっちゃうんだから』と諭されて……。今になると母の言ったことは正しいです。それから十年間、父はお酒を飲むと『ママに会いたい』と泣いていました。父は今、再婚して与論で暮らしています。マリアは横浜で一人息子の世話で忙しい毎日を送っているし、二人の娘の母親となったナオミはイタリアにいる。みんな離れているけれど、母との最後の約束を守って、家族はとても仲よしなんですよ」

森は、六月半ばにカソリックの洗礼を受けている。夫や娘たちに正座はできないだろうと心配して、自らの葬儀を教会で行おうと決めたのだ。洗礼名は、テレジア雅代・ブラッキン。

七月六日、森瑤子は子どもたちに手を握られながら、静かに旅立った。パタリとヘザーの手を放したその仕種は、まるで「バイバイ」と言っているようだった。

二日後の四谷の教会で行われた告別式は、八〇年代を体現した作家にふさわしい華やかなものであった。だがヘザーには、ただ慌ただしかったという思いが強い。

「当日、本番の前に裏のチャペルでこぢんまりした礼拝が行われたんです。私たち三人の娘は、その前に、お通夜の前だったかもしれませんが、洗礼を受けました。その場には、聖心インターナショナルの元の校長がゴッドマザーを務めるために来てくださっていたので、びっくりしました。すべてが準備されていて、私たちは言われるままにしているだけだった」

母が亡くなった数年後に離婚したヘザーは、九九年に日本人の商社マンと再婚し、二〇〇〇年、日本に戻った。子どもを持たず、主婦業の傍《かたわ》らインテリア関連の仕事を続けていると、かつて母が感じたように「これでいいのだろうか」という思いがこみあげてきた。

「私も何をしたらいいのかわからないというクライシスは、結構長かったです。でも、会社を作ってバリバリ仕事をしたいというのでもなかったんですね。二人とも長女だということもありますが、姉妹の中で私が一番母の気性を受け継いでいるかもしれません。だから、私の中では母が『森瑤子』でいることが果たして本当に幸せだったのかという疑問はあるんですね。私が知っているのはマサヨ・ブラッキンであって、亡くなってから森瑤子が生まれたという感じ。マサヨ・ブラッキンから森瑤子を作り上げたってすごい人だと思う一方で、一番リラックスしている状態の母を見ているので、森瑤子までもっていって保つというのはとても苦しかったんじゃないのかって。人前に出す顔は作っていたんじゃないか、本物だったのかと疑問です。時々、森瑤子の顔がひきつっているなと感じたこともありましたから。もちろん、楽しいことは楽しかったと思うんですが、母には『本当にこれでいいのか』という葛藤もあったんじゃないでしょうか。私にとっての母はマサヨ・ブラッキン。尊敬する森瑤子として生きた母も含めて、愛してやみません」

「小学四年生」レベルだったはずのヘザーが書く日本語は、優しく丁寧である。仕事をしながら覚えていったという。住空間収納プランナーの資格を取得した彼女は、今、プライベートな時間を大切にしながら住まい全般のアドバイザーとして、本を出版し、住宅のウェブサイトで執筆している。母の面影を強く宿した長女は、母の生きた時間を超えようとしている。

二人のヨーコ

才能はその時代に勢いのある分野に自《おの》ずと結集するものだが、それゆえ思いがけない人たちを交差させることにもなる。高度成長真っ只中の一九六〇年代は、広告業界が新しい才能の磁場となりつつあった。専門分野で女性が働くのがまだ珍しかった時代にあって、そのエネルギッシュな世界に身を置いていたのが、四〇年生まれの森瑤子と、三八年生まれの佐野洋子だった。二人は、二十代前半のある瞬間を共に過ごした遊び仲間であった。

六三年、森は東京藝大音楽学部器楽科を卒業してもプロのヴァイオリニストにはならず、しばらくボランティアをした後、朝日広告社でテレビCFを作る仕事に就いた。当時、白木屋デパート宣伝部でイラストレーターとして働いていた佐野は、出会って間もなく、帰宅ラッシュの車中で「子宮」「愛し合う」という言葉を入れてごくプライベートな話を普通にした森が忘れられないと、その時の森瑤子の姿を描写している。

――芸大のバイオリン科を出た彼女が広告会社のコピーライターになった時、私は彼女のいさぎよい転身に驚いた。

新宿の風月堂で私は彼女がコピーライターになるきっかけを作ったサントリーのCFコンテのラフスケッチを見せてもらった。

彼女はそれでテレビコマーシャルのコンテの新人賞をとりそのまま芸大から広告会社に就職してしまった。(中略)

その鮮やかな転身は、音楽という幼い時からの修練に耐えてたどりつこうとしているものを捨てた自分に対しての冷徹さがあったと思う。若い私達が貧しい才能にしがみつこうとしている中で、彼女は実にさわやかで明るかった。本当に?(集英社文庫『招かれなかった女たち』解説・佐野洋子/八五年)

森瑤子事務所には、六四年に森が描いたウィスキーのCFのラフスケッチが残されている。朝日広告社のロゴが入っており、この時、佐野が見たものではないが、その絵コンテも、達者な筆で描かれている。彼女が藝大受験の寸前まで、美術系に進みたいと逡巡していたのも納得できる出来映えだ。

佐野がここで書いた新人賞とは、宣伝会議が主催する「宣伝会議賞」のことであり、森は六四年の秋にサントリービールのCFで第二回の銀賞に入賞している。作品の企画意図を〈テーマは現代人のストレスである。その救いをサントリービールに結びつけた〉と書いた。ただし、この賞に応募した時、彼女はすでに銀座六丁目にあった朝日広告社に勤めるコピーライターだったのだが。

この時代の森の姿を記憶に残しているのが、八十九歳になる画家の水口満である。水口は東宝で初代ゴジラのポスターを手がけたデザイナーでもあり、東宝退社後に勤めた朝日広告社で制作局のアートディレクターとして腕を振るっていた。森は、当時、まだ規模の小さかったラジオテレビ制作課のコピーライターで、会社の屋台骨を支えるグラフィック部門の水口とは部署は違っていたものの、二人が一緒に仕事をする機会は多かった。

水口は、紹介がてら新人の森をクライアントに連れて行った時のことを鮮明に覚えている。藝大でヴァイオリンを学んだことは話題の一つになると考えた水口に向かって、彼女は「私は二度とヴァイオリンを弾きたくないから、コピーライターに転身したのです。藝大のこととヴァイオリンのことは絶対に持ち出さないでください」と釘を刺したのだ。

「僕はその気持ちはよく理解できたので、その後、彼女が藝大を卒業したこともヴァイオリンを弾いていたことも、一切誰にも話したことはありません。彼女は美人で、頭もよくて、お洒落で、明るくて、しっかり者でした。その頃は、クリエイティブ局に女性はほとんどいなくて、女性のコピーライターは一人だけ。みんなから『伊藤ちゃん』と呼ばれて、人気者でした。速書きの人でね、二分くらいで『こんなのどうですか？』とコピーを書いてきましたが、残念ながら、売らんかなの広告コピーは上手とは言えず、アドバイスして書き直してもらうことが多かった」

水口は、森が作家になりたいと夢を抱いていることを見抜いていた。

「時折、原稿用紙に書いたエッセイを見せてくれたんです。外国の作家に憧れてたんでしょうか、外国の話が多かった。短い文章でしたが上手で、才能の片鱗を感じました。コピーライターは、生活のための通り道だとわかりましたね。退職後に文学賞をとってからも、多忙だろうに銀座に来ると会社に顔を出し、声をかけてくれるのでお茶などしました。受賞作や他の作品もプレゼントしてくれましたが、『情事』は読んでちょっと驚きました。伊藤ちゃんのイメージとあまりにも違っていたので。早くに亡くなった時は、がっかりしたものです」

話を佐野との関係に戻そう。

佐野が解説を寄せた『招かれなかった女たち』は、森が藝大時代をモチーフに書いた小説である。「ヴァイオリンの音がまるで違う」友人に憧れ、自分の才能の限界を自覚した十九歳の時に、彼女は六歳から始めたヴァイオリンを捨て、音楽から離れて美術学部の学生やその周辺にいた詩人たちと過ごすことを選んだ。ヌーヴェルヴァーグの映画を見、美術展を巡り、サルトルとボーヴォワールを読み、ジュリエット・グレコを真似た黒ずくめの服を着て、新宿の風月堂やお茶の水のジローで芸術論や人生論を交わして恋に熱中する日々。『招かれなかった女たち』とは、ボーヴォワール『招かれた女』を意識したものであることは言うまでもない。

森は、後に、この濃密な青春時代とこの時期の恋愛体験が自分の価値観と美意識を決定づけた、と繰り返し書いている。愛の不毛と、人には執着しないという諦念にも似た孤独は森の作品の通奏低音である。

その頃、伊藤雅代という名前だった森は、佐野の前に、白木屋の同僚で、グラフィックデザイナーだった亀海昌次の恋人として現れた。武蔵野美術大学を卒業し、就職した年に結婚した佐野に対して、二十一歳の森と亀海は婚約したばかりであった。だが、森の両親の反対もあり、一年後に二人の婚約は破棄された。その失恋の苦しみの時、森に呼び出された、と「華やかな荒野を」というタイトルがついた佐野の書いた追悼文にある。

——私は、彼女をなぐさめる事もはげます事も出来ないデクノボーだった。酒さえ飲めないのだった。すでに二十の娘のモリ・ヨーコは、彼女の美学を確立させていたのだと思う。

並の娘だったら、失った恋人をののしったりうらんだり泣きごとを並べたりしただろう。彼女は何もうらまず、何もののしらず、静かに「つらいのよ」と言っただけだ

った。（「すばる」集英社／九三年九月号）

佐野は、この時に森の本質を見抜いていた。

——この人は大変な人なんだ。

華やかで率直で鮮やかな見えるものの中に見えないものを抱えこんで自分を切りきざんでいるのだ。

そしてそれをむしろ後生大事にしているのだ。

それは一種の狂気の様なものに思えた。（『招かれなかった女たち』解説）

この時からしばらく二人は会うこともなかった。森は東京オリンピックの翌年に二十四歳でイギリス人男性、アイヴァン・ブラッキンと結婚して、二十六歳で長女を出産、専業主婦となって三崎の家で暮らしていた。佐野は二十八歳で単身渡欧して、ベルリン造形大学でリトグラフを学び、三十歳で帰国して長男を出産する。森が小さな娘を連れて、表参道にあった佐野の事務所に現れたのは、恐らく七〇年頃だろうか。

日本の高度成長は完成していた。

——私は彼女が結婚したことも誰と結婚したかも知らなかった。

「童話を書いたの」

彼女は月光荘の四角いスケッチブックを私に見せた。

鉛筆と色鉛筆で絵が描いてあり、そのまわりにびっしりと文字が埋っていた。

私は昔、「いつか一緒に仕事をしようね」と約束したことを彼女が覚えていてくれたことがとても嬉しかった。（中略）

彼女のその淋しい美しい童話を、私はどこへどう持って行って本にしてよいのかわからなかった。私は一冊の絵本も出版していず二人の約束はそのまま消えてしまった。

（『招かれなかった女たち』解説）

専業主婦時代の森の夢は、童話作家になることだった。佐野がはじめての絵本『やぎさんのひっこし』を出すのは、七一年、三十三歳の時である。森が、伊藤雅代から森瑤子になるまでまだ七年待たねばならず、佐野はその間に、永遠のベストセラー

『100万回生きたねこ』を世に出していた。

森瑤子と佐野洋子。生き方の方向性も佇まいもまるで違う二人のヨーコであるが、同世代という以外にも共通点は多い。幼少期を中国で過ごしており、共に静岡で育ち、音楽と美術という違いはあれ、父によって将来へのレールを敷かれて、芸術系の大学を卒業した。森は小説やエッセイで繰り返し母との確執を書いたが、佐野も『シズコさん』を書いて母との葛藤を文字にしている。

二人のヨーコは、「父の娘」として、職業を持って生きることを自明のこととして育てられていた。それは、戦前にはなかった女性の生き方であり、共に「新しい女」であった。

ここは、佐野に証言者として森を語ってもらいたいところだが、既に佐野もこの世にはいない。長い前置きになったが、代わって、二人を知る編集者の小形桜子に登場してもらおう。森の担当編集者でもあり、佐野の一連のエッセイに、「サクラさん」として登場する人物である。

四四年、東京に生まれた小形は、六七年、小学館の女性週刊誌を出発点として雑誌の世界に入り、七一年、集英社の女性誌「ｎｏｎ－ｎｏ」編集部に創刊から参加。仕事で『１００万回生きたねこ』を出す前の佐野と出会い、友情を結ぶことになる。

消費文化が花開く七〇年代は、並行してウーマンリブ、フェミニズムが台頭した時代でもある。出版界では「新しい女性の生き方」を問う雑誌が次々創刊されていた。「あごら」「女・エロス」「わたしは女」「フェミニスト」といったミニコミ系に続いて、大手出版社のマガジンハウスからはニューファミリーのための雑誌「クロワッサン」が、集英社からは「女の自立」をキーワードにした「ＭＯＲＥ」が、七七年に創刊された。

三十三歳だった小形はフリーの立場ながら、「ＭＯＲＥ」の創刊チームで雑誌のコンセプト作りをリードした。

「まだフェミニズムという言葉よりウーマンリブという言葉が使われていましたが、日本でもそういう動きがだんだん活発になってきていました。モア編集部はファッション班とヒューマン班に分かれていて、私はヒューマン班だったので、創刊のポイントにしようと思ったのが、エリカ・ジョングの『飛ぶのが怖い』でした。読んだ時、とても面白くて、そこには女性が抱える問題が集約されていました。アメリカでは七六年にフェミニストのシェア・ハイトが女性の性意識を調査した『ハイト・リポート』が出ていて、モア創刊後に日本でも翻訳出版されています。世界で女たちが自分の性を語り始めた時期で、私には、その頃から女性の性を自分のテーマにしていきたいという思いがありました。日本ではまだ性のことを単刀直入に話せる女性ってそんなにいなかった時代だからこそ、『MORE』の創刊誌面で大きく取り上げたかった。それが後のモア・リポートにつながっていきます」

七六年に日本でも翻訳出版されたエリカ・ジョングの自伝的小説『飛ぶのが怖い』は、精神と性の解放を求める中産階級の女性の物語で、全米で六百万部を超えるベストセラーになった。小形は、この作品を、オノ・ヨーコを表紙にした「フェミニスト」を立ち上げた米文学者の渥美育子に語らせるなど、十四ページの特集「今日の愛と性を問い直す『飛ぶのが怖い』あなたへ」を組み、フランソワーズ・サガンのインタビューと合わせて、創刊号の目玉とした。特集では、ファック、ペニス、エクスタシーなど、これまでの女性誌では使われることがなかった言葉が並んだ。創刊二号目には、エリカ・ジョングのインタビューが掲載される。「MORE」の発行部数は膨れ上がっていった。

森は、この頃、ミセス・ブラッキンと呼ばれていて、焦燥と苦悩の最中にいた。「いい年をした大人の女が、ただひたすら夫の収入と彼の人間性と寛容さに依存するということの意味。タンポンでさえ、夫からお金をもらって買う恥ずかしさ」に苦しみ、自らを寄生虫のように感じていた。十代からサガンを愛読していた彼女が、サガンのインタビューが載った、女の自立を謳う雑誌を手にしたのはごく自然のなりゆきだろう。

「MORE」の創刊号が発売されたのが五月で、七月に池田満寿夫の『エーゲ海に捧ぐ』が芥川賞を受賞したニュースを聞いた森は、軽井沢の別荘で生まれてはじめての小説を書き出したのである。仏文学者の清水徹との対談で彼女は「MORE」に刺激された、と語っている。

――『情事』ではセックスを意識的に書きましたね。ちょうどその時期、「モア」という雑誌で、女の人の性について非常に率直に語り始めた時期と重なっていましたので、本当のことをいってもいいんじゃないかという気持ちで、あえてセックスシーンを書きましたけれども、その後ほとんど本気では書いてないの。(『森瑤子自選集』

月報①／九三年五月）

広告業界にいて、CFを作っていた森の頭の中にはマーケティングという考え方が定着していた。辻仁成との対談で、司会者に「読者を意識したのはいつからか」と問われて、こう答えている。

――最初の『情事』から。そのころ『モア』が創刊したころだったの。初めてセックスを後ろぐらくなくカラッとした感じで特集したんです。それがすごく画期的だった。私は『モア』の読者に向けて、要するにああいうものをカラッと読める人たちに向けて書こうというふうにターゲットを決めていました。（「すばる臨時増刊号」集英社／九〇年十二月号）

森ははじめての作品にあの強烈な一言を使う。

――かつて私自身も三十代の前半を、性的であると同じに精神的な飢餓の状態で過ごしたことがあった。そのことを『情事』という最初の小説の中に書いた。エリカ・ジョングというアメリカ人の女性の言葉に、「セックスをやってやって、やりまくりたい。反吐《へど》がでるまでやってみたい」というのがあり、それを活字で読んだ時の強烈なショックが忘れられず、その言葉を私の小説の中に借用したいくらいだった。(『恋の放浪者《バガボンド》』大和出版刊／八八年)

小形は、「MORE」八〇年十二月号から「あなた自身の性を発見するために　女の生と性」と銘打ち「モア・リポート」の連載をスタートさせていた。それは、オーガズム、マスタベーション、性交、パートナーなどの四十五項目を立ち入って具体的に問うた読者アンケート結果の発表で、十三歳から六十歳まで五千七百七十人の女性たちが回答を寄せていた。連載一回目のグラビアを飾った女性の裸体のイラストは、佐野の手によるものであった。

「扉は見開きいっぱいに女が裸で横たわる絵でした。次のページのイラストは全裸で立つ女性の姿で、陰毛がバサバサ描いてあった。女性誌で陰毛があんなに大々的に描いてあるなんて、はじめてだったと思います。だいたいマスタベーションという言葉が女性誌に載るのも、はじめてでした。アンケートは付録みたいにして雑誌に挟み込む方法をとったので、ものすごくお金がかかったため、まず男性編集長を説得しなければならなかった。彼は好きにやらせてくれました。アンケートの反応は凄まじく、幼児期に性的被害に遭ったことなど、読者が自発的に、実に正直に語ってくれました。賛否両論ありましたが、その率直な言葉は、男性によって作られたそれまでの女性の性の概念を根底から揺るがすものでした」

「モア・リポート」は商品化された性への手厳しい批判となって、多くの女性たちの共感を誘い、男性には大きな衝撃を与えた。アンケートをまとめた『モア・リポート』の出版にあたり、プロモーションのために本について語ってもらおうと下北沢の家を訪ねたのが小形と森との出会いであった。森が『情事』で文壇デビューして四年がたっていた。主婦作家と肩書がついた作家の、その時のコメントがある。

――女同士ではなかなか性の問題を話し合うことはありませんでしょう。だから本を読んで、ああ自分だけが違うんじゃないんだ、みんなそうしたことで悩んでいるんだ、とわかって安心するんじゃないかしら。それに男の人たちも、女のホンネの部分にふれることができて、今より理解のある態度で臨むようになる、という期待もあります。（「週刊文春」文藝春秋／八三年二月十七日号）

「華やかな森さんのイメージが出来上がるのは八〇年代後半で、私が会った時はまだ人物がクローズアップされる前。はじめて会った森さんは、どちらかと言うと地味で、垢抜けた印象はなかった。下北沢の洋館も改装する前で、古い応接間に紛れてしまうような、洒落っ気もなくて、どちらかというと物を書く人というより、普通の主婦というイメージでした。でも、これが『情事』を書いた人なんだって」

その時、森は、『モア・リポート』に強い関心を寄せ、本に載せられなかった部分まで教えてほしいと言った。彼女は、とくにオーガズムについて知りたがった。アンケートでは、性交で必ずオーガズムを得ることができる人は少なくて、十人に七人がイッたふりをした経験を持つという結果が出ていた。

「はじめて会った時だったか、その次だったか、時期は覚えていませんが、森さんは、『私はノーオーガズムなの』と、言ったんですね。私が『モア・リポート』をやった人間だったから打ち明けたんでしょうけれど、その率直さに驚いた記憶があります。

私は、基本的に、森さんの小説に関しては、なんだか本当のことが隠されているという気がしていましたから、自分を解放できないこと、性的なことが森さんの深い闇だったのかと自分の疑問とつながる気がしました。『娘との関係がどうしてもうまくいかない』『自分の子どもでも、好き嫌いがあるのよね』ということも、おっしゃってました。でも、彼女にとって大きな問題だったのはそのことより、やっぱり、自分が性的な喜びが得られないことだったように思います。その根本にある問題が森さんの抱える問題のすべてにつながっていたし、男の人との関係においても大きかったんじゃないかと思いました」

小形と会うようになった頃の森は、三番目の娘に夜尿症の症状が現われるなど、家族関係が行き詰まっていた。「カウンセリングを受けてみたいの。誰か知らないか」と相談された小形は、アメリカ帰りで売り出し中の河野貴代美と、もう一人のフェミニストカウンセラーの名前を挙げた。最終的に森は別の編集者に紹介されて河野のもとを訪れて、そのカウンセリング体験は彼女のはじめての書き下ろし小説『夜ごとの揺り籠、舟、あるいは戦場』にそのまま書き込まれ、さらに『叫ぶ私』として作品化されることになる。それは、作家・森瑤子のターニング・ポイントでもあった。

『夜ごとの〜』は性的な問題を抱える主人公がカウンセリングを受けるなかで母との確執に思い至るという構成だが、『飛ぶのが怖い』にも、性とカウンセリングと母が書かれている。欧米でブームになった精神分析やカウンセリングが日本にも上陸していた時期で、森の無意識はこの波に敏感に反応したのだろう。

文芸部の編集者から「森さんが『ＭＯＲＥ』に書きたがっている」と言われ、連載小説のために定期的に森と会うようになっていた小形は、森から母親の話を聞くことになる。

「森さんは当初から『強い母が好きじゃない、母に愛されなかった』とは言っていたけれど、そのことをしっかり言うようになったのは河野さんのカウンセリングを受けるようになってからです。母に愛されなかったことが娘との関係に影響しているのだと、自分で分析していた。作家ですから何でも題材にするところがあって、カウンセリングを受けたのも、嗅覚が鋭かったから関心があったのでしょう。結局、『夜ごとの〜』を書かないと、彼女はもう自分が囚われている世界から抜け出せなかったんじゃないかと思う。たくさんの恋愛小説を生み出しても、結局『情事』の焼き直しみたいで、さらさら流れるようなものばかりになってしまっていたような気がします。だうかあそこで思い切った転換を図ったんじゃないでしょうか。そして手袋を裏返すように自分を裸にして見せることで、読者の共感を呼んだ。親や子どもとの関係、夫との性的な関係を一緒に抱え込みながら『夜ごとの〜』や『叫ぶ私』を読んだ人がいっぱいいましたから」

しかし、エッセイではためらいなく自己開示をする一方で、森の書く小説は、エスプリの効いた男と女の話に収斂されていく。

森は、河野とのカウンセリングを八カ月で中断した。小形は、なぜ中断したのだろうかと考えずにはいられなかった。

「その後、『叫ぶ私』を出したでしょ。もちろんそのためだけにカウンセリングを受けたとは思わないけれど、書く素材としては、ここまででいいと思ったんじゃないでしょうか。これ以上分析を続けていると作家としての自分が壊れてしまう、自分のなかに沈み込んだら書けなくなるという思いがあったように感じました。素材として書けたとしても、自分で自分を解放できないとわかったんだろうし、解放することの怖さも予想がついたんじゃないかしら。やっぱり、本当の自分をさらけ出すことはできない。やはり私は、彼女がオーガズムを得られないと告白したことをどうしても思い出してしまいました」

小形には、森が国際結婚を選んだのもそうした性向が影響しているように思える。文化と言語の違いは、根っこのところで分かり合うことを阻む。最初から絶望があるという関係を、森は望んだように見えたのだった。

小形が伴走した森の小説『カナの結婚』は、性的な快感を得られない孤独な二十七歳の既婚女性の物語で、「MORE」に八四年八月から翌十二月まで連載された。森のたっての希望で、池田満寿夫がイラストを担当したが、小形にはこの小説についての記憶が稀薄だ。

「『カナの結婚』の時は、軽井沢の別荘にも原稿をいただきに行きました。ただ、原稿を楽しみに待つという気持ちにはなれなかったから、きっと思い入れが持てなかったんです。森さんは時代の流れを掬いとって、そのさらさらとした流れのように男女の愛を描く描写は本当に上手でしたが、表現というよりすごい表象的で、小説の世界よりはコマーシャルの世界のように感じられました。辛辣になりますが、佐野さんと『よく飽きもせず、同じような恋愛パターンばかり書くね』と話したことを覚えてます」

小形はまだ秘書のいない、人気作家としてのピークを迎える前の森しか知らないが、森の人柄のよさ、人間性は十分に認めている。

「素直で率直ないい人だったし、まったく計算高くなかった。人がいいから頼まれると、仕事を断れないところがありました。主婦としてやるべきことはちゃんとやっていて、ボーイフレンドと会ってるなんて聞いていたけれど、外で会っていても、夕飯の時間になると必ず家に帰っていきました。一緒にご飯を食べていても、ある時間になると帰りたがった。子どもがいたからでしょう。だから、私には森さんが本当にあ楽しそうにしているなとか、ああ気持ちよさそうにしているなと感じたことがありませんでした。いつも弾けきれない感じがあって、結局、最後は帰るところに帰っていくというイメージが強い。私がよく会っていたのは、まだそういう時期だったということかもしれません」

出会ってからまもなく、森は瞬く間に華やかになり、派手なメイクに衣裳で、どんどんきれいになっていった。

「森さんは、雑誌中心の出版社だった集英社と実にイメージが合っていて、だからこそああいう風に華やかな作家として展開していった。『情事』を書いて脚光を浴び、印税が入ってくることによって生活は一変したんでしょう。もともと森さんが持っていたものが、そのお金によって触発されたんだと思います。近藤正臣なんかと浮名を流したりするようになって、外で待ち合わせすると洋服が迫ってくるようでした。まさにゴージャスという感じで、初対面のイメージとは重なりにくかった。でも、私に違和感があっても、やっぱり、とても上手に変身したわけで、自分の演出方法はよく知っていました」

――(略)おしゃれですね、と人が言う場合、私は戦闘服に身をかためているのにすぎないと思っている。ほんとうは怖くてしかたがないのだ。逃げ帰りたい一心なのだ。怖ければ怖いほど、私はファナティックな服装になっていく。(角川文庫『恋愛関係』/八八年)

二人のヨーコは、森が『情事』を出しておよそ一年後、「セゾン・ド・ノンノ」で連載中の小説「招かれなかった女」の挿絵を佐野に依頼するという形で再会を果たしており、それから、佐野と森と小形の三人で数回会っている。四十二歳で離婚した佐野が、五十二歳で谷川俊太郎と再婚するまでのその間の出来事だ。

「『情事』が出た時、佐野さんから昔の遊び仲間だと聞いていたんです。それで『カナの結婚』の連載中に、一緒に会おうよということになり、ホテルのロビーで待ち合わせたら、一人遅れて森さんが真っ白いミンクの大きな帽子を被《かぶ》り、肩パッドの入ったノーマ・カマリのコートをなびかせて現れた。佐野さんが『これだよ、参るね』と笑っていました。森さんの周りだけ違う世界だった。森さんと佐野さんは二人とも素直な人ですが、同じ素直でも全然違うんです。佐野さんは存在そのものが素直で、森さんは性格のよさの素直さ。二人のヨーコは全然似ていません」

佐野はこの時のことを描写して、こう書いている。

——ミンク、ダイヤモンド、ローレックスの時計、香水、などが彼女程似合う人は居ない。

そのきらびやかなものに埋れて、悲鳴をあげ続ける魂を、彼女は後生大事にしている。ミンクと悲鳴を上げる魂は小説を書くという行為によって見事なバランスをとっ

ている。（『招かれなかった女たち』解説）

その後、帽子とドレスという戦闘服に身を包み、真っ赤なルージュで防御した森は、年間十冊以上の本を書き、ゴージャスな生活と社交で憧れを振りまきながらバブルの日本を走っていく。二人のヨーコの交流は、ミンクのコートにもロレックスにも絹のパンティーにもお洒落して行くパーティーにもまるで関心のない佐野に、森が「ねぇ、あなた何が楽しみで生きているの」と訊ねた六本木のキャンティの夜に途絶えた。足し算のような森と引き算のような佐野。それぞれ美学に徹していながら、その嗜好も志向も対極にある二人だった。

佐野が母との葛藤をテーマにした『シズコさん』を上梓するのは、森が逝《い》って十五年後の二〇〇八年である。谷川との結婚生活に六年で終止符を打った佐野は、人間性そのままのような気どりのないエッセイでもファンが多かった。四歳の頃、つなごうとした手をふりはらわれた時から母とのきつい関係が始まったと、佐野は『シズコさん』に書いた。森が、母の背中を追いかけて取り残される不安に怯えた歳も四歳であった。二人のヨーコにとって、母は娘たる自分の抑圧者だった。そして母と娘の問題は、今も女たちを悩ます大きなテーマである。

しかし小形は、首をかしげる。

「森さんが『夜ごとの〜』を書いたあたりから母と娘の関係がやたら語られる風潮が出てきた。問題の原因は全部そこにあるのか、なんでも母と娘の関係に落とし込んでいくのはいかがなものかと思っていました。書き手も、気安くそこに寄せて書けばいいみたいな流れになってしまっているでしょ。でも、人の抱えている問題って、それほど単純じゃないと思います」

九三年七月、五十二歳で森瑤子、永眠。森が最期の時間を過ごした多摩市の聖ヶ丘病院は、かつて佐野が鬱病で入院していた病院でもあった。森が逝って十七年後の二〇一〇年の十一月、七十二歳の佐野も荻窪の病院で亡くなった。娘たちの帽子まで手配し、自分の葬式の準備を完全にプロデュースしていた森と、乳ガン発病後にジャガーとプラダのフラットシューズを買って、『死ぬ気まんまん』を書いた佐野。全然違うけれど、どこかで重なり合っていた二人のヨーコは、見事にこの世からグッバイしたのである。

最後に、佐野に森を紹介してもらおう。

——年を重ねるごとにモリ・ヨーコは色濃い肉厚な花弁を重ねた南国の大きな花のように開いていった。小説を書くという辛気くさいどっちかと言えば貧乏くさい日本の伝統をモリ・ヨーコは、始めから拒否し見事にうちくだき続けた。華やかな荒野を果敢に一人で戦った。猛々しいまでの孤独を秘めて。（「華やかな荒野を」）

バブルとブーム

大きなつば広の帽子やデコレーションケーキのように細工された帽子は、まるでカシニョールの絵に描かれた女性が被るそれであった。我々が森瑤子をイメージする時に、真っ赤な口紅と大きな肩パッドと並んで帽子は欠かせないアイコンである。だが、彼女が帽子を被ってグラビアに登場したのは意外なほど遅く、「ＭＯＲＥ」一九八九年一月号が最初であった。「作家　森瑤子の世界」とタイトルのついた八ページにわたる特集の中で、下北沢の自宅の庭に駐めた愛車モーガンによりかかり、大きな肩パッドのツイードスーツに冬のロシアに似合いそうなミンクの帽子姿で、手にはシルバーフォックスのコートを持った一枚がそれである（本書カバー写真参照）。森はここに写るイギリス車に一目惚れして、四十七歳で運転免許をとっていた。ちなみに特集の扉は、まさにカシニョールの絵の前に座った森の写真であった。

没後、森に関しては追悼文をはじめとする膨大な記事が出ており、ほとんどに帽子を被った姿の写真が使われている。その時点では、森瑤子と帽子のイメージが出来上がっていたのだろう。あるいは、その時の大量に流通した写真が急逝した作家の姿を決定付けたのかもしれない。いずれにせよ、十五年の作家生活の中で、森はあの帽子を被ったゴージャスでエレガントなマダム、ザ・森瑤子となっていったのだ。

森の変身をつぶさに見ていたのは、身近にいて、彼女が「私のアシスタントたち」と呼び大切にしたスタッフである。中期以降の森作品の表紙や連載のイラストの多くを手がけ、都会的でスノビッシュな作品世界を表現した画家の橋本シャーンは、森が長くそばに置いた自称内弟子である。

「僕がはじめて会った時は、森さんはまだ普通の主婦の顔していましたよ」

シャーンと森は、一九八三年五月、夕暮れの銀座で出会った。徳島から上京して十五年目、シャーンは本名の橋本昌和という名で、役者修業を経て独学で画家の道を選び、黒人の絵を描いていた頃だった。その日は友人のアメリカ人画家の個展の最終日、片づけを手伝いに八丁目の画廊「地球堂ギャラリー」に赴くと、会場には十数人の男女が残っていた。打ち上げに行くことになり表に出てみると、先に出た大柄な〝おばさん〟が絵を三点抱えて立っていた。何とも夜の銀座でさまになる姿であった。

「お持ちします」

シャーンが声をかけ、一行が三台のタクシーで向かった先は六本木のバーニーズ・イン。

「女流作家の小説を読んだことのない僕は、その人が森瑤子だということも、そこが『情事』の舞台となったバーだということも知らないんですよ。左隣に座ったその人と、二、三時間話をしたんですよ。くだらない話ですよ、酒場ですからね。でも、間口が広く、奥行きもあるその話しぶりの迫力に圧倒されて、あがってしまってね。そのおばさんがグラビアに載っていると教えられたのは、それから三カ月もたってからでした」

普通ならバーの時間で関係は終わっていたかもしれない。だが、シャーンは柚子が好きだと言う森に秋になれば出身地の名産を贈ると約束し、森はシャーンに「遊びに来て」と住所と地図をメモした紙切れを渡していた。

九月の終わり、下北沢の洋館に一升瓶に入った柚子酢が二本届く。柚子酢を受け取った森は送り主に心当たりがなかったものの礼状を出すと、折り返し絵の個展の案内が来た。忙しい合間を縫って出かけた「黒人のいる風景」の会場には、見覚えのある丸顔に髭面の男が人懐こい笑顔で立っていた。彼の絵が気にいった森は改装したばかりのキッチンにかける絵を五枚注文し、絵は四十三歳の彼女の誕生日に画家の手で届けられた。三つ年下のシャーンとの出会いを、作家は「思い出のプレゼント」というエッセイにしている。

――「ほらね」と彼は絵の中の日づけを指した。十一月四日と書いてあった。またしても私は涙が出るほどうれしかった。絵を私の誕生日に間に合わせてくれる気持ちと、私の誕生日を調べて心にとめておいてくれた気持ちが、ありがたいのだった。

彼はまだ貧乏な絵描きだが、最初に約束した以上の金額よりは、びた一文も私から受けとってはくれなかった。（角川文庫『プライベート・タイム』／八六年）

出会った年の暮れ、シャーンのもとに森から誘いのハガキが届いた。そこには、冬休みで夫や子どもたちは留守にする、自分は一人東京に残りご無沙汰している仕事関係の人たちのサービスに努めるつもりだ、よかったら一晩遊びに来ないか、と書かれてあった。

「四時に行って夜中の十二時まで酒飲みましたよ。手早く料理を作ってくれてね。ずっと一人かな、無防備だなと思っていたら三時間くらいして妹さんが帰ってきたのでなるほどなと。だけどあの人は僕ら普通の人に無防備ですよ。無防備さとおおらかさを持ってるからね。その頃、森さんからハガキや手紙を何通かもらいました。それを森瑤子のサンキューレターと言うんですすよ。親しくなるまでは手紙くれるんですよ。来なくなったら親しくなったということ。これはみんな体験していて、『あなたは何カ月で来なくなった？』と言い合っていた。僕は一年半かかった」

その時、「彼女はいるの？」と聞かれたシャーンが一緒に暮らしている編集者、山口小麦の話をすると、「連れてきなさい」と森は言った。それから三人はダイニングキッチンでよく酒を飲んだ。やがて森はシャーンを小麦に倣って「お兄《にい》」と呼ぶようになり、八五年夏、妹たちの面倒を見ていた長女のヘザーがイギリスへ留学してしまうと、夫妻ともに留守にする折には、子どもたちの世話を彼らに託すようになる。

シャーンは毎週火曜日には次女のマリアと三女のナオミに漢字と絵を教え、小麦は夜の泊まりを引き受けて、森の仕事を手伝い始めた。かつてバーテンをしていた頃に腕を磨いたシャーンの作る家庭料理を、マリアもナオミも大いに歓迎した。

「縁が深まるようにうまいこと森さんが次々と機会を作ってくれる感じで、最初は子守でした。ママは手抜き料理だけど、お兄がきたら美味しいもん作ってくれると子どもたちが喜ぶでしょ。そうしたらもう行かないといけなくなるんですよ。子どもたちは、僕がヘンに思わなくてすむ男なんだと言ってました」

日本がバブルに突入しようという時期、森も絶頂期へ駆け上ろうとしていた。妻であり母であり作家である森は書くだけではなく、女の理想を体現する存在として女性誌からは引っ張りだこで、もはや、人の手を借りなくては公私ともに身動きできないところまできていた。デビューして七年、朝から夜まで五分おきに鳴る電話をとりながら執筆していた作家のもとに、一人、二人、三人と助っ人がやってきた。

ジャッキーこと赤間雅子は、友人の紹介で知り合ってまもなく、森から「雑誌の取材旅行で香港に行くの。一緒に行かない？」と誘われた。その旅の模様は「ＳＯＰＨＩＡ」の八五年七月号で「森瑤子の新・香港案内」と題したグラビアに掲載された。お洒落であだ名通りエキゾチックな美貌の持ち主の赤間は、慶應大学卒業後に電通やファッション関係で働いた経験があり、森にとっては格好の旅の道づれであったのだろう。当時、赤間は四十歳、離婚争議の最中にいた彼女に、森は「また仕事を始めればいいのに」と助言し、間もなく「私の仕事を手伝ってくれない?」と声をかけた。

――ジャッキーは美しい、とてもファッションセンスの良い人だ。(中略)彼女が来てから、母のセンスやライフスタイルは急に華やかになったような気がする。そして何よりも、彼女が来てからは、母の人生が何倍も楽しくなったように見えた。(『小さな貝殻 母・森瑤子と私』新潮社刊/マリア・ブラッキン著/九五年)

赤間の影響だけではないだろうが、この時期から森の交友関係は芸能人やアーティスト、財界人へと華麗に広がっていくのである。

赤間から遅れて二カ月後には、勁草書房の編集者だった小野芙紗子がスタッフに加わった。小野はその時はダンサーの木佐貫邦子のマネージャーだったが、夫で、森に『夜ごとの揺り籠、舟、あるいは戦場』を書かせた講談社の編集者、渡辺勝夫に連れられて三人で食事をした折、本人から直接頼まれて、週に一度下北沢に通うようになったのである。

当初、森は寝室で原稿を書いており、スタッフも寝室の片隅で電話をとり、散乱するスクラップや掲載誌の整理をしていたという。改装熱に浮かされていた森は、まもなくサンルームの廊下奥の三畳を自分の仕事場とした。棚は夫であるアイヴァン・ブラッキンの手作りで、デスクのペンキも彼が塗った。この頃の森は週末を三崎の別荘で過ごしていたが、下北沢の自宅には家事を手伝ってくれる人も来て、あっというまにブラッキン家は他人で膨れ上がっていった。

森は、後に森瑤子事務所の代表となる友人であり秘書の本田緑が見かねてアシスタントを集めてくれた、と書いている。だが、実際のところ森自身が気にいった人に声をかけていた。

――（略）好きで始めた小説家稼業、忙しいといって家事や食事に手抜きなどしているわけにはいかない。主婦専業の頃より、はるかに手をかけて作るようになった。それでもお手伝いさんを置くことはなかった。（中略）
おかげで私は小説だけを書いていればすむようになってしまった。週五日だけ夕食のしたくをするほか、何にもしなくてもいいのだ。おそうじも、お洗濯も、ショッピングも、今家に何があって何が不足しているかなんてことも考えなくてもいい。それでちょっと数えてみたら、合計五人の女のひとが私を助けてくれている勘定になる。(「ゴースト・ママ」/「問題小説」徳間書店/八六年六月号)

家事もスケジュール管理もする必要のなくなった作家は、手にした時間を仕事と遊びと社交に注《そそ》ぎ込んだ。森が四十代半ばから挑戦したものは、カンフーダンスとやらに数多《あまた》のダイエット、スキーにスキューバダイビング、車の運転、そしてゴルフ。欲望を殺さず、好奇心のままに突っ走っていた。

——母の忙しい日々は、息もつけぬほどになっていた。スケジュールはびっしり。週末も三崎の別荘へ行けなくなり、母とゆっくり過ごすことなど夢のようにさえ思えた。しかし私は、あれほど働くのは、すべて家族のためだと信じて、母を見守っていた。(『小さな貝殻』)

八五年も終わろうというある夜、ダイニングキッチンで飲んでいると、森が突然シャーンに言った。

「お兄、あなたって頼まない人ね」

シャーンには、森が何を言いたいのかはすぐにわかった。生活するだけの稼ぎはあったもののまだ無名だった彼に、森は、なぜ自分に仕事をさせてくれと頼まないのかと責めるように聞いたのだ。

「仕事すると人間関係が生臭くなるんで」

シャーンが答えると、森は、自分が絵と文を書いている連載エッセイが始まったのでその絵を描いてくれないかと、持ちかけた。シャーンはその時のことを忘れない。

「それまでの二年半、仕事をもらおうなんて考えたことは一ミリもなかった。あんな魅力的な人のそばにいられるなんて、それで十分でしたからね。見てくれもですが、言葉も洒落ていてね。ある時、僕がソファに座っていたら後ろを通って髪の毛をサーッと撫ぜ、『その白髪の半分は私がしたのね』って言うんですよ。それが何とも言えないんですよ。僕がスーツを着たら『誘ってんの？』という言い方で、ほめてくれるんですね。名シナリオライターのような洒落た言葉遣いが日常にあったから、僕には刺激的だったんですよね。あの人が作家でなくても好きになっていた。だっていい女だったもの。決して美人じゃないけれど、チャーミングだった」

森がシャーンのために用意した仕事は、潮出版社の女性誌「婦人と暮し」のカラーページに連載していた「男と女の交差点」の挿絵であった。シャーンは原稿を繰り返し読み、森が男性読者を獲得した「週刊文春」連載の『ベッドのおとぎばなし』も読み返し、彼女のエッセイにはどんな画風がいいかと昼夜頭を巡らせた。閃いたのはマティスのペン描きの絵だった。

「酒飲みながら、『森瑤子の挿絵はマティス以外ない』と言うと、森さんもすっごく気持ちが動いたんですよ。その日から、僕は朝起きたらマティスの絵を前にトレーニングですよ」

「男と女の交差点」十二回連載のうちシャーンがイラストを担当したのは十回、その時に大好きな画家、ベン・シャーンからもらって橋本シャーンと名乗った。森はシャーンの才能を認め、また洒脱なペン描きは森作品によく似合った。八六年以降、森瑤子と橋本シャーンの名前が並ぶ機会が増えていき、森が願ったように、彼のもとにはさまざまな作家の仕事が舞い込むようになる。

「ありがたいことに、森さんのお父さんも『シャーンの絵が娘には一番いいなぁ』と言ってくれました。森さんは、『ストライプを忘れないでね』『ペン描きは私だけにしてね』と言うんですよ。僕は、他の作家と仕事はしても、小説の挿絵は全部断りました。飯が食えなくても慕う気持ちが大事なんですよ。義理が大事。僕の〝慕う〟は書生のそれなんですよ。森さんは、自分の仕事でなくても、ちゃんと僕のやっていることを見てて、他の人がいない時に何気なく感想を言うんですよ。森さんはそんな泣かせる女なんですよ。僕を育ててくれました」

声優を目指していた赤間も森に励まされて、座談会の司会などチャンスをもらった一人である。

森は自作を漫画にするプロデュースも手がけ、事務所に漫画のプロダクションを作りたいとも書いている。これも誰かのためだったのか、あるいは「長谷川町子に弟子入りしたい」と言って父を困らせた子どもの頃の夢を叶えるためだったのか、そこは定かでない。ともかく、彼女は人の才能や長所を見つけて背中を押し、自分の手にした力を人のために惜しむことなく使った。森の近くにいた人は、来るものは拒まず、懐の深いその人柄に魅了されずにはいられなかった。

森の多忙と比例して、ブラッキン家の暮らしぶりは贅沢なものになっていた。高級ワインはダース買いになり、八六年には三十フィートのヨットを、八七年にはカナダの島ノルウェイ・アイランドを購入。いずれも夫の強い要望に添った形だが、一家はこれを機に、夏の避暑先を軽井沢からカナダへと変えることになる。バブル景気にわく日本とはいえ、個人が島一つを購入するという破天荒な行為は周囲を驚かせたが、さらに二年後、森は下北沢の家の新築にとりかかり、与論島に一億円以上をかけて別荘を建てるのである。

——この島を手に入れるために、私と夫が三崎の別荘地を売り、貯金をはたき、更にカナダと日本の銀行に向こう十年間にわたり借金をし、そのあげく夫と大喧嘩を重ねた、因縁と怨念の島である。(角川文庫『ある日、ある午後』/八九年)

森が帽子を被った森瑤子となるのは、まさにこの時期であった。帽子は、森にとって特別な意味を持っていた。

――昔、私の母は数え切れないほど帽子をもっていて、どこへ行くのでもそれをとっかえひっかえ被って出かけて行った。（中略）

いつか大人になったら私も母のように色々な帽子を被ろうと、ひそかに心に言いきかせたものである。

けれども大人になっても、私は帽子に手を出さなかった。母と私では体型があまりにも違うことを知ったからである。（『森瑤子　愛の記憶』大和書房刊／九六年）

この文章は、亡くなる一年半前の九二年初頭に書かれたものである。五年ほど前、ロンドンのハロッズの帽子売場で見つけたモスグリーンの綾絹のスパニッシュハットに魅了されて帽子に開眼した、現在のコレクションは七十四個とある。母によって容貌コンプレックスを植えつけられた娘は、五十一歳でそんな劣等感などものともしない自信をつけた作家になっていた。五十歳になったばかりの頃のインタビューでは、「四十一歳から仕事も友だちの質も、それから自分の表情とかおしゃれの仕方も上手になった。今がいちばんいい」と話している。

帽子には、ヘアスタイルを気にせずにすむという現実的な利点もあった。ただ、森が帽子をトレードマークにしたのは読者のためだったと、赤間は言う。赤間は八八年から森の妹の伊藤真澄が経営するPR会社を手伝うようになり、そこで月に三、四回企画した森の講演会には熱烈なファンが詰めかけた。大人の贅沢さと成熟の魅力を身につけた森瑤子は、主婦やその予備軍である女性のカリスマであった。

「雅代さんはその前にも被っていましたが、ある時、講演会で被ったら好評で、いらっしゃるみなさんが帽子のお洒落を楽しみにするようになったんです。地方の講演会にご一緒する時は、平田暁夫さんの大きな帽子ケースを持ってついていきました」

女の時代を象徴するように、女たちの肩パッドはますます大きくなっていた。年に十冊の本を出し、講演旅行に駆け回り、ひっきりなしの海外旅行に毎夜の社交、思い立っては京都に花見に出かけるという目の回るような時間の中で、森の肩パッドは誰よりも大きく張り出して、帽子のつばはどこまでも広がっていった。

しかし、充実の日々の中で森の悩みは尽きなかった。男友だちの多い妻に対する夫の嫉妬と束縛は強まり、子どもたちの学校から「来てません」と電話が入るたびに頭を抱えた。やがて娘たちは海外へ送り出したが、夫はそうはいかない。プールやテニスコートまで作ったカナダの島のランニングコストは、月に百五十万円。そこにアイヴァンがアメリカ人と共同でヨットや高級ボートの販売会社を始めた。海の近くの講演先に出かけると、作家は地元の担当者に「ヨットをお買いになりませんか」と懸命に売り込んだ。

家族を描いた二冊のエッセイで、森は家族に振り回される自分の姿を時にユーモラスに、時に自虐的に綴っている。だが、八六年から八八年にかけて書かれた『ファミリー・レポート』と、晩年に書かれた『マイ・ファミリー』では筆致も夫への視線も違っていた。

――それでもね、気持よく原稿書かせて頂けるのなら、私、ヨットでも島でもテニスコートでも、何でもかまわないのだ。次に何がでるか想像もつかないが、ヘリコプターでもジェット機でも、アメリカ大陸でも、月でも冥王星でも買っちゃう。（中略）ただ、思うに、妻は夫に従う方がいいのであって、逆らうと、かえって辛くなるのである。私は何の贅沢も言わない。ただ気持よく原稿を書かせてもらえれば、それが一番うれしいのだ。（『ファミリー・レポート』新潮社刊／八八年）

――そしてその中（筆者注・スタッフ）の二人が異口同音に「男に生れ変わってモリヨーコを妻にしたい」と叫んだのだ。（中略）
「気は優しくて力持ち。その上お金持ち。そういう女の夫になるのは男冥利につきるわ」というのだ。何のことはない、ヒモをやりたいということらしい。（『マイ・ファミリー』中央公論社刊／九三年）

徳島に同行して、ヨットを売り込む森を見ていたシャーンはため息を吐いた。

「森さんの心の中にアイヴァンの住む場所が少ないんですよ。そばにいたらわかるけれど、創造せんといけないからね。だから高くない遊び道具だったら持っていてもいいという主義だったんですよ。でも、アイヴァンは邪魔するし、玩具も高価になっていくんですよ。車は高級車になり、一番の罰当たりは『００７』に出てくる八千万円のヨット。売れ残ったら大変だから、結局、与論のホテル、プリシアのオーナーに売りました」

ダブルベッドで寝ていたブラッキン夫妻は、八六年の改築後、「夫に合わせて寝返りを打つ」妻の睡眠時間を確保するため部屋の両側に置いたツインベッドでやすむようになった。八九年、家を改築する際に引っ越した東五反田の仮住まいでは夫婦の部屋は廊下の両端に分かれ、翌九〇年に完成した新居でもそれぞれが個室を持った。

妻が作家になった当初、「ミスター森瑤子」であることに激しく抵抗していた夫は有名な妻を持つメリットに慣れていったと、森は周囲に漏らしている。森がスタッフに悩みを打ち明けることはなかったものの、時折こぼす愚痴から苦労は偲ばれた。

斜陽に向かう前の出版業界はバブルの恩恵を受け、潤っていた。中でも森の文庫本は、初版三万部が普通だったこの時代で五十万部という数で売れており、納税額からして後期五年は一億円前後の所得はあったと推察される。だが、支出は膨らむ一方。カード文化の始まりの時期でカードの支払いに追われ、電話が止められることもしばしば、自転車操業のやりくりの中で書き盛りの作家が身を削って書いていた。

森は、十分に家庭を顧みられない後ろめたさから家族のためにお金を使っていることに極めて自覚的であった。けれどシャーンには、嗜癖のような消費、湯水のような消費こそが作家の才能の大きさと思えた。

「負債を抱えるという刺激が創造性を逞しくする。あの人は負債を抱えるということが刺激だったんですよ。僕はそれを痛切に感じました。僕だったら明日のこともちょっとは考えるし、絵を描いていてご飯を食べることを忘れたなんて一回もないからね。僕らはせいぜい鉄板の上で手を炙る程度だけど、森さんは直火《じかび》の中に手を入れてるようなもの。すごいなと思った。負債が才能。羨ましいですよ」

確かにシャーンの言うとおりかもしれない。九一年四月、三十分刻みのスケジュールをこなさねばならない中で、森は、日本橋髙島屋四階の特別食堂の前に念願のギフトショップ「森瑤子コレクション」をオープンさせる。森と日本橋髙島屋の縁は深くて、八九年九月から九二年二月まで年に二回朝日新聞夕刊の広告ページに短編小説を掲載していた。絵はシャーンで、アートディレクターは亀海昌次。広告界に新風を吹き込んだと言われるこの仕事はギャラが四百字詰め原稿用紙一枚百万円と噂され、今の新聞では見ることのできない洗練された広告であった。

ショップのために、森はサンフランシスコとニューヨークとパリにいる友人をバイヤーにした他、四、五人のスタッフを雇った。森のテイストで固められた店内に置かれた商品は百万円のパーティーバッグや七万円の手袋、五万円の傘など、洒落てはいても普段使いできないものばかり。髙島屋の外商が連れてきた客か、時折立ち寄る加藤タキや大宅映子ら友人か、あるいはバーゲン時に義理で買うスタッフか、客は限られていた。森の自宅で仕入れや在庫管理などを任されていた志垣明枝は、ずっと赤字だったと証言する。

「森さんは商品開発もしたくて、シャーンさんに絵を描かせてストールにしたり、ウエッジウッドに『シャーンの絵を陶器にしましょう』と売り込みに行ったりしていた。でも、まったくの素人商売だったので三千万円の赤字を出して撤退。赤字は全面的にバックアップしてくれていた京都の宝石屋さんが持ってくれました」

森はショップにやってくると、必ず店の向かいにある帽子売場に立ち寄った。美容院に行く暇がなくてウィッグを使っていた森がそのウィッグを脱ぎ捨てて帽子を試着する姿が、志垣の記憶に焼きついている。お米のササニシキをササメユキと言い間違えるなど、森には笑えるエピソードも多い。シャーンもスタッフも、率直で、気取らない森を愛した。

しかし、美容院に行く時間すらない忙しさは、当然の如《ごと》く作家の筆を荒らした。エッセイの題材は身近な家族や友人たちから手当たり次第とるようになり、それらが幾度も加工されて登場した。森に書かれた人の中には傷つく人も少なくなく、赤間に

「ああいう書き方はない」と怒ってくる人もいた。

「雅代さんはどうしようもなかったのでしょう。書けない時はしんどそうでした。感受性の強い人でしたから、そんな状態の自分はわかっていて苦しんでいたと思います」

九一年三月から十月まで、朝日新聞夕刊に連載した「TOKYO発千夜一夜」は、一話完結の読み切り形式で、挿画も六人の画家、イラストレーターによる競作という試みであった。だが、毎日、原稿用紙三枚の中で物語を完結させるのは、いくら短編の名手といえども無理があった。月に十日、自らをホテルに缶詰にしてまで「千夜一夜続けられれば」と意気込んだ夢は、二百夜で終わった。

赤間は何度か「ちょっと休んだら。引き出しも作らないとすり減っちゃうよ」と声をかけたが、森は「うん」とうなずくばかり。スタッフの意を受けたシャーンは、飲んだ夜に「仕事しすぎですよ。みんな心配してる」と森に注意した。その時の作家の答えは今までの彼女にはない平凡なもので、「止まれば錆びるのよ」であった。

「愚痴を言ったら負けだというのがわかってる人だからね。もっと洒落た台詞《せりふ》を言ってほしいと思ったんですけどね。それで、その話はやめたんです」

森が身体の不調を訴えたのは、九二年の秋だった。この年の森の大きな仕事は、アメリカで発売された『風と共に去りぬ』の続編、『スカーレット』の翻訳で、自ら名乗り出て前年の十一月からとりかかっていた。マーガレット・ミッチェルの愛読者だった森にはアレキサンドラ・リプリーの原作にレット・バトラーの視点が欠けていることが気にいらず、『風と共に去りぬ』のシーンをフラッシュバックさせるなど独自の視点を取り入れて、七カ月かけて二千五百枚を訳し終えた。その後、末娘を伴って訪れたアメリカ西部で胃が痛くなった。

帰国後の森は「食べすぎみたい」とよく胃を押さえた。心血を注いだ『スカーレット』が新潮社から十一月に発売された頃には、シャーンに、行きつけの居酒屋「ととや」で「十月くらいに一度、ご飯が詰まったのよ」と何気なく打ち明けていた。

九三年三月一日、胃カメラによる検査のあとに森の入院が決まった。

――（略）これは神様が私に少しお休みを与えてくれた、休養だと思うことにした。

（中略）そしてこの二、三年は、単行本にする本の数こそ、年二、三冊と減ってはいるが、心身共にきつい仕事が多くなった。（中略）実感としては、物を書くということは、自分がある体験をし、それをいったん胃の中に収めておいて、吐きだすようなものだと思うのだ。

けれども最近では、胃の中に吐きだすべきものが充分に溜っていないので、ノドに指を突っこんで、無理矢理に吐こうとするのだが、出てくるのは、苦酸っぱい胃液ばかりなのである。やっぱり、休もうか。（『マイ・ファミリー』）

四月になってシャーンが入院先の病院に花を届けると、サンキューファクスが届いた。

〈お花をありがとう。知らせると心配性のシャーンはたいへんなので、退院まで黙っていようと思ったの。シャーンの描いた私の大好きなオーネット・コールマンの絵を病室に掛けています〉

一年前にシャーンは小麦を子宮ガンで亡くしていた。まだ三十六歳の若さであった。あの時、親身になって慰め励ましてくれた森の手術は手遅れだった。両腕をもぎとられるのか。シャーンは泣くしかなかった。

「ホスピスには一回だけ行きました。言葉は交わしていません。目と目で気持ちを交わしました」

七月六日、森瑤子は五十二歳で逝った。その夜下北沢で通夜が営まれ、ナオミから電話で知らされたシャーンはお棺の中の森と会うことができた。

「最初に六本木で酒を飲んだ時より、普通のおばさんの顔になっていたね。そういうのは少し淋しかったたね。誰のために苦労したんだと」

八日に四谷聖イグナチオ教会で行われたカトリック葬は、生前の森が望んだとおり、三人の娘たちが平田暁夫の作った黒いベールのついた帽子を被って並ぶ姿が美しく、二千人が参列して、華やかなセレモニーとなった。

赤間は、あの日から死が怖くなくなった。

「死に向かっている時に、『お葬式にはみんな、お洒落して来てね』と言ったり、遺影を用意したり、雅代さんは大人でした。死は決して暗いものではないと教えられました」

森の遺影は、前年の秋に篠山紀信が「ＳＰＡ！」の「ニュースな女たち」のために撮影した一枚であった。亀海が森の指示に従ってトリミングした。

グッチのニットに、白い水玉模様の黒革の手袋。おおぶりのイヤリングに、ブレスレット。まるで鳥の巣のようなオーストリッチの帽子を被った森瑤子が赤い唇で笑っている。

母と娘 II

次女の場合

日本経済が東京オリンピックを経て勢いづく一九六五年一月、伊藤雅代というごく平凡な名前だった森瑤子は二十四歳で、同い年のイギリス人男性、アイヴァン・ブラッキンと結婚した。二十六歳で長女ヘザーを出産し、三十歳で次女マリア、三十二歳で三女ナオミを産んだ。あの頃二十四歳が結婚適齢期、二人子《ふたりっこ》世帯が増えてはいたが、彼女のライフステージは同世代女性と比べても平均から外れてはいない。ただ、結婚相手にイギリス人を選んだという一点をのぞけば。

作家になってからは、英国スタイルのお洒落で贅沢な暮らしぶりを披露する一方で、母との葛藤も夫とのバトルも子育ての悩みも隠すことなく文字にした。森は「私たちと同じ人」であり、同時に「特別な人」であった。その絶妙なバランスは憧れと共感を共振させて、多くの女性を惹きつけた。

亡くなった二年後の九五年、そんな森像にさらに陰影を刻むことになる一冊の本が新潮社から出版された。そこには華やかな生活の陰で彼女がどれだけの代償を払ってきたかが、娘の目を通して、はじめての著作とは思えない筆致で綴られていた。夫婦の不和、成功した妻に負けまいと次々新しい事業に手を出して失敗を繰り返す父、子どもへの愛情をうまく表せずに苦悩する母。次女マリア・ブラッキンが書いた森瑤子は自画像より繊細で、自分の人生を思うままに生きたいともがき傷つき、そして傷つけながら書き続けた小説家その人であった。

——しかし母は、逃げられぬ家族という重荷を抱えながらほかの男を愛し、失望し、人生を悲劇的に、ドラマティックに生きることを選んだ。そしてその苦しみを体に染みこませ、そのすべてを彼女はエネルギーにした。小説を書くエネルギーに。自分を悲劇に陥れる母の不思議な性格は、母が特別に持っていたものではないと思っている。それは、女なら誰でも持っている何かだと思う。（『小さな貝殻　母・森瑤子と私』新潮社刊／マリア・ブラッキン著／九五年）

『小さな貝殻』の作者は、母が書き盛りだった頃の四十代半ばを迎えて、一人の男の子の母となっていた。森が「赤ちゃんの時にはカエルの子そっくりだったのが、ありがたいことにはライザ・ミネリ程度にはきれいな子に成長してくれた」と自慢した大きな目で微笑み、衒《てら》うことなく快活に話し始めた。

「あの本はもう十年以上読んでいません。何だか読み返すのが怖くて。母が死んで父とうまくいかなくなって、恋愛もうまくいかなくて、いろんな葛藤があって一番感情的になっていた時代に自分の気持ちを純粋に書いてしまったので、取り返しのつかないことも書いたし、後悔もあります。父や周りの人を傷つけたし、暴露本だと非難され、『森瑤子のイメージを壊さないでくれ』とも言われた。でも、母自身は自分の葛藤をさらしてきた作家で、決してパーフェクトウーマンではなかったので、本当の森瑤子ファンにはわかってもらえるという気持ちもありました。誤解で書いてしまったことはあったけれど、嘘は書いていません」

『小さな貝殻』を書いたのは二十四歳の時だった。四半世紀近くが過ぎて今の自分はあの時の自分ではないし、自分にとっての真実と姉や妹にとっての真実は違う、と彼女は断った。

「ヘザーが小さな頃、母はミセス・ブラッキンでしたが、私とナオミにはその時間の記憶は薄いんですね。毎年、母の誕生日にはラインし合ってるんですけれども、みんな、書くことが違う。姉は母に似て働くことに生き甲斐を感じるタイプなので同じ仕事をしている女として母への憧れが強くて、子育て優先の専業主婦をしている私には母のような女の生き方への反発があります。妹は最も母の愛を必要とした時期に母とはあまり一緒に過ごせなかったので、母への怒りがあるんです」

マリアの記憶は六本木の家から始まる。三浦半島突端の諸磯の「風の家」で暮らしていたブラッキン一家が六本木に引っ越したのはナオミが生まれて三カ月ほどたった七三年初秋で、マリアはまだ二歳半。その頃の記憶は母が書いた文章によって定着したかもしれないものの、忘れられないのは三歳で南部坂幼稚園に入園したその日の出来事である。他の子がみな身につけているスモックと上履きを、母は用意してくれていなかった。

「私だけみんなと違っているのがすごく嫌で、行きたくなくて母と引っ張り合いっこになって大泣きしたんです。幼稚園の頃の写真を見ると、私だけ必ずスモック着ていないんですよ。三年間ずっとスモックなし。そういうことをナオミは怒るんですね。

制服も洗ってくれなかったって」

無論、幼い娘たちは、母が子育ての時間を「幽閉されていた」と感じていたことなど知るよしもない。まだ母性神話が強い信仰だった時代、子育てに倦み社会から疎外されていると感じる森はひどく孤独であった。マリアがそんな母の胸の内を知るのは、死後、遺品の中からシミのついたノートを見つけた時だった。三十五歳のミセス・ブラッキンが書いた日記。森は、その日記をエッセイで公開していた。

――時々、自分が母親だということを忘れることがある。第一、子どもたちのために何かを犠牲にしたり、衝動を抑えたという記憶もない。常に自分が大事であって、私自身の魂が安らかでなければ、他の誰をも幸せにしてあげることはできないと、頑に信じている。

ところが、私の魂がかつて安らかであったためしなど、一度もないのだ。

娘の一人が、「マミー」と叫びながら私に飛びかかってくると、時に私は心底驚愕してしまうことがある。マミーですって？　誰？　あっ私。そうよね、私がマミーよね。（中略）

（略）もう痛くないわね？　さああっちへ行って、もう一度遊んでいらっしゃい。そしてマミーを、又本の中に戻してちょうだい。マミーではなく、ひとりの女に返してちょうだい。（『さよならに乾杯』ＰＨＰ研究所刊／八三年）

「子どもに対して『スカートにまつわりつく』なんて書いてありました。その感覚だけは本当にわからないですね。多分一生わからないと思う。あの日記を読んだ反動で、私は子育てに充足しているのかもしれません」

ミセス・ブラッキン三十五歳の日記には、葛藤の最中の恋も記されてあった。森が二年後に書くことになる「情事」の導入部の文章の原型となる一文である。

――夏が終ろうとしている。（中略）

嵐のように狂っていた六本木での最後の日々。未練が肉体的なものならば、刻が手助けしてくれよう。あるいはもうひとつの馴れた肉体によって。そして未練がもし、精神のものである場合、柔らかい高原の緑の風と、たくさんの眠りが、忘却に手を貸してくれるかもしれない。（『さよならに乾杯』）

「詩のような文章が並んでいるだけで、それがどんな恋だったのか本当のところはわかりません。でも、まだ小さな子どもが三人もいる時に私なら考えられない。母はきっと学生時代が忘れられなかったんだと思う。『情事』など彼女が初期に書いた作品では、遊んでいて楽しそうな時間が描かれていますよね。六本木の時代も母は外では楽しかったはず。でも、家にいる母は暗いイメージしか残っていません。家の中も暗くて、夜は両親とも出かけていて、誰かしらベビーシッターが来てました。ディズニー映画では夜眠る時にお母さんが絵本を読んでくれる場面があるけれど、うちではその役は父。遊びに行ってない時はベッドに入れてくれて絵本を読んでくれ、出かける時はキスして、ハグして、『アイラブユー』。日本人である母にはそういう部分が欠けていたから、子どもたちは満たされていなかったと思う。家族みんなで座ってご飯を食べるというシーンもまったく覚えていません。私にとっての家族団欒というのは、週末に三崎の家で過ごす時間でした。父が『家族で過ごす時間が一番大事』という人だったので」

六本木に引っ越してまもなく、森は夫が始めたダーツの輸入販売の仕事を手伝うようになっていた。日本におけるダーツの黎明期、アイヴァンは最初のリーグを立ち上げるなど積極的に活動していたが、まだ認知度は低く販路を拡大するのは難しかった。七六年、森は夫と共に販売促進と普及のために「日本ダーツ連盟」を設立。夫の書いた『英国流ダーツの本』にイラストを描き、翻訳して、自らインストラクターを務め、会報を作り、「嗚呼、女たち」と名付けたチームのキャプテンとしてリーグ戦に参加し、対戦相手との折衝を引き受けてトーナメント表まで作っていた。

当時、連盟を手伝っていた森の従弟にあたる長谷川洋は、自分の試合がなくとも毎晩のように行われていたリーグ戦のために赤坂や六本木のダーツバーに出かけていた森の姿を記憶に留めている。まだナオミはおむつをしていて、彼も可愛い盛りの子どもたちを世話した一人であった。

しかし、共にビジネスをすることは夫婦間に危機をもたらした。

――二人で仕事をやっていくうちに、性格の相違もさることながら、習慣の違いというか、人生観の違いが目につき始め、結局それが大きな破綻へと繋っていくことになった。つまり、英国人である夫は、人生は楽しむべきもの、という考えに徹してい

る。（中略）

生活がかかっており、一人前の男が、その働きざかりに十二分に実力を発揮せず、発揮しようともしない、というふうに私は受けとり、不信感と怒りを次第につのらせていった。当然口論などが日常化していく。（『女ざかりの痛み』主婦の友社刊／八三年）

夏を軽井沢の貸し別荘で過ごし、三崎で週末の一家団欒を楽しむブラッキン家は、優雅なライフスタイルに反して生活は質素なものであった。子どもたちの服も玩具も、みな友人一家の娘たちのお下がりだった。

「学校の制服もヘザーがお下がりを着て、それを私が着て、次にナオミが着る。制服のデザインって少しずつ変わるし、生地もくたびれていてナオミは可哀想でした。何であんなにお金がなかったんだろう。祖母や親戚がくれるお年玉のポチ袋には一万円も入っていたのに、三人とも全部預金させられたんですよ。あのお金はどこにいったのでしょう」

そんなブラッキン家の生活がある日一変した。冷蔵庫に、それまで入ったことのない果汁百％のジュースが入るようになったのである。マリアが七歳の時に、母は森瑤子という作家になっていた。

「三崎に行く金曜日の夜はナショナルスーパーや紀ノ国屋に寄って大きなカートに詰め込めるだけ詰め込むので、レジで精算すると七、八万円にもなるんです。すごいでしょ。あまりにも急激な変化でした」

変わったのは冷蔵庫の中身だけではない。「ミーちゃん、あそこの店でコロッケ買ってきて」と言っていた母は、食卓に丹精こめた手料理を並べるようになった。そのおかげかどうか、クラスで一番小さかった娘たちの身長はぐーんと伸びた。母が化粧し、笑顔を見せる機会が増えるにつれて一家の暮らしぶりは裕福になっていく。聖心インターナショナルスクールに通っていたマリアは中学生になって、日本語の先生に「あなたのお母さん、森瑤子なの？」と聞かれてはじめて母が有名人だと気づいたのだが、その頃になると夫婦喧嘩の火種は増えて、すぐに着火した。

――（略）作家になってからは私、すごく変わったんですよ。自分の好きなことをやっているという後ろめたさから、食事にしてもお掃除にしても、手ぬきはしなかった。「ありがとう」も「ごめんなさい」も充分に言葉にしたつもりなんです。ところが彼にとっては、世間に認められた女流作家がまるでほどこしを与えるように優しさを振りまいている、というふうに見えてしまうらしい。（「ＳＯＰＨＩＡ」講談社／九一年十二月号）

森が作家になって二年ほど過ぎたマリア九歳の春に、週末を楽しむはずの三崎の家でその夫婦の喧嘩は起こった。原稿用紙に向かい続ける妻にアイヴァンが「子どもの相手もしてやれ」と怒り、森は「私が仕事しなかったら、誰がこのファミリーをテイクケアするの！」と叫んで、その日からしばらく下北沢の家に戻らなかった。

「あの時、母はどこに行っていたのか。父を弁護するようですが、彼の怒りがピークに達したんでしょう。父に経済力がなかったわけではありませんから。ヘザーは覚えてないと言うのですが、私はその時のことが忘れられなくて。トラウマになっているのかな」

森もしばしばエッセイにしたが、食事中に電話が鳴る、マッシュポテトの茹で方が気に入らないなどの些細なことをきっかけに、夫は「お前は忙しすぎる。もっと家庭に目を向けろ。子どもたちが可哀想じゃないか」と日頃の怒りを爆発させるのであった。

「父の怒るのも、『母親なのに夜中に帰ってくるなんて』とまったくその通りなんですね。それに対して母は後ろめたさがあるから『うるさいわねッ』としか言い返せない。理屈で責める父に対し、母はちゃんとした言葉が返せないんです。私も母とはよく喧嘩しましたが、いつも泣いて逃げられる感じでした。でも、『ファミリー・レポート』や『マイ・ファミリー』を読むと、私はこの家族あっての森瑤子だと思ってしまう。彼女もそう思っていたはず。だから母が本当は何をしたかったのか……。母のことを心から敬愛していますけれど、同じ女としてわからないです」

マリアが今も母を理解できないでいるのは、子どもの教育に対しての無関心さであった。「勉強しなさい」「宿題しなさい」と言われたことはほとんどなく、勉強をみてもらったことや宿題を手伝ってもらったこと、友だちのことや成績を聞かれたことは一度もない。お弁当はご飯の上に海苔や鰹節をかけたものか、キュウリを挟んだだけのサンドウィッチで、「すぐに蓋を閉めてロッカーにしまう」くらいに、愛情が感じられないものだった。父は「ファーザーズクラブ」に入ってＰＴＡ活動をしていたのに、母が学校の行事に参加したことはなかった。

——その結果、私は自分に自信がないまま怯えながら成長した。宿題ができずに次の日学校へ行って、先生にひどく叱られたり、友達に馬鹿にされたり。そして私は学校へ行くことを何よりも恐れるようになった。(『小さな貝殻』)

「しっかり者の姉は誰に言われなくても学校から帰ったらすぐに自分の部屋に入って勉強してたんですけど、私は、言われないからやらないぐらいの気持ちで、本当にしませんでした。宿題は一度も出したことはありません。よく卒業できましたよね」

——おそらくは、愛情の欠損感をまぬがれないだろうと思う。とにかく母親の意識がまるきり別のことに向いてしまっているのである。常時ということではないが、大体において上の空だし、私にとって真に大事なことが、彼女たち——子供たち——のことではなく、物を書く、ということの方に完全に移り、しかもそれをうまくとりつくろうこともできず、家庭というものが一種破綻した状態で、流れていきつつあるという現状だ。(『女ざかりの痛み』)

マリアは母に女性ギタリストのコンサートに連れて行かれて、「あなたもこんな風になりなさい」とギターを習わさせられたことがある。八歳の時であった。

「泣きながらレッスンに通っていたら、ある時『やめてもいいわよ』って。お稽古事はそれだけ。今思うと、子どもに投資しなかった。普通は子どもにお金をかけるじゃないですか。うちなんかまだ九歳なのに、学校のあとにいろんなメニューをぎっしり入れてるんです。息子の才能に気づいて可能性を広げてあげたいから」

――私は娘たちとの毎日の「練習しなさい」闘争に、呆気なく白旗を掲げてしまった。可哀相だからということではない。私のエネルギー、根気が続かないのである。白旗を掲げることで、私はある意味で娘たちの何かを、見捨ててしまったのだった。(『ファミリー・レポート』新潮社刊/八八年)

マリアにはいまだに消せない切ない思いがある。小学生の頃からテニスが好きだったのにその才能をはじめて認めてくれたのは高校のテニス部のコーチで、彼女の指導でＮＨＫ杯などの大きな大会に出場して何度も優勝した。だが、森瑤子の人生を夢中で生きていた母は娘がトロフィーを持って帰っても「あら、すごいわね」としか言わなかった。

「そうじゃないと思いたいけれど、一番忙しい時期だったから母には見えていなかったと思う。私、三十歳の頃、道に迷って何をしていいかわからず、ネガティブになってすべてを母のせいにした時がありました。あの時、私がテニスを好きだと気づいてくれてその道に導いてくれてたらこうはならなかったとか。最終的には、ママが死んじゃったから悪いんだぐらいの気持ちになって、泣いて寝ちゃう時期が長くてね。いつもヘザーに叱られるんですが、私もナオミも人生がうまくいかないとすぐに母のせいにしちゃう。甘やかされている部分もあったし、見捨てられ感もあったし。……甘えてますね」

マリアが高校生になると森はますます多忙になり、きらびやかな友人たちに囲まれ、家を空ける時間も増えた。家の中には秘書やお手伝いさんたちが出入りし、「執筆中にドアを開けてはいけない」「用事がある時はスタッフに聞いて」という暗黙のルールが出来上がっていた。

「学校から帰ってきても母に会えないし、父とはいつも喧嘩してるからつまらない。もう、ここにいてもしょうがないみたいな気持ちになりますよね。そういうのもあって、私は夜中に抜け出したりしていたのかも。とんでもない不良になってました。父もすごく可哀想でしたよね。味は母の味そのままなのに、違う人がキッチンでご飯作ってるんですから。だから私は、彼女は仕事と家庭の両立はできなかったと結論づけました」

――女が仕事をするということは、生やさしいことではない。家事と仕事の両立なんて、ほとんど絶対にありえない。その両方を完璧にしようとするかぎり、ありえない。どちらも中途半端になるのにきまっている。私は多分、家庭を犠牲にして来たのだと思う。（「家庭画報」世界文化社／八八年三月号）

森は『ファミリー・レポート』で自由奔放な次女に手を焼く様子を、どこか楽しげに綴っている。八七年の秋、精一杯の反抗を続けていた十六歳のマリアは、母によってロンドン郊外の「カンパーナ・フィニッシングスクール」に送り込まれた。二年前には、ヘザーが英国に留学して家を離れていた。

「テニスをやりたかったからイギリスなんて行きたくなかったけれど、これ以上不良になったらヤバイということで入れられちゃったんだと思います。すごく嫌で、着いた途端、髪の毛を真っ白に染めてとんでもないことになっちゃって。親もさすがに様子が違うと気づき一年で日本に戻りました」

日本はバブルに突入し、ブラッキン家はカナダの島を購入して暮らしぶりはいっそう豪勢になっていた。だが、八八年六月にマリアが帰国すると家の中には殺伐とした空気が流れていた。家族が揃って食事をすることはなくなり、週末になるとナオミは自分の馬を置いてある山中湖の牧場に、父はヨットに乗りに行って、母は社交に忙しい。八九年に下北沢の自宅を改築するために引っ越した東五反田の家が、バラバラになった家族を象徴していた。建築家エドワード鈴木がデザインしたその家は、横に細長い一軒家であった。

「父と母のそれぞれの部屋は端と端にあって、母の部屋のロフトにナオミがいて、私はこっちにいて、お手伝いさんが住み込んでという不思議な家だったんです。朝出かけてしまう父なんてほとんど姿を見たことがなかった。下北沢の新しい家に移っても家は人でいっぱいで、家庭なんてものじゃなかったですよね。カナダや与論島に行けば家族は一緒だけれど、母はずっと仕事をしていましたから」

両親は相変わらず喧嘩を繰り返していた。ある時、何度目かの離婚話が持ち上がり、母が家を出たことがあった。

「しばらくして戻ってきましたが、なんで戻ってきたんだろうと私には不思議でした。私なら離婚しますよね」

争いながらも夫の望むままに車を買い、ヨットを買い、島を買い、事業資金まで出して書き続ける母を、娘は哀しい目で見ていた。

「私たちに対してもですけれど、お金や物を与えるのが母の一番手っとり早い愛情表現だったんです。そういう風にしか愛を与えられなかった。母自身、乗らない車を何台も買い、ドレスや帽子や靴がクローゼットから溢れていた。母はどこまでも心が満たされなかったんでしょうね。満たされない心を物欲を満たすことで満たし、書くことで満たされようとして、ぐるぐる回っていた。そんな母の周りを家族がぐるぐる回っていたという感じです。それでも、自分の力ですべての欲望を叶えていった母はやっぱりすごいなと思うんです」

『小さな貝殻』には、与論の別荘で、マリアとナオミを前に酔った森が「これが森瑤子の叶えた夢なのよ！　この家も、あなたたちもママの夢。ママの夢は叶ったのよ！」と叫ぶ印象的な場面がある。森が亡くなる二年前の夏の出来事だ。

こうした森の尽きないエネルギーの源はマリアの推察通り、どこまでも満たされない欲望にあるのだろう。恐らくその遠因は子ども時代にある。

——一度でもいい母からしっかりと抱きしめてもらいたいと少女だった私はそう願わなかった日はなかった。私のことをわかってもらいたい、という思いの中で、私は爪を咬んでばかりいた。

母はまた、私の衣服についてとても無頓着だった。（中略）私は心に何度も「いつかきっと、着きれないほどのきれいなドレスを一杯……」と言いきかせたことを覚えている。（『恋の放浪者』大和出版刊／八八年）

マリアには、母を苦しめる父への反発があったが同時に母の欲望に翻弄される父への同情もあった。パーティーの度に父の服を買いに走り、嫌がる彼にシルクのシャツを着せ、帽子を被せる母。

「母の妄想の中では父はウォーレン・ベイティなわけだし、彼女の中には森瑤子の夫はこうでなきゃいけないという理想の絵があったと思います。ポルシェを買ったのも、島を買ったのも自分も欲しかったから。母の友人に、『あなたのママはね、林真理子さんにだけは負けたくなくて島を買ったのよ』と言われたことがあった。見栄っぱりですよね。今の父を見ていただければわかりますが、父は本来質素な暮らしで満足できる人なんです」

娘たちが父親に批判的なことをよく知っていた森は、ホスピスのベッドでマリアに夫の淋しい生い立ちを教えている。アイヴァンは早くに実母の手を離れ、叔父夫婦を両親として育っていた。

「父は今も本当のお母さんの写真を持っています。母の話を聞いて、彼の中で家族はこうあるべきというのが強い理由がよくわかりました。とてもプライドが高い父にとって自分より稼ぐワイフとの暮らし、どんな気持ちだったろう……。壮絶な人生だったと思います」

マリアが距離を置いて母と父を語るのは、もちろん、母を知る何人もの人に会って『小さな貝殻』を書いたからである。だが、もうひとつ、ある時期から森を「母」ではなく「作家森瑤子」として見ていたことも大きい。

高校卒業後、専門学校を転々とするなど将来が見えないでいたマリアが、森と喧嘩して、家を飛び出したのは九一年一月のことであった。ヘザーはベルギーにいて、翌年の秋にはナオミも十九歳で英国に留学した。家出したとはいえ日本にいたマリアは、しばしば森の講演先や華やかな社交の場に連れ出された。母の「好きな人」と食事をしたことも何度かあった。六本木のピアノバーで開かれた五十歳の誕生生パーティーに、近藤正臣がラリックのグラスを手に現れた時の母の幸せそうな姿は目の奥に焼きついている。

「母は『素敵でしょう』と言って、恋をしていることを隠さないんですよ。父には申し訳ないけれど、『よかったわねえ』という気持ちでした。私はお洒落でセクシーで綺麗で、誇り高く輝かしい森瑤子ワールドを見せつけられていたので、お母さんというより一人の女性としてのそんな彼女を受け入れられたのでしょう。本当に素敵な女性でした」

九三年三月二十八日、赤坂プリンスの寿司屋には母と父が次女の二十二歳の誕生日を祝う姿があった。その時、森が娘に贈ったカードには最高の言葉が並んでいる。

〈あなたは私があなたを愛したように自分を愛し、そして自分が素晴らしい、ユニークな人間であることを受け入れてくれれば、私は安らかにあなたの人生から一歩下がり、安心してあなたをあなた自身の手に渡せる〉

翌日、森は駿台日大病院に入院した。胃潰瘍と教えられていたマリアは病院に日参したが、多摩市の聖ヶ丘病院に入るまで母の深刻な病状を知らないでいた。

死を目前にした森は、驚くほどの気丈さで自らの葬儀を準備するなどいくつかのなすべきことをしていて、中でも彼女が最もやらねばならないと考えたのは母親としての役目であった。意識がなくなる前に娘たちを一人ずつ部屋に呼び、子どもたちにどれほど愛情を感じているかを素直に語り、今まで一緒にいられなかったことを謝り、「幸せになってね」とそれぞれに言葉を与えた。そして「ダディは本当はいい人なのよ。優しくしてあげてね」と繰り返した。

この時、マリアは母に「人生にはママにとってのカメちゃんのような存在が必要だから、絶対作ってね」と言われていた。カメちゃんとはかつての婚約者であり、「情事」を書く前に再会し、森の本の装丁を多く手がけたグラフィックデザイナー亀海昌次のことである。

「最期も亀海さんに会いたがって、彼が病院に来た時、『カメと二人でいたいの』と言うから、みんな、部屋から出ました。母にとっては特別な存在ですよね。そう言える人がいただけでも母は幸せだったと思う。だからと言って父との結婚が偽りだったとは思いません。死ぬことがわかって眠れない夜、『アイヴァン、傍にいて』と父を放さなかった。あんなに喧嘩しながらずっと別れずにいたというのは母の美学なのか、二人の絆なのか。そこはもう父と母しかわからないこと」

もう一つ、森が次女に伝えたことがあった。

「ミーちゃん、あなたは書かないでね、お願いだから。書いたら絶対ママみたいに苦しむことになるから」

しかし、森が「ありがとう。ごめんね」の言葉を残して逝った二年後に、マリアは母の言葉に背く。娘にとって伊藤雅代と森瑤子はまったく別人であり、母の本当の姿を知りたいという衝動が抑えられなくなっていた。それまで読むことも書くこともままならなかった日本語を学ぶためＮＨＫの番組にかじりつき、漢字を勉強して、ワープロに向かった。そうして書き上げた『小さな貝殻』での娘の父に対する視線は辛辣であった。父との間で相続をめぐる争いが起こり、頑な父への怒りを募らせていた時期であったためだ。

「その時は父ではなく他人で、父に仕返ししたくてしょうがなくてひどいこと書いてやるッぐらいの気持ちでした。でも、母の言ったとおり書いたことで苦しみました」

本を出して二、三年はエッセイを執筆し、インタビューを受け、多忙な日々が続いていたのに、ある日突然すべてが嫌になり、書けなくなってしまった。姉の仲立ちで父と和解したことがきっかけであった。

何年かぶりで会ったマリアと父は互いの気持ちを隠すことなくぶつけ合った。娘が母との関係を問うた時、父は「僕たちに何があって、どういうふうに愛し合っていたのかなんて君にはわからない。僕たち夫婦のことをマリアに話すつもりはない。僕たちの関係を知らないくせに書くな！」と強く言い放った。マリアはその言葉を聞いた瞬間に激しい後悔に襲われた。

「でも、あの時に一番の誤解は解けました。私は父が母と離婚しなかったのはお金のためだと思い込んでいたんですが、そうではなかった。その時から本当に書くのが怖くなりました」

書くことをやめたマリアが四つ年上の会社員と結婚したのは二〇〇一年、三十歳の時。結婚後は友人が興したアウトドアフィットネスの会社の立ち上げに参加するなど働き、三十八歳で出産を契機に専業主婦の生活に入った。その二年後、突如書きたくなって息子を保育園に預けて書く仕事を再開した。それは長くは続かなかった。

「書き出したら仕事にしか目がいかなくなってしまったんですね。ああ、やっぱりやめようと思いました。私には書くことと家庭の両立はできない。そういう血だと思います」

マリアの夢は、大きくなった息子と二人で山に登ることだ。そんなささやかな夢を持つ自分は「平凡で、欲もプライドもないの」と笑うが、彼女はそうした生き方もまた母から教えられたものだと自覚している。

「人って、みんな、それぞれ満たされ方が違う。仕事で満たされる人もいれば、家庭と仕事という人もいるし、趣味に生きる人もいる。私は子どもを育てているだけで満たされてしまうんですね。それが私の幸せなんです。みんなにも言いたいんだけれど、女の人の人生っていろいろな選択肢があって、こういう人生がいいなんて決まりはありません。自分で選べばいい。私はそれが母の教えだと思って、いつも心にとめて暮らしています」

——(略)まるで母性愛などはないかのように言われるが、母性愛などなくてもいっこうにかまわない。母性愛など、愛する方も愛される方も息苦しく暑っ苦しいだけだと思っている。

普通の愛で、いいではないか。女と女同士の友情でかまわないじゃないかと思うのだ。(角川文庫『ジンは心を酔わせるの』/八六年)

作家は、生涯、自分は母親失格だと罪悪感に苦しんだ。けれど、三人の娘たちを子どもの頃からよく知る森の古い友人は、「みんなしっかりとした倫理観があり、社会的な批評もでき、豊かなアートライフを身につけている」と感想を寄こした。森瑤子の娘たちは、それぞれの場所で母のいなくなった時間を生きている。

インナー・トリップ

森瑤子が疾走した一九八〇年代は日本経済が最も意気盛んだった時代であり、同時に女の時代であった。八六年、男女雇用機会均等法が施行された年にバブル景気が始まったのである。均等法までは女性の進路選択の幅はまだまだ限られており、大学を出ても専業主婦になる人が大半を占めていた。森はそんな時代に、若さをはぎ取られていく女の焦燥を描いた「情事」を書いて文壇にデビューし、多くの女性の共感を呼んだ。そしてその五年後に、『夜ごとの揺り籠、舟、あるいは戦場』を上梓、さらに二年後には『叫ぶ私』で女たちの胸を激しく揺さぶったのである。

十五年の作家生活で百冊を超える本を書いた森は、自分の代表作として「情事」と並べて、『夜ごとの〜』を挙げていた。

――（略）この作品からはインナー・トリップ、あるいは自分探しの時代になっていくわけですね。私のなかではつまり『情事』で開けた第一幕目から第二幕目に入る節目になった作品。夜ごとの〝揺り籠〟〝舟〟〝戦場〟というのはすべてベッドの象徴です。男と女ですから最初は揺り籠のようなベッドだったのが舟のようになっていき、最後は戦場のようになっていくという話で。（「月刊カドカワ」角川書店／九一年六月号）

『夜ごとの〜』を森に書かせたのは、当時、講談社の出版部にいて、後に「群像」の編集長となる渡辺勝夫である。

渡辺は、七八年十一月に発売された「すばる」に載った「情事」を読んだ時、道具立ての新しさはともかく、子離れをした女性がこれからの人生をどう生きていくのかという切実な問いかけが描かれていることに感心した。作家の中村真一郎の紹介ではじめて会い、渡辺が率直な感想を伝えると森はひどく喜んだ。話題性に比べて「情事」に対する文壇の評価は「俗である」といった見方が大勢を占め、決して高いものではなかったからだ。親交を重ねるにつれ、渡辺は森にとって編集者であると同時によき友人となっていった。

「普通は相手が男なら少しは身構えるものなんですが、森さんは女性作家には珍しいくらいオープンな人で、格別に人柄がよかった。僕は、あの人には他の人が言うような色気はまったく感じないんですね。常に普通の女の人がぶつからざるを得ない女性のアイデンティティに関わる問題と格闘していて、それが彼女をフェミニンな人だと感じさせました」

渡辺が森に「書き下ろしをやりましょう」と提案し、二人の間では夫婦の抱えるどうしようもない性的な問題をテーマにしようと決まっていたが、作家が書き出すまでには時間がかかった。三年目に渡辺は作品のために一人の女性を森に紹介する。フェミニストカウンセラーの河野貴代美である。

森は、夫との間に性的な満足を感じたことのない主人公がカウンセリングを受ける話を書こうと考えた。

セラピーを受けて女性が自己変革していく物語は、既にアメリカではエリカ・ジョングの『飛ぶのが怖い』が、フランスではマリ・カルディナルの『血と言葉：被精神分析者の手記』が共に七〇年代半ばに出版されていた。森は「情事」で「セックスを、反吐が出るまでやりぬいてみたい」という言葉を借用したほど『飛ぶのが怖い』に触発されたが、『血と言葉』も影響を受けた本の一冊に必ず挙げるほど傾倒した。母と娘の愛憎をあぶり出したこの本の存在を出版当初にフランス語の堪能な友人から教えられた森は、『夜ごとの〜』の執筆最中に、日本語翻訳された同書をむさぼるように読んでいる。

森より一つ年上で、三九年生まれの河野は精神分析的セラピーを学んでアメリカから八〇年に帰国したばかりであった。河野が留学していた当時のアメリカでは、高学歴専業主婦たちが感じる虚しさゆえの不安や落ち込みを「名前のない病気」と名付けたベティ・フリーダンの『ザ・フェミニン・ミスティーク（女らしさの神話）』が出て、第二波フェミニズムが大きなうねりとなって広がっていた時期である。フェミニストセラピーは、精神科医では対応できない女たちの病と向き合うために生まれた。森の「情事」はまさにこの「名前のない病気」から生まれた作品であり、河野との邂逅は必然であった。

長く森の秘書を務めた本田緑は、「河野先生の前では、森は自分をさらけ出すことができ、はじめて救われました」と述懐する。

シモンズ大学社会事業大学院でカウンセリングを学びながら、フリーダンが結成した全米女性機構NOWの会員となって活動していた河野は、帰国後、精神科医療の体験とフェミニズムをドッキングさせた「フェミニストセラピィなかま」を東京中野にオープンし、テレビや著作で脚光を浴びるカウンセラーであった。そんな河野の前に、新進作家の森が現れたのである。アメリカから一周遅れで日本にもフェミニズムの波が押し寄せていた。

インタビューに際して河野は、「カウンセラーはクライエント（相談者）に関して徹底した守秘義務があります。森さんの場合ご本人がカムアウトしているので、要請に応じてきましたが、それでも基本的に私はクライエントについて話すことには躊躇のある人間だと思ってくださいね」と了解を求め、それから言葉を選びながら語り始めた。

「取材のためにカウンセリングを受けたいと、最初に電話がありました。取材ならそのための時間をとれるけれど、カウンセリングなら一度や二度ではすまないし、森さんに動機がなければ続かないだろうとお伝えしたら、彼女は即座に『私にはカウンセリングが必要だ』とおっしゃったんですね。その時、私は、ジイドの精神分析を断ったユングの話を出して、作家として内面を掘り起こしていく危険性をお伝えしました。もちろん私がユングに成り上がったつもりはないのですが、とにかく会おうということになりました」

八二年十一月二十二日、森はごく普通の主婦の風体で一人、中野のマンションにあった事務所にやってきて、こう告げた。

「自分を救いたいし、家族も救いたい。すがりつきたいくらいに、助けていただくことを求めています」

それから八カ月にわたり、森は週に一度、一時間に五千円を支払って河野のカウンセリングを受けることになるのである。

——あの、不思議なんですけど、最初のその日から取材どころじゃなくなってしまった。五分ぐらい喋っただけで、私はこの人に何もかもこう、話を聞いてもらいたいっていう、なにか不思議な巡り合わせで、結局六ヵ月（原文ママ）、彼女のところに

毎週通うことになってしまいました。(『夜ごとの揺り籠、舟、あるいは戦場』別刷・中村真一郎との対談/講談社刊/八三年)

「最初のカウンセリングから森さんと私はすごく相性がいいことはわかりました。人には思考の枠組、フレームワーク・オブ・シンキングというものがあり、この枠組がうまく作用しない人とする人がいて、私と森さんは作用したんですね。わかり合える、ということはこのへんがどう動くか、ということ。だから彼女もちゃんとカウンセリングを受けようと思われたのではないでしょうか。予定の変更もキャンセルもなく、約束の時刻通りにきちっといらして、ほとんど私が口をはさめないくらい早口で話し、『あっ、時間ですね』と録音テープを止めて帰って行かれました。その頃は、まだファッショナブルになる前の森さんでした」

森は実に優秀なクライエントであった。

「森さんはいろんなことをわかっていらっしゃるんですね。全部わかっていた。あれだけ自分を見据えて、それを言葉にしていくには覚悟がいります。鋭くて何でもわかっているから本来なら私が言うべきことを本人が言う。私の言ったちょっとしたことを捉えて、自己分析につなげていった。ちょっと大変でしたが、こんな人と対峙できるのはカウンセラーとしてはラッキーでした。私の大事な宝です。でも、友だちにしたいかと言ったらどうでしょう。大変ですね、あんな複雑な人と友だちになるのは。ギンギンに森瑤子として着飾ってしまうとよく見えなくなってしまう。その上に、ゆったりと落ち着いていられないところがありました。第一、あんなきらびやかな人と一緒にいると困るじゃないですか」

森が河野を強く求めたのは、夫や娘たち、身近にいる大切な人たちとうまく関係を結べないことに身動きがとれなくなっていたからである。

——(略)私は全く他人との関係が、両親とはもちろん、主人とも子供とも初めっからできてないし、ここまでこれたにもかかわらず、頭の中でこんなにいろんなことがわかっているにもかかわらず、私はやっぱり孤立しているという認識がいまあるわけです。それが一番強い認識です。(『叫ぶ私』主婦の友社刊／八五年)

カウンセリングが始まって間もなく、八歳になる末娘のナオミが夜尿症から幻視や夢遊病になってしまった。それは娘に十全の愛情を与えられない自分のせいではないか、夫や娘を愛せないのは自分が母から愛された記憶がないからではないかと、森は考えていた。河野に受けたカウンセリングの模様は、『夜ごとの～』にも色濃く反映されているが、ドキュメント『叫ぶ私』に詳しい。

森は、三度目のカウンセリングからテープレコーダーを持参し、録音していた。はじめての書き下ろし小説のためであったが、ある日、彼女はそれを同世代の女性編集者の前に置いた。その頃、主婦の友社に勤めていたフリー編集者の戸張裕子は、書き下ろしのエッセイ『女ざかりの痛み』の執筆を依頼していた森から、何本かのテープを前に「今、カウンセリングを受けているの。こんなものがあるのだけれど本にできないかしら」と相談されたのである。まだ流行作家になる前の森は素顔を見せることもあり、どこか心細そうであった。

「こんなテープを私が聴いてもよろしいのですか」

戸張が自分を丸裸にしてしまうようなことをしていいのかと作家に念を押すと、森は「いいの」とためらわなかった。聴いてみると、森のすすり泣きとテープが回る音だけの時間もあり、そのリアルさに戸張は胸が痛くなった。ものを書く人はここまでさらけ出すのか。

「あの頃、森さんは私生活にも問題を抱えて、はじめての書き下ろし小説を必死になって書いていました。そのためには何でもやるという覚悟でカウンセリングも受けられたのですが、カウンセリングによって自分の気持ちが少しずつ整理されていく実感があったようです」

河野がこの本の出版の意向を知らされたのは、カウンセリングが中断のまま終わった後で、「共著で出さないか」と森から打診があった。

「それはお断りしました。テープを起こすと膨大な分量になるので、本にするためにはカットして編集しなければなりません。森さんのカットする部分と私のカットする部分は絶対に違ってくるし、それを話し合いで調整するなど無理だと思ったので、『あなたがテープを起こしてカットされるのだから、言葉が違っていたとしてもあなたの責任でおやりください』とお願いして、本が出るまで一切読みませんでした。『夜ごとの〜』のほうは、頼まれてゲラを読んだ記憶があります。でも手を入れていません。小説なのですから」

原稿用紙にすると三千枚にもなったカウンセリングの記録を森がまとめあげた本には、当初『私は叫ぶ』というタイトルがつけられた。だが、彼女が装丁家に指名した亀海昌次が「こんなのダメだ。ひっくり返せ」と言って、『叫ぶ私』に決まった。単行本の表紙は、森と亀海の友人であった佐野洋子が描いた裸の母娘像である。後に佐野が『シズコさん』を書くことになるとは、無論、森は知るよしもない。

森は出版から六年後、ドキュメンタリーであるはずの『叫ぶ私』をフィクションだと解説している。

――（略）ノンフィクション風のフィクションにしました。当時は心を病んでる人たちとか台所症候群が社会問題になりつつあったので、セラピーの存在を世間に知ってもらいたかった。（「月刊カドカワ」角川書店／九三年九月号）

河野は、八〇年にナンシー・フライデーが書いた『母と娘の関係――「母」の中のわたし、「わたし」の中の母――』を俵萠子との共訳で出版していた。アメリカのベストセラーが日本ではまるで売れなかったという。森は同年四月、「すばる」に書いた「嫉妬」で母と娘の軋轢に触れているが、翌年七月には同誌で、これを主題とした短編「夜光虫」を発表。そして『夜ごとの〜』『叫ぶ私』の二冊でこの深いテーマに真っ正面から向き合い、これまで女たちが言葉にできなかった苦しみと痛みを衆目の前に差し出したのである。その援護者が河野であった。

「彼女は、作家になった時点でプライバシーは捨てましたと言ってますよね。『夜ごとの〜』は、小説なので、私の言葉もかなり違って書かれています。それは彼女の聞き違いか、意図的に変えたのか。でも、彼女の作品ですから何の問題もありません。『叫ぶ私』のほうは、あれはそのまま、完全なるドキュメント。彼女がどこをカットしたかはもう忘れてしまいましたけれど、あんな暗い本なのによく売れたのです」

――（略）私は、世間体は捨てたんです。捨ててもらったんです。根本的に母とか夫を傷つけていなければ、それでいいんじゃないかというふうに……。（小島信夫との対談「人生・家族・文学」／「潮」潮出版社／九一年一月号）

川奈の海岸で母に置き去りにされた四歳の自分。森が小説やエッセイで繰り返し書いた風景が、「母に愛されない娘」の記憶の始まりであった。

「それが彼女の人間関係における原風景なんでしょう。母と娘というのは一番基本の関係性であり、また子どもにとって自分自身で構成できない関係で、母が必要でもあります。ですから、森さんにとってはそこからうまく始まらない自分、『伊藤雅代って誰?』ということなのではないでしょうか。装ってきた『森瑤子』のほうが、あの人なんですね。成熟した大人の女のイメージが強い人ですが、自分の核にあるものを認めるのは怖くもあったでしょう」

——実際、セラピーを受けている間、現在のような自分になってしまった原因が何もなくて、根っからただ明るい人間だったらどうしよう、という不安が常につきまとっていました。何かないと困ると。(『森瑤子自選集』月報③/九三年八月)

河野は、森と母、伊藤喜美枝との関係をどう見たのであろう。喜美枝も結婚前はデパートで働き、結婚後は三人の子どもを育てながら大勢の下宿人の世話をして、子どもの手が離れてからはさまざまな習い事を習得、美容院まで開いた人である。

「母親に会ったことはありませんが、森さんが言うように冷たいとは思いました。ただ娘の側の要求が強かったという言い方もできます。森さんは、自分を受け入れて、愛して、認めてという要求がとても強かったのかもしれません。母親の側としては『愛しているじゃない』『私は精一杯やっている』という言い分はあったでしょう。あったとしても、娘の要求が大きければそうはとれない」

母と娘の葛藤は近代の病である。

「母は母なりに時代の空気を感じているわけです。従順な良妻賢母を演じることに満足がいかなくて、どこかに不満がある。私の母もよく『何のために生きてきたのか』と口にしました。森さんのお母さんも母と同じ世代です。つまり、葛藤が起きる程度に母も近代的であり、有能だったんですね。私自身、森さんとは別の、価値観の違いとか、承認を求めた葛藤を、母との間に抱えていました。だからパートナーには母親的な愛情や承認を与えてくれる人ばかりを求めてきて、それは満たされたんです。でも、森さんは満たされなかった。満たされなくてよかった。満たされてしまったら小説なんて書けないわ、と彼女は思っていたと思います」

母に愛されなかったという森の意識は、子どもをどう愛していいのかわからないという戸惑いと等号で結ばれていた。

――私の母は母性の極端に薄い人で、子供たちを、温かい安心するような、ぬくぬくとした愛情の中で育てることができなかった（それは全く、私自身にひきつがれた性格である）。私は自分が絶えずハイエナのように嫌われ、ハイエナのように追い払われる、という思いを抱いて成長した。

従って、母の愛というものがどんなものであるか知らずに今日まで至っている。

（『女ざかりの痛み』主婦の友社刊／八三年）

「森さんは子どもを叱ったり、これをしてはダメだという規制をできない人です。愛とは何かを規定するのは難しいですが、何も言わないのは愛情ではないし、ギャーギャーやかましく言うのも愛情じゃない。愛情って厳しさと甘やかすことの程度を弁《わきま》えることだと思うんですけれど、私が想像するに、森さんはその兼ね合いがわからなかったんだと思います。だからうまくいってない自分に絶えず罪悪感があった。でも、森さんなりに娘たちを愛していたし、努力もしていた。彼女が子どもをまったく愛せない無慈悲な母だったとは思っていません。ただ、それが子どもにとって愛された実感になっているかはまた別です」

森の苦しみは、夫との喧嘩が絶えない摩擦する関係にもあった。『夜ごとの～』は、性的な快感を得られないことが主人公と夫との関係性の象徴として描かれている。

「カウンセリングで性的な話がたくさん出てきた記憶はありません。いや、出てきているはずですね。『夜ごとの～』にあんなに出てきているんだし。ただ、彼女自身が性的なプレジャーを得られなかったかどうかについては、私は多分突っ込んでは聞いていません。これは一般論として聞いていただきたいのですが、女性がオーガズムを得る時には解放が必要だと思います。でも、屈託や複雑な蟠を抱えている時には身体だけ解放というわけにはいかないことがあるでしょう。固まって力が入っていると力の抜き方がわからないし、抜いてしまうと自分が崩れるとか、自分を持ち直せないということもある。最後に解放してしまうと相手のサレンダー、従属者になってしまうこともあるから。逆に言えば、サレンダーになることがある種の自己解放になる人もいるでしょう」

森が世界一周の貧乏旅行中の美貌のイギリス人、アイヴァン・ブラッキンと出会ったのは、東京藝大を卒業した翌年、六四年の夏であった。出会って半年後に両親の反対を押し切って結婚しているが、母の愛を求める森の孤独と、複雑な生い立ちのアイヴァンの孤独はどこか相似形である。

「私は森さんがアイヴァンさんを選んだのは、よくわかりますね。彼女自身があまり幸せではなく、愛の飢餓感を抱えている人だから、愛を持っていて与えてくれる人は怖くって受け入れられないんですよ。自分の中に愛がなければ、やっぱり同じような愛のない人に惹かれるんです。そのほうが安心ですもの。豊かな愛情あふれる人に『好きです』と言われても、本当に愛されているのだろうかと常に疑心暗鬼で落ち着かない。森さんにとってアイヴァンさんはシンクロする相手なんでしょう。共依存の関係ですよね。だから離婚もできなかった。

でも、アイヴァンさんも愛が欲しい人なのに、森さんはそれを与えられない。そこで軋轢が生じます。真の部分で『愛し合いたい、私も愛したい、あなたも愛してよ』という感情交換ができなかったから、はじめから食い違っていた夫婦だったとも言えますね」

『叫ぶ私』には、森が、アイヴァンは河野に会いたがっていると告げる場面が出てくる。カウンセリングの最中に河野が彼に会うことはなかったが、その後、二度、六本木のダーツバーと、聖ヶ丘病院の二一三号室で二人は顔を合わせている。

「なぜ彼女は私に彼を会わせたかったのか。六本木でお会いした時は、ちょっと固い感じのする方という印象でした。彼は日本語をしゃべりません。日本に順応して、日本語を上手に話す外国人はたくさんいますが、彼はイギリス人であるというプライドが高かったんでしょう。日本語を勉強することは、自分がイギリス性を捨て日本に従属するという感じになってしまう。先程も言いましたが、森さんは人に強制することはできない人だから、日本語を勉強しろとはやかましく言わなかったと思います。彼女には家族をかまっていないという後ろめたさがあったから、彼のやりたいようにさせ、お金を稼いで、言われるままにカナダに島を買って一家団欒を過ごすという彼のイメージを一緒に追いかけたのでしょう」

夫妻の関係を表す有名な話に、夫の寝返りに合わせて森も寝返りを打つというエピソードがある。

「六本木の時も森さんはアイヴァンさんにすごく気を遣っていましたね。落ち着きがなくて、何か言わなくっちゃと思っているのがミエミエでした。でも、彼女は誰に対してもものすごく気を遣います。ある意味では過剰なリップサービスの人だから、『あなたがいないと生きてはいけない』みたいなことを言ったり、書いたりもするんです。誰に対してもですから、ちょっと困りますよね。あるイラストレーターは、森さんからそんな手紙をもらってその気になっていましたが彼女の本音は違う。それを私はカウンセリングで指摘していますが、そんなことは森さんにすれば馬耳東風。また、そうした人間関係が森さんにとっては必要だったんです。彼女はそれを認めていますよね」

——私が求めているような形で、ほんとうに、お父さんとお母さん、両方の役目をしてくれないというところで、なにか、こう、常に、(筆者注・夫に)いら立ちがあるわけですね。

まあ、しかたなく、私をチヤホヤしてくれるお友だち、(中略)そういう人たちとつきあうことでね、たぶん、バランスをとっている、(『叫ぶ私』)

夫に不満を抱き続けながら、離婚の文字をいつも頭の片隅に置きながら、森が離婚を選択することはなかった。

「私は森さんが今生きていらしても、ずっとぐずぐず言いながら関係性に傷つくままだったと思います。だって、森さんにははっきりした別れる理由がないんですよ。仮に彼が浮気したとしても、私にも好きな人がいるじゃないとなって、絶えず自分の落ち度や罪悪感につなげてしまうから、アイヴァンさんのどんな行為も離婚理由にはならない。はじめからズレてるわけだから、ことさらそれは理由にならない。ヨットや島を買うためにお金を注ぎ込むのは、彼のためではなくて自分の罪悪感のためですからね。何をどうやってもその罪悪感が消えないことは森さん自身わかっていたから、どんどん原稿料が上がる中でどんどん仕事をして、結果一家団欒も遠いという悪循環の中にいたのではないでしょうか」

森がその頃には四谷に移っていた河野のカウンセリングルームを訪れるのは、八三年の六月六日が最後となった。その日、作家は帰り際に約束した。

「夏は軽井沢に行きますから、九月になったら再開します」

しかし、秋になって河野のもとに森から一通の手紙が届き、カウンセリングの再開はなくなった。『夜ごとの～』は九月に出版されており、取材は終了していた。

「再開しないのは月並みの理由だったと思いますが、もう覚えていません。私は帰っていらっしゃると思っていたんですね。あれだけ熱心にいらしていましたから。しょうがないと思いましたけれど、もう一度くらいいらしていただいてあの八カ月はなんであったかを話し合えたらよかったなと思った記憶はあります」

――もしかしたら、私はそれが怖いのかもしれないのだ。すっかり治って、健康なる肉体に健康なる精神を宿すことが。治らなくてもいいと思っているのかもしれない。仮に治療してしまったとしたら、もしかしたら、私にはもう小説を書く必然性などないかもしれないからである。(『叫ぶ私』)

――(略)その一方でセラピーを受けることで、何もかもわかってしまったらもう書く必要がない、書けなくなってしまうのではないかという不安もあったんです。ですから箱の開け具合を、いつも自分で慎重に計っていた。そういう意味でいえば、

作家のプロ根性が勝ったような気がしているんです。(『森瑤子自選集』月報③)

『夜ごとの～』は、女たちの支持とは裏腹に文壇が拍手をもって迎え入れることはなかった。渡辺は嘆息する。

「いい出来だったんです。あの作品がもっと認められていたら、森さんのその後の人生も少しは変わっていたんじゃないでしょうか」

森が女の普遍的な葛藤や傷を凝視し続けることはなく、彼女の作品のモチーフはもっぱらお洒落な都会の男女の恋と生活へと移っていく。傷は捨てたのか、乗り越えたのか。その間、バブルの到来と歩調を合わせて華やかさを増す作家と河野の交流は続いていた。

「たまにふと『ご飯食べる?』ってお誘いがあって、誘ってくださる限りお付き合いしましたが、いつも誰か著名な方々が一緒のグループでした。だから何回かお目にかかったけれど、個人的な話などは出ませんでした。そういう人じゃないんですね。ある意味では『カサブランカ』の名台詞じゃないけれど、昨日は大昔だ、明日は遠い未来だという刹那刹那を生きていた人と言えるでしょう。

それに森さんは人と一対一、サシというのがとても苦手な人。よくもまあ八カ月も続いたと思いますが、でも、その時はテープがありました。ひょっとしたら彼女は私でなく、テープに回答していた可能性もあります。一時間泣きっぱなしのことがあったんですね。私はなぜ泣くのか、普通なら聞きたいところですが聞かなくてただ泣かせていました。聞いてしまうとまた違う話題が出て、彼女がわっと話しだすことになるのはわかっていましたから。森さんは沈黙が怖い人なんです。カウンセリングでは黙っていたければ黙っていてもいいのに、テープを回し始めた瞬間から一所懸命しゃべっていた。しゃべるためにしゃべっているような時もありました。沈黙というのはある意味、力ですから。森さんには人と一緒にいると身の置き所がないくらい困ってしまう一面があって、きちっと人と対峙することができにくい人だったと思います。

でも、しゃべり続けていても心はしんとしていて、静かに世の中を見ている感じがありました。あの華やかな外見に比べれば、内面が空っぽで内実の伴わない生き方をしてきた人だとも言えますね。決して悪い意味で言ってるんじゃないですよ。そういう人っていると思うんです。むしろ内実があって非常に成熟して、これぞ人間なんて人はどこにもいません。みんなどこかでいろんなものを抱えている。空虚さにしても、失望にしても、罪悪感にしても、いろんなものを抱える感情生活の中でその人が立ち現れてくる。その意味で、森さんは素晴らしく魅力的な人でした」

その内実のなさこそが作家森瑤子を森瑤子たらしめたものだということか。

「実存の曖昧さ、危うさと言ったらいいのか、物理的にはそこにいるけれど魂が彷徨《さまよ》っている。だから、彼女はテープにしゃべったかもしれないんですね。だからあれだけの小説が書けた。母娘関係なんて具体的な現象として現れてきただけで、それが彼女の虚しさの源泉とは思わない。私は母親中心主義の養育が唯一だとは思っていなくて、子どもが育っていく過程には夫もいるし、他の人もいるのです。森さんは本質的に非常に虚しい人なんだと思います。その空虚さ、エンプティこそが彼女の苦しみの根源だと思う。淋しさは耐えられるけれど虚しさは耐えられないと言うでしょ。そういう実存のギリギリを抱えていた。それは彼女自身よくわかっていて、あのきらびやかな生活も服もみなそれを装飾するものだったと私は思っています」

河野の説をとれば、森が十七年間精進したヴァイオリンをいとも簡単に捨てた理由も理解できる。

「だって彼女からすればやったってしょうがないんだと思う。究極のところであの人は『これをやってどうなるの』と考えただろうし、『アイヴァンと別れてどうなるの』と考えたと思う。森さんは、そんな疑問に絶えずつきまとわれていたんじゃないでしょうか」

日本中がバブル景気にわく中で、望む名声を得て森の生活は贅沢に享楽的に、帽子のつばは限りなく大きくなっていった。作家はどこまでいこうとしたのだろう。

「空っぽだからいくら何かを入れてもダメなんです。それを私が否定的に言ってるとは思わないでください。それは人間の実存のあり方として見事にあるのです。彼女は表現力があるから、書くということでその虚しさを表現したんですね。多分、空虚だからこそ書けたんです」

九三年一月初め、大阪で暮らしていた河野のもとに「お正月は体調が最低だった」と森から手紙が届いた。それからいつになく電話や手紙の往来があり、四月に大阪で食事をしようと約束もしたが、森の病気でキャンセルになった。

森の病状を知った時、河野はすぐに「年をとったらわかりあった仲間たち同士で『八月の鯨』をしましょう」と書き送った。海の向こうの鯨を並んで見つめる高齢姉妹の人生を描いた映画は、日本では八八年に岩波ホールで公開され、その自立して尊厳ある生き方が理想の老後として女たちの共感を呼んでいた。入院直前の森は河野の手紙をひどく喜び、「島から鯨の通るのが見える。同じことを考えていました。手紙をお守りのように持ち歩いています」と返事を寄こした。

六月、河野のもとに本田緑から、「森が会いたがっている」と電話が入った。丘陵の上にあった瀟洒な病院で、小康状態の森は河野を待っていた。

「よくなったら、もう一度カウンセリングをきちんとやり直しましょうよ」

河野がそう言うと、森はしばし沈黙したあとに、「ちょっとそこの窓を閉めて」と静かに言った。

「彼女はこの話をしたくないのだと思いました。カウンセリングなどしたくないと思ったのか、もう治らないと覚悟していたのか。きっと後者だったのでしょう。ああ諦めたんだなと思いました。あの時、森さんは五十二歳。いつまでも、あのまま華やかな都会の小説を書き続けてはいられない。そのことはご自分もわかっていらしたけれど、新しいものを書くということは自分をどう変えていくかということに密接にかかわっています。それによってアイヴァンさんとの関係も変わっていったかもしれない。

でも、その先に何を見つめるかと言ったら大きなテーマは老いですよね。あの人がそれを書くことはちょっと想像できません。彼女は賢い人だから、ここでそうなるのなら構わないと死を受け入れたのだと思います。空虚でしんしんと静か、でも華やかで、多様な自分を見せてきた人でした」

——世界中に私のことを一人だけわかってくれている人がいて、最後に「八月の鯨」をしてくれるというのが、いつも心の中で確かめられるんですね。（中略）若い頃の母に似ていて、セラピーの中でやさしく揺り籠になってくれた。代理母のような役割を果たしてくれていたような気がします。フィジカルに母に似ているということは、私に似ているところがあるのかもしれません。（『森瑤子自選集』月報③）

十年前にお茶の水女子大学を退職した河野は、コミュニティ型の老人ホームで暮らしながら八〇年代フェミニズムを振り返る本の執筆にとりかかっている。自然が美しいそのホームは、森が最期の時を迎えた病院のすぐ傍にある。

社交の華

一九七八年、一人の主婦が「情事」を書いて、三十八歳で作家になった。妻であり、三人の娘の母であること以外に何者でもない自分に苛立ち、充足できないでいた伊藤雅代にとって、森瑤子という自身で名付けた名前と自分で手にした収入は、どれほどの解放感をもたらし、自尊心を回復させたことだろう。名声と経済力は、魔法の杖のように彼女の人生を生き生きとしたきらびやかなものへ変えていった。

——（略）すでにデザイナーの石岡瑛子さんたちが華々しく活躍している時期に、わたしは子育てに専念していたんで、デザイナーの男友達に、わたしがここにいるのに、だれも発見してくれないわ、というふうなことをいったことがあったんですよ。そのときは切実に、世の中から置き去りにされていると感じていたのね。（中略）

わたしがものを書くちょっと前ごろ、ちょうどマスコミで自立している女たちというのがもてはやされて、わたしも洗脳されて。で、小説を書き始めて、初めて印税が入ったとたんに、わたしは自立したと感激したわけね。（「朝日ジャーナル」朝日新聞社／八六年十二月十二日号）

これは、当時、「朝日ジャーナル」の編集長だった筑紫哲也の司会で、プロデューサーの残間里江子、イベント・プロデューサーの本木昭子との鼎談に臨んだ時の森の発言の一部である。タイトルは「翔んじゃった女から、降りられない男へ」。掲載時には、残間と本木が企画したシンポジウム「地球は、私の仕事場です」が南青山のスパイラルホールで十日間にわたって開催されており、それに連動した記事であった。シンポジウムに参集した「現在の日本を代表する女性たち」の肩書は、ミュージシャン、学者、作家、作詞家、評論家、女優、詩人、ジャーナリスト、政治家、スポーツ選手、デザイナー、写真家、テレビプロデューサー、宇宙飛行士、漫画家、キャスター、スタイリスト、経営者、演出家、料理家、医師と幅広く、メディアで知られた名前が並んでいた。その模様を一冊にまとめた『女の仕事』の帯には、「いま、本当に女の時代なのか。女たちは何を考え、どこを目ざして生きているのか。」のコピーがある。森が悶々と過ごした七〇年代半ばに比べれば、男女雇用機会均等法施行の年には女性の社会進出も少しは広がっていた。

このシンポジウムで、森は「大人の女の愛と性」をテーマに桐島洋子と対談している。森が「朝日ジャーナル」でその名を挙げた石岡瑛子も、別の日に登壇して「表現の国際性」を語っていた。石岡は、消費文化が始まった時代に「パルコ」に代表される先鋭的な広告を生み出し、強く、媚びない女像を提示して日本女性に強烈な一打を与え、妥協のない美意識を貫き広告の時代の最前線を走っていた。広告業界で働いていた森が、専業主婦の時間の中で藝大の二年先輩にあたる石岡の仕事ぶりを羨ましく眺めていたであろうことは、想像に難くない。この時代、多くの女性たちが自己実現欲求に追い立てられていた。

森が作家になるのと前後するように日本を飛び出し、ニューヨークに拠点を移した石岡は、八〇年代からはブロードウェイやハリウッドで舞台装置や衣裳を手がけるようになる。偶然にも、森の最後の女性の対談相手が、フランシス・コッポラ監督作品「ドラキュラ」の衣裳でアカデミー賞を手にしようとする石岡であった。その石岡も今はもういない。

さて、七八年十二月に出版された『情事』の後書きで、小説を書いた理由を「私は、私の中から、私自身を追い出してしまいたかった」と記した森は、作家というアイデンティティを獲得してからは、これまでの飢餓感を満たすかのように小説世界に自分を投影させながら望むセルフ・イメージと人生を手にしていくのである。見事なまでの凄まじい欲望とエネルギーで。そんな森が大切にしたのが、一線で活躍する華々しい友人たちとの社交であった。

――（略）それに何より物を書き始めて、自分の表現をみつけて、友だちを選べるようになった、ということね。これ、ちょっと過激な発言だけど。お金ができれば、それまで買えなかった物が手に入ったりするように、人間関係も自分にある種の人間的力とか、才能とか、何かを持ってないと選べないのよ。わかってもらえるかしら。
（「ＳＯＰＨＩＡ」講談社／八五年十一月号）

評論家の大宅映子は、作家になってからの森が、親友と呼んだ一人であった。四一年早生まれの大宅は、四〇年十一月生まれの森とは同学年で、『情事』を読んだ時、ひどくショックを受けたという。

「私にはあんなセックスへの飢餓感はなかったから、そんなものなのかとものすごく驚いたんです。でも、明らかにこれまでの女性作家が書いていない私たちの言葉遣いと私たちの感覚が、あの作品の中にはあった。私たちの世代は、男女平等教育を受けた戦後第一世代で、同じものを共有しているという意識がとても強い。たとえば音楽は洋楽か歌謡曲かとか、文化や情報の量が限られていたので同類を見分けるのは簡単でした」

——同じ時期に、ロカビリーを聴き、FENにかじりつき、大人たちが〝君の名は〟に夢中になるのをちょっと冷めた眼で見ていた多感な少年少女時代を送り、力道山の出現にドキドキした時代。エルビス・プレスリーからビートルズの初期の頃まで。サルトルやカミュやサガンの時代。六〇年の安保が輝かしき青春の頂点であった若者たち。（角川文庫『ジンは心を酔わせるの』／八六年）

大宅と森は環境が似ていた。二人とも〝適齢期〟に結婚し、大宅は二人の、森は三人の娘を産んで、それぞれ子育てをしながら夫と一緒に働いていた。

「彼女には子育てしながら悶々として、何かやりたいと思っていた時間があったでしょ。私も子どもを預け、夫の作った小さなイベント会社で週のうち三日働き、大した責任もとらないですむ仕事をちまちまと続けていました。細い糸でもいいからどうにかして社会とつながっていたいという気持ちがありながら、仕事も子育ても中途半端でうじうじとしたものを抱えていたのは森さんとそっくり。その頃は、知り合いが華々しく活躍するのを見ていたら冷静ではいられませんでした」

森が作家デビューした翌年の七九年、大宅は、次女の小学校入学を機にテレビキャスターの仕事を引き受けた。子どもの手が離れたところで実力が出せる仕事を手に入れたところも、二人は似ていた。

大宅が森とはじめて会ったのは八〇年、夏の軽井沢。セレブという言葉がまだ流通していない時代に各界の著名人が参加したサンモトヤマ後援の「軽井沢セレブリティテニストーナメント」で、「やっと会えたわ」と言葉を交わしたのだ。

「その時の森さんは普通のおばさんでした。『情事』のイメージからすれば、もっとパキパキした人で、バーンと存在感を打ち出してくるかと思っていましたが、どこかオドオドしていて気が弱そうなところがあり、洋服もダサくて、意外でしたね」

その時は挨拶だけで終わった関係が友情に発展するのは五年後、八五年の秋だった。「オール讀物」の「秋の夜長　女三人姦しく男の品定め」と題した鼎談に大宅と森と、もう一人、作詞家の安井かずみが呼ばれたのである。安井と大宅は親しくなったばかりで、安井と森はパーティーで出会っていた。森には「これぞ」と思う人とは一緒に仕事をする癖《ヘキ》があり、エッセイや小説に登場させた。文庫本の解説者を並べてみれば、彼女の交友関係の広がりは一目瞭然となる。安井は八四年に出版された集英社文庫『傷』で、大宅は八七年に出た集英社文庫『女ざかりの痛み』で解説を書いていた。

——（略）実際、初対面の華やいだパーティの立ち話で、私たちが話したことは、絹のパンティのこと、書くという行為のうらはらさ、三才児のフランス語教育について、ローレックスの腕時計のこと、そして、日常生活の順境と逆境についてとか。

（集英社文庫『傷』解説・安井かずみ／八四年）

安井は大宅や森より二学年上の同世代で、世に出たのは二十一歳と二人より十五年以上も早かった。沢田研二の「危険なふたり」などヒット曲を連発して、時代の匂いをプンプン撒き散らすファッショナブルで自由な生き方は、カッコいい女の代名詞になっていた。八歳年下のミュージシャン、加藤和彦と再婚してからは夫婦の理想を絵に描いたような華麗な生活が喧伝され、そういう意味では、出会う前は大宅や森にとっても手の届かない存在であった。

「四十代の働く女性でおばさんじゃないということで、シンポジウムや雑誌に何度か三人で呼ばれました。女が自立して同時にお洒落もできるようになったのは、私たちの世代が最初。それまでだって社会で闘っている女性はいっぱいいたけれど、お洒落をすると媚を売っていると言われて、ほめ言葉ではなかった。私はともかく、ズズ(安井の呼び名)と森さんは、ようやく現れた大人のいい女というわけです」

その頃の森は見違えるほどお洒落になっていたが、まだどこか恥ずかしげで、「今度、はじめてニューヨークに行くの」と言って、大宅と安井を驚かせた。子育てに追われていた森と、若い頃からパリやニューヨークで暮らし、ファーストクラスで世界中を旅していた安井とでは、同じ女性誌のグラビアを飾る常連であっても、当然、違っていた。

この時の鼎談では、安井の奔放な発言に比べると、森のそれは常識的でおとなしい。別の雑誌で鼎談した時は、「シャネルが好き」と口にした森に、安井が「一着や二着シャネルを買ったからって言わないで。ラックの端から端までバーッと買ってこそ、シャネル好きと言うのよ」と言って、シュンとさせている。

「ズズのお洒落には時間とお金がかかっています。私が二、三万円の指輪をしていると、『そんな屑みたいなの買うんじゃない』と言うの。彼女は『ジュエリーはどこのメゾンかで決まる』が持論で、数は持ってないけど二千万円の指輪とかをつけていました。森さんは私と同じで、ちょっと面白かったら買っちゃうタイプ。ズズは実質的なものがダメで、鎌倉の名店の蒲鉾をお土産に持って行っても開けもしない。森さんだったら、喜んでその場で開けてむしゃむしゃ食べたと思う。それに森さんはズズのようにズバッとものを言う人ではない。でも、二人ともさっぱりした性格で、意地悪じゃないところは共通していました」

洗練は地に足ついた生活から浮遊していく。森は、自分が洗練に手が届いていないことをよく知っていたし、垣間見せる生命力の証《あかし》のような庶民性は、彼女の魅力であった。それ故に作家・森瑤子は幅広い層の女性たちに支持されていくのだから。

――洋服にしたって、ほんとうに洗練された人なら肩パットなんか要らなくて、普通の白いブラウスに黒いスカートが似合えば、それがいちばん素敵だと思うの。だから私が書いてる世界というのは、必ずしも洗練された都会的な世界じゃないわけです。(田中康夫との対談「父親でない男の人ってまだ男として成長していない」/「問題小説」徳間書店/八五年二月号)

大宅は、仲よくなってすぐに自分の会社で森に講演を頼んでいる。シャイな森は人前で話すことは苦手で、そのことをしばしばエッセイにも書いたが、大宅が聴いた森の講演も決してうまいものではなかった。

「まだ慣れていない頃だったからかもしれないけれど、出番の十五分前くらいになったら、スッといなくなって、廊下をブツブツ言いながら行ったり来たりしてた。『どうしたの?』と聞いたら、『座っていられない』って」

俳優の滝田栄が司会する「料理バンザイ！」に一緒に出演した時も、リハーサルでは普通に話していた森が本番となると緊張のあまりしゃべれず、可哀想なほどであった。

大宅が、森の夫であるアイヴァン・ブラッキンと会ったのは、安井のエッセイの出版パーティーだった。森がアイヴァンを伴ったのは、安井も大宅も英語が話せたからだろうか。

「話していると、アイヴァンって、イギリス人らしい皮肉のきいたユーモアがあって、愉快なやつなのよ。私には悪い印象はありません。ただ森さんは門限の十一時に間に合うように、十時半頃になると『ごめんね、ごめんね』と帰って行ってたし、いろいろ大変だという噂は聞いていました。でも、私は、森さんには夫がいたほうがいいのだろうと思ってた。私たちの付き合いというのは、いわゆる日本っぽい、何でもいつでもベッタリというのではなかった。違っているから面白いというスタンスで、プライバシーはお互い言いたくなかったら聞かないという暗黙の了解がありました」

同い年の友人の目には、どんどん華やかになっていく森の陰も映っていた。

「東京駅で待ち合わせた時かな、長いスカートで立っている姿を見て、ああ、淋しそうだなと思いましたね。エッセイを読んで、その理由がわかりました」

——だけどほんとうは、毛皮もロレックスもダイヤも、そしてたぶん私の口を突いてでるファナティックな言葉も、煙草も、お酒も、そういうものはみんな私のヨロイカブトなのだ。そういうもので武装しないと、私という女は、とても外へなど出ていけないし、見知らぬ人と対談などできないのだ。（『別れ上手』ハーレクイン・エンタープライズ社刊／八六年）

八五年は、森がそれまで一年に一本は小説を書いていた「すばる」から離れ、中間小説誌や雑誌に発表の場を移していった年でもある。武装を固めた作家は人気俳優と浮名を流し、交友関係を一気に広げて社交の中心的な存在になっていく。

この頃、森の恋の相手と噂されたのは近藤正臣であった。四二年二月生まれの俳優は、森より一学年下で、クールで存在感のある二枚目として女性たちの心をときめかせていた。作家との出会いは、八四年。日本テレビでいしだあゆみ主演で放送されたドラマ「女ざかり」の原作者と出演者として顔を合わせた。森の長女ヘザーはドラマの打ち上げに母に連れられて参加しており、いわば娘公認、森の書くところによれば「夫未公認」のボーイフレンドの一人だが、担当編集者の中には二人が恋人だったと信じた人もいる。

周囲の人を振り返らせながら取材場所に現れた近藤は、噂を一笑に付した。

「林真理子さんと対談した時も、『森さんとお付き合いされていたんでしょう』と言われました。あり得ない。キスさえなくて、エスコートする時に、腕を回してがせいぜい。最初からそんな付き合いではなかったし、森さんには男と女の道はたどらないぞという覚悟があったんじゃないでしょうか。あの人にあったのは、こうありたいというイメージの物語。会話も物語のようだった。日常会話なのに、小説の一節に出てくるような言葉遣いでした」

森から「一度、お食事でも」と声をかけられ、どっと作品が届いたのが始まりだった。

「僕はお酒がまるで飲めないので、森さんが連れて行ってくれるようなお店は知らない。彼女の誘導で、六本木や代官山のお店に連れて行ってもらいましたよ。だからご飯食べ友だちでした」

森はしばしば俳優との関係を嬉しげにエッセイに綴り、小説の中にも登場させた。ヒロイン、シナが登場するシナ・シリーズは自伝的要素が強いと自身解説しているが、近藤と親しくなった頃に書かれた「家族の肖像」もその一作。そこにはJという近藤を彷彿させる美貌の俳優が登場し、シナは家族と訪れた夫の故郷イギリスから、自分に関係を迫った彼に恋文を書くのである。

——あなたに心を動かされている、と素直に言いたくはありません。でもだからと言って、あなたに夢中になっていないというわけでもなく——。(『家族の肖像』集英社刊／八五年)

「森さんから手紙は何通かもらいましたが、どれも『パラオにいます。空が素敵、海がきれい』といった埒もない内容です。人は見たいものを見るもの。彼女は、僕の中に自分の見たいものを見ていたのだと思う。男女の仲になったら、彼女はきっと僕に幻滅していたでしょう」

ありたい自分、望む世界を小説に刻印する森にとって、近藤は、創作の、いわば

〝ミューズ〟であったのだろう。

――わたしがあなたにするアプローチのほとんど全ては、その背後で冷徹な観察の眼によって眺められている、いわば胡散臭い――。(『家族の肖像』)

作家は積極的で、普段ならそんな場所に行くはずのない俳優を「近藤さん、エスコートできる? 女一人で行くところじゃないけれど、夫とは行けないの」と強引に誘い出し、わざわざ人目の多いホテルで行われた宝石の展示会に連れていったこともある。近藤は笑いながら思い返した。

「わりとズケズケとものを言う人でした。ちょっと出て来てください、とか。僕は彼女がシャイだと感じたことはありません。とても軽やかだけれど粘っこいというか。引きの強い、自分の求めるものを引き寄せる人生を過ごしていたと思います」

しかし、二人は確かに友情で結ばれていた。共に青春時代にヌーヴェルヴァーグの影響を強く受け、同じ時期にジャズ喫茶に通い、世代の主流からは少し外れたところにいたため、互いに同種の匂いを感じとったのである。

「同じ時代を生きて、同じ地べたで話せたから、話していて面白かった。『私はスノッブなのよ』と自称して、実に堂々としていた。並の女性ではない雰囲気と知性らしきものを発散していて、ああいう人はなかなかいません。チャーミングな人でした」

もう一人、「夫未公認の友だち」で、森が「男同士のような親友」と書いたのが、弁護士の木村晋介である。木村は椎名誠の仲間で、この頃マスコミで脚光を浴び始めていた。大宅が女性誌「クロワッサン」で理想の男性として木村に公開ラブレターを書いたのが縁で、ある夜、六本木の割烹でデートの約束が整い、そこに森が乱入したのである。二軒目の赤坂のピアノバー「リトル・マヌエラ」では安井も加わって、愉快な時間を過ごした。その日から森は木村との距離を急速に縮めていくのだ。

「森さんは人に参集をかけるのが好きな人だから、ちょくちょく会うようになったんです。ディスコのトゥーリアにもご一緒しましたよ。僕はただ固まっていましたけど。あの人は強烈な美意識があり、それは友人関係にもしっかりあって、周りには建築家やカメラマンとかカッコいい人ばかりがいた。無骨な僕は希有《けう》な存在で、僕のファッションセンスをけなすわけです」

出会って間もないのに、森は「私をデパートのネクタイ売場に走らせた男は後にも先にもあなただけよ」と言いながらエルメスのネクタイ十二本を持って木村の事務所に現れた。またある日は、「真っ白いブリーフしかはかない」という木村のもとに、真っ黒いビキニのブリーフを一ダース送って寄こした。

「やることなすこと、オーバーで派手なんです。もらったネクタイは持っているスーツに合わなかったし、ブリーフが届いた時は、嫌な顔をするカミさんに思わず、『シャレだよ』と言い訳しなきゃならなかった。そのうちカミさんも一緒に誘われるようになり、『素敵な人ね』って洗脳されていきました。あの人は諧謔精神があり、人を傷つけない勝手さというのか、攻撃してくるけれど温かいというか面白い。そういう術を心得ていた」

「ウィ・アー・ザ・ワールド」が街に流れ、毎日のようにパーティーが開かれていた時代。誰もが社交を楽しんでいたし、また森にはそれが必要だった、と大宅は述懐する。

「私は『マネージャーやってあげようか』と言われたことがありましたけど、彼女にはプロデューサー的な才能があって、自分から仕掛けていくことができたんですね。

これぞという人とはすぐ友だちになり、どんどんネットワークを広げていくんです。意図的にやっていたと思う。それは書くことにもつながったろうし、息抜きにもなったんでしょう」

艶やかになった森の周りには、アーティストから実業家まで著名人が集まった。バブルに突入した日本で、売れっ子となった作家のセルフ・プロデュースに拍車がかかっていく。八七年、森はカナダの島を買い、運転免許をとったばかりの腕でイギリス車、モーガンの助手席に大宅を乗せて走った。

「あの時は、『これ、難しいわ。でも、欲しかったから』なんてブツブツ言いながらノロノロヨロヨロしか走らないから、怖くって、死ぬかと思いましたよ。このあたりから、森さんはとても忙しくなり、違う世界に入ったなという感じがしました。彼女は世の中の人がやりたいと思うことを全部やってのけ、欲しいものを手に入れて、楽しかったんじゃないかな。でも、やればやっただけ哀しいし、まだ満ち足りていないからこそ人生は楽しいのにという思いが私にはありました」

学生時代からパーティーの企画に腕をふるっていた森は、書くのに煮詰まると、思いたっては「あの新しい店に食べに行かない？」「京都で芸者をあげて、着物着て遊ぼう」「医者のネットワークをつくろう」と太字のモンブランで書いたファクスを友人たちに送りつけた。

木村は、八八年には森が「爆笑的贅沢三昧香港旅行」と銘打った旅へ夫婦で参加した。一行は、インテリアデザイナーの内田繁夫妻に、コーディネーターの加藤タキと建築家・黒川雅之夫妻、建築家の堀池秀人、森の秘書であった赤間雅子といった面々。ビジネスクラスで飛び、リージェント・ホテルに泊まって、映画「慕情」に出てくる名所を訪ね、二階建てバスを借り切ってシャンパンを開け、夜はご馳走三昧の二泊三日であった。木村が覚えているのは、ブランドショップの中を回遊して次々買っていく森の姿だ。

「買うこと自体が楽しかったんじゃないですかね。お金は自分を楽しませる道具と割り切っていました。『美味しいものを食べた後は哀しくなるのよ』と言っていたのが忘れられません」

日頃から作家は「美学に合ったものは何でも買っちゃう。買わなくて後悔するのが嫌なの」と公言していた。木村は一度だけ、顧問先の毛皮屋の展示会に森を伴った。

「まけてもらって」と言って彼女は正価の七掛けで三着の毛皮を手に入れたのに、帰りのタクシーの中で「三割なんて誰でもまけられるわ。せめて半額にしなさいよ」と怒った。あとで木村は、赤間からも「森をそんなところに連れて行っちゃダメ。こちらでカードを預かってるくらいなのに」と叱られた。

「ゴルフがまた森さんらしいゴルフで、普通のゴルフ場なのに、デカい帽子を被ってロングスカートで、派手な手袋つけてやるから、参るよね。『あなたは難しい顔しすぎる、ゴルフは笑ってやるものよ』と言われました。迷惑を及ぼしながら人をまとめて、楽しませていた。颯爽としていて丸いというか、柔らかいところのある人でした」

五つ年下の木村に対して、森は弟分のように我が儘三昧に振る舞っていた。そして八八年には、もう一人、今度は心許せる妹分が作家の前に現れる。

田村能里子は、中国西安のホテルの壁画を描き終えた頃、先輩画家の佐々木豊の出版パーティーの司会を頼まれて、彼の藝大時代の仲間である森と出会った。挨拶すると、森は「あなたの絵、二枚買ったのよ〜。高かったわ」と返した。数日後、電話で

「あなたに会いたいのよ」とランチに誘われ、指定の場所に出向くと、森は女友だちと待っていて、「あなたの絵には風が吹いているわね。私の文章にも風が吹いているの。同じ風なのよね。だから、あなたの絵、好きよ」と笑いかけた。作家は、四歳年下の美しい画家がいたく気にいり、例によって文庫本の解説や小説の挿絵を頼んで、たちまち親しくなっていった。

「男と女ならそこで『付き合おう』となるような、そんな言い方でした。すぐに意気投合したのは好みや価値観が同じだっただけではなくて、同じ働く女、同じ創作者だったからだと思います。それから雅代さんがリードする形で、雅代さんが主で私が従で、いろんなパーティーや楽しいことをやりました。人を喜ばせていくことのネタを探して実現していくことが、彼女は本当に好きでした」

蓼科のホテルに田村の壁画が完成した夏は、手に入れたランバンのアンティークドレスを着たいという森の発案で、二〇年代のファッションで渡辺貞夫のサックスを聴くというパーティーを開き、八十人もの友人を集めた。中山競馬場の壁画が完成した時には、これも森が言い出して本場イギリスのスタイルを真似て、オペラグラス片手に、帽子デザイナーの平田暁夫から借りたお洒落な帽子を被って競馬を観戦。夫の赴任先だったインドでの生活が長かった田村のアトリエでも、サリーを着る会などさまざまな集まりを開いており、大宅や安井、加藤タキらの他に、芳村真理など芸能界の人気者も集まった。

「働く女が息抜きしようという、非日常な集まりが多かったです。みんな、四十代から五十代にかけての頃で、時代もよかったでしょ。世の中はウキウキしていて、雅代さんもとても仕事がうまくいっていた時だったから楽しそうでした」

青山のピアノバー「レヴアリー」で開いた森の五十歳の誕生日パーティーでは、「キャビアパーティーをしたい」という当人の希望があり、田村はキャビアの調達係を命じられた。結婚式やパーティーにほとんど出たことのない近藤も、作家から「誕生日なの。ちょっとだけ顔を見せてください」と電話が入ったため、剝き出しのラリックのグラスをポケットに入れて駆けつけた。そこで森は三十年ぶりにヴァイオリンを持ち出し、「トロイメライ」を演奏した。ヴァイオリンの腕前は落ちていたものの、何をするのにも森の頭の中ではあるべきイメージがあった、と田村は語る。

「雅代さんは小説の世界と自分の世界が重なり合っていて、小説の世界で暮らしたかったんです。楽しいことばかりではないということもいっぱい耳に入っていたけれど、彼女は憧れたことを実現していった。でも、創作者は立ち止まったら終わり。私は自分もそうだから、雅代さんが破滅と背中合わせのギリギリのところでやっているのはよくわかっていました。派手に見えたけれど、本当はいつも人恋しくて孤独で……。彼女のためには何でもしてあげたいという気になっていました」

森自身、果てしない欲望の行き着く先も哀しさも十分に知っていたに違いない。だが、もはや欲望を殺すことは「森瑤子」であることを諦めること、そして女たちの期待を裏切ることに等しかった。

日本は地価や株価が跳ね上がり、東京都内の土地代でアメリカ全土が買えると言われる狂乱の時代に入っていた。「何もなくなっちゃってて削り取って膨らませて膨らませて」しながら凄まじい勢いで原稿用紙を埋め続ける作家は、求める「森瑤子」を完成させるために、この頃にはためらうことなく洗練へと向かう。日本橋の髙島屋に開いたギフトショップ「森瑤子コレクション」には、日常生活では手が出せないような美しいものが並んでいた。

「外国のものとかとてもきれいなものばかりで、シルクの下着なんかも置いてありました。雅代さんにはそういうものを身につけている女のイメージがありましたからね。だけど売れないから、段ボールにシルクのパンティやブラジャーを詰めて私のアトリエに持ち込み、私の顧客を集めて売ったりもしました」

田村の絵を収集する女性たちは、みな、森を教祖のように敬い、彼女のファッションやライフスタイルを真似た。家庭を持つと失ってしまいがちな華やぎを森瑤子がその全身から放射していたからである。

「身近に感じられるけれど憧れも抱ける存在として、真っ先に雅代さんの名前が出てきました。女優さんのようにまったく手が届かないという人じゃないのがよかったんです」

田村の顧客には知られた企業人も多く、森は彼らとも会いたがった。お金を調達する必要に迫られた森に、カナダの島を売りたいと相談された時は、これぞという実業家を何人か引き合わせた。

「一人で島を買う人はいないので、数人で買って共同で使おうということで、買い手は見つかったんです。でも、最終的にアイヴァンさんがどうしても売りたくないということで、その話はなくなりました」

田村と森は、互いの夫を伴って旅行に行ったり、ゴルフをしたりという機会も多かった。田村が森を「雅代さん」と呼ぶのは、「僕は作家の森瑤子と結婚したんじゃない。伊藤雅代という女性と結婚したんだ」と言うアイヴァンを憚ってのことだった。男友だちも多い森のために、田村はあれこれと心を砕いている。田村夫妻と森がゴルフに行った時には、遠回りして下北沢の家に寄って森を降ろしてから自宅に帰るのが常であった。

「アイヴァンさんがその様子を窓からのぞいているのを知っていたので、彼女のためにそうしていました」

エッセイに描かれた森の最後の師走は、淋しいものだった。クリスマスに家族からプレゼントをもらえず、馴染みの占い師に会いに京都へプチ家出をして戻ってきた森を待っていたのは誰もいない家。一人で年越しをするつもりでいた森を迎えに行き、炬燵の上にご馳走を並べて彼女を慰めたのも田村夫妻であった。

——肉親の愛に恵まれない私は、しかし友情に恵まれて、温かい笑いのうちに除夜の鐘の音を聴いたのであった。(『マイ・ファミリー』中央公論社刊／九三年)

九二年の春、森の突然の提案で、田村のアトリエで気功の勉強会を開くことになった。森が知り合ったばかりの気功師を招き、毎週一回、大宅や安井ら親しい仲間が十人ほど集まって、「気」の入った餃子を作ったり、足ツボの講義を聴いたりということを三カ月ばかり続けた。

もうこの頃には身体の異変を感じていたのだろう、森は気功だけではなく、身体にいいというものには敏感に反応した。ストレスを解消してガンの予防になるという笑いもそのひとつ。田村のもとに「笑いの工房」なるもののオープニングパーティーの案内がファクスで届いたのは、九三年二月十九日の夜であった。それから半月もしない三月の初旬、検査で森の胃ガンが発見された。

月末の手術までの間、作家はぎっしり埋まった仕事と社交のスケジュールをすべてこなし、夫と一緒に田村夫妻と福島へゴルフにも出かけていた。

「伊豆に行く予定が珍しく伊豆が雪で、取りやめようと提案したら、『北のほうに雪の降っていないゴルフ場があるから』と言われて、一泊で福島に行きました。入院のことは聞いていたけれどガンという言葉はなくて、『胃潰瘍かしら。いつも胃が痛いのはアイヴァンの運転が乱暴だから』と、言っていました。あの時代は、今と違って、告知といった考えはなく、ガンという言葉は医者でも口にしませんでした」

森はやつれた風もなく、夜はみなとトランプを楽しみながら、小さな魔法瓶に入った野菜スープを「身体にいいの」と飲んでいた。

手術の一週間前、与論の別荘にいる森から田村に、壁画を描いた病院の医師を紹介してほしいと電話がかかってきた。「医師としてのアドバイスを聞きたいの」。後に、田村が医師に聞いたところによると、森はできるなら手術をしたくないと考えており、抗ガン剤を使えば意識がどうなるかなど、自分の病状を確認しようとしていた。

森が助言を受けた医師に送ったお礼のファクスの文章を、医師から電話で教えられた田村が古いノートに書き留めていた。

〈私が恐れるのは痛むあまり人間の尊厳を失うような最後です。自分の苦しみもさることながら、肉親や親しい友人たちにそのような姿を見せるのは、彼らの苦しみにもなります。私が少しでも安楽に過ごせる場所を確保してくだされば、どんな救いになるかしれません。おおげさに言えば、死の設計図が描けます。この二週間私がしがみついたのは、いかに死ぬかということばかりでした。しかし、まるで自分の頁をめくるようにそれがひらりといかに生きるかということへの準備に切り替わったのでした〉

死を覚悟した作家は誰にも会いたがらなかったが、田村は度々、電話でホスピスに呼ばれた。病室に出向くと、「葬式みたいで嫌だ」と言う森の気にいるように花の並べ方を工夫し、「本を読んでちょうだい」と言われて本を読み、森が約束していたゴルフに代わって行った。そんな日々の中で田村の記憶に焼きついているのは、娘の病状をはじめて知らされた森の両親が病室にやってきた日のことである。

自分の弱った姿を両親に見せたくないと病状を知らせることも拒んでいた森は、六月の初旬、「両親を呼んでほしい」と周囲に頼んだ。驚いた両親がやってくるその日、森は「どんな精神状態になるかわからないから、傍にいてちょうだい」と田村を放さなかった。両親と入れ代わりに病室を出た田村の耳には、森が「お母さん、ごめんなさいね」と嗚咽するのが聞こえた。

「いつも華やかで、強気の森瑤子が泣くなんて。胸がつぶれそうになりました」

既にその美意識で死をデザインしていた森は、木村も病室に招いている。

「何回目かに行った時は、『お別れのキスをして帰れ』と僕に言ったんですよ。傍についていたお嬢さん二人が『ママ、そんなこと言っちゃダメ』と止めたんですが、唇にキスして、『またね』と言って帰りました。多分、最後のキスをしておきたいなと思った男には、みな、同じことを言ったんじゃないかな」

これまでトラブルが起こると法律相談をもちかけてきた森が最後に木村に頼んだのは、遺言を作る役目であった。その内容について固く口を閉ざす弁護士は、「家族を思いやりで包んだ森さんらしい終わり方だった」とだけ話す。

「病気になる前から『安楽死の法律を作れ』と言っていたし、『いつ死んでもいいように身の回りの整理をしている』『これが最後と思って桜を見てる』とも言っていました。病床では、『生きていくのも死んでいくのも、どっちも幸せだ』と言っていた」

大宅も同じ言葉を聞いている。聖ヶ丘病院に会いにいくと、ベッドの上の森はいつもとそれほど変わりなく、「申し訳ない、美しくあらねばならない森瑤子がこんな姿で」と微笑みながら親友を迎え入れた。大宅は、病気になってまで傍にいる夫に気を遣う森が気になったが、森は「死ぬのは怖くないけれど、もう少しゴルフしたかった」と言った後、「胃なんて一日で穴があくのだから、あなたも死に対する準備はしないといけないのよ。死を迎える気持ちがこんなに幸せとは思わなかったわ」と呟いた。

「赤い華やかな口紅と帽子のイメージのまま逝ってしまいました。森瑤子のばばあになった姿なんて見たくなかったけれど」

友人たちに「私を忘れないで」と告げた森瑤子は、七月六日に永眠した。二日後に行われた四谷聖イグナチオ教会での告別式の帰りに、大宅は安井から「私、キャンサーなの」と打ち明けられた。翌九四年の三月十七日、「キャンサーなんかに負けない」と言っていた安井かずみも、その生涯を五十五歳で閉じた。

洗練を求めて手にした作家と洗練の極みを生きた作詞家、二人の女たちの憧れは日本経済が暗転してまもなくいなくなってしまった。日本の「失われた二十年」は始まっていた。

ミセス・ブラッキン

森瑤子は、どこまでもわかりあえない男女の関係を書いた作家である。もうひとつ、森文学の中核をなすのは家族、夫婦の愛憎は母娘の葛藤と並んで作家が十五年書き続けた主題であった。

——私の夫、私の父、私の母、私の娘たち。この人たちは、たえずずっと私の身近かにいて、私を傷つけたり、私から傷つけられたりして来た人たちである。(中略)幸か不幸か、私の夫は私の小説が読めない。そして人々は、私がそれを良いことに好き勝手に書きまくっていると言うが、もしもいつか私の本が英文になった時、彼こそ私の小説の嘘と真実を一番知り得る人物として、最良の読者になるはずである。私は一作長編を書くごとに、いつも彼にむかって書いているつもりである。(『ファミリ

ー・レポート』新潮社刊／八八年）

その日、与論の海と空はどこまでも青かった。空港から車で二十分、別荘の入り口にある青いタイルで飾られた墓石にはめ込まれた写真の中で、作家が笑っている。「Yoron Seaside Garden」の看板がかかった小道を進むと、青い海と樹木の緑が目に飛び込んできた。現在、この庭は一般にも開放されていて、カフェや与論の自然を体験できるコーナーもある。少し背中が丸くなったアロハ姿のアイヴァン・ブラッキンが、笑って右手を差し出した。

「雅代のお墓は高台にあるのに、どんな台風が来てもびくともしないんですよ。彼女がホスピスにいた時、一緒にデザインを考えました。僕はリタイアしてからは書くことが楽しみだったんですが、この庭に座っていると、いろいろアイディアが浮かんできてね。人が楽しめるものを作りたいと思ってシーサイドガーデンを始めました」

――（略）私、一度、愕然としたんですけど、夫が本気で、僕は自分の人生に、結婚に、幸せ、つまりハッピネスだけを求めていたといったことがあったんです。私な

んてハッピネスなんて一度も求めたことないのね。（小島信夫との対談「人生・家族・文学」／「潮」潮出版社／九一年一月号）

アイヴァン・リン・ブラッキンは、一九四一年二月、ジョン・レノンより四カ月遅く、ビートルズを生んだリバプールから車で四十五分離れたイングランド北部のチェシャー州に生まれた。マンチェスターの建設会社に勤める父と、専業主婦の母のもとで一人息子として育つ。彼の故郷、ティンバリー村は、村中、そっくり同じ赤煉瓦の家が立ち並び、その町並みは八十年たった今も変わらない。

アイヴァンは四歳の時、両親のもとへ養子に入った。それまでいた養護施設のことは、ほとんど覚えていない。

「ただ背の高い窓のある寒々とした大きな部屋のベッドや、冷たい人たちに囲まれた漠然としたイメージが夢に出てくることはあります。新しいお父さんに手をつながれてバス停まで歩いたことは、一生の思い出です。父の手は大きくて、温かく、逞しくて、僕が生まれてはじめて幸せというものを感じた瞬間だった」

幼いアイヴァンを養子に迎えた時、トマス・ブラッキンは四十歳を過ぎ、妻のエーダも四十歳近かった。一人娘を早くに亡くした夫婦は幼い息子を慈しんで育てた。マシュウとマリラが孤児院にいたアン・シャーリーを引き取り、育てたように。『スカーレット』の翻訳を終えた森が書こうとしていた次回作は「赤毛のアンのその後」だったのは、偶然ではないだろう。作家が、夫のいない場所で夫の従妹から彼が施設にいたと知らされたのは、亡くなる二年前である。

アイヴァンは、アンとは違い、両親を実の親だと思って育った。

「十歳だったか、隣の家の男の子たちに本当の両親じゃないとからかわれたことがあったけれど、最初は信じなかった。十二歳か十三歳の頃、両親は僕が養子で、実母は父の姉である伯母さんだと教えてくれました。僕には四人の伯母がいて、そのうちの三人はとても好きだったのに、年に二、三度会うだけのその人には親近感を覚えたことはなかったので、不思議な気持ちだった。今となれば、彼女は可哀想でしたね……。雅代とは、この話をよくしました。彼女は僕の実母への気持ちにとても興味を持っていました。

実父のことは、誰も話してくれなかった。だから僕は、リバプールの近くにある米軍基地の軍人で、戦後、消息がわからなくなったんだろうと思ってたんです。戦争中に行方不明になったイギリス空軍のパイロットだったかも、と夢想することもあった。でも、五十年後に別の伯母から教えられた実父は、実家から数マイル離れた町に住んでいた人でした」

六三年、高校卒業後、カレッジで工業デザインを学びながらマンチェスターの会社で働いていたアイヴァンは、ドアの後ろで涙ぐむ両親に手を振り、オースティンA35のヴァンに乗って世界一周の旅に出る。二十一歳の旅立ちだった。

「会社で施工図ばかり描いているのは退屈だった。ヴァンは友人からの借物で、まず彼の転勤先のカラチにそれを届け、日本に来るまで世界四十三カ国を旅して歩きました。絵を描いて売りながら、水道も電気もないラオスの小屋に半年間暮らしていたこともあります。サイゴンから最終目的地のオーストラリアに行こうとしたけれど、お金が足りなくて、行ける場所が日本でした。フランスの古い客船の船底に乗り込み、神戸港に到着したのは六四年の五月七日。その時、僕が持っていた現金はたった十ドルで、ヒッチハイクで東京まで行ったんです」

東京に着いたアイヴァンは、父からの送金を待つ間、東京駅構内のベンチで空腹を抱えて二週間を過ごすことになる。が、時は六四年の春。東京は秋に迫るオリンピックにわきたっており、空前の英会話ブームが起こっていた。彼は英会話教師の職を得て住む場所と食べるものを手に入れ、次にジャパンタイムズで「英国人募集。大島で女子高校生の英語クラブの合宿あり。高給。交通費と宿泊及び食費支給。M・ITOに連絡されたし」の記事を見つけるのである。広告を出したのは伊藤雅代、二人は出会う。

――ジャパンタイムズをわしづかみにすると、ボクはかつてないほど速く近くの公衆電話まで走っていった。なぜか、なぜだか、この仕事は他人に渡せないという気がしたのだ。(『ラヴ・ストーリー』角川書店刊／八八年)

ちなみに、森の著作及び自選集の年表には、アイヴァンとの出会いは六三年夏となっている。しかし、彼は古いパスポートを確認した上で、「六四年だ」と妻の間違いを正した。森との共著、『ラヴ・ストーリー』では、アイヴァン自身が六三年夏と書いたことになっているのだが、この文章は森が訳しているので彼女によって書き直されたのだろう。森は、年月だけではなく、彼が到着した地を横浜とするなど、夫の文章にあれこれ脚色をほどこした形跡がある。単なる記憶の齟齬か、意図した書き換えか、話を面白くするためか。作家は、その理由を、自著の解説で「要らないところをとっちゃって、それですごくよくなってたりして」と語っている。

「伯母さんが勤めてる高校の英語クラブが夏休みにシンデレラ劇をやるというので、雅代が頼まれて英語を話す人間を探したんです。彼女にはじめて会ったのは六四年の六月でした。彼女が面接をして、私を雇いました。その時はお互いに好意は持ったと思いますが、恋に落ちたわけじゃない。彼女はユーモアのセンスとインテリジェンスがあって話しやすかったから、いい人だな、と思いました。八月に合宿で行った大島の海岸を一緒に散歩した時に、はじめて手をつないだ。そこからすべてが変わりました」

――ボクとM・ITOは大島の海岸線を、あんぱんほどの大きさの石をふみながら、手をつないで歩いた。そしてその時、彼女の胸に何が起ったのかは知らないが、ボクにははっきりとわかったことがひとつあった。ボクはオーストラリアには行かない。

少なくとも今すぐには行かないだろう。行くとしても、ボク一人ではなくなるだろう。（『ラヴ・ストーリー』）

百八十二センチの痩躯で美貌のイギリス人青年は、森の心をとらえた。「この人と結婚したら美しい子どもが生まれるだろう」と考えた彼女は、彼との結婚を決めた理由を書く。

——三年後には自分がどうなって、どこに住んでいるかわからないような、そんな生活を、私は送ってみたいのだった。財産や家や仕事で一か所にしばりつけられている男より、自由である男のほうがいい。そういう男と一緒に生きていくほうが、私には合っているのだ。と、そんなふうに思った。（『ラヴ・ストーリー』）

「出会った年の年末、僕はビザの書き換えのために香港に滞在していて、ヴィクトリア・ピークのレストランで、プロポーズの手紙を書いたのを覚えています。I love you! Let get married. 笑顔、知性、ユーモア、仲間づきあいなど、彼女は、僕にとって完璧でした。しかも、コミュニケーションがすごくよかったんです。当時、彼女は朝日広告社に勤めるコピーライターで、僕もライターの仕事を始めていた。イギリスのローカル紙に旅行のことを書いていたし、彼女の紹介で広告の仕事もしていた。だから書くという共通点があったし、他にも雪や海、動物にクリエイティビティ、田舎と、好きなものが同じだった。結婚した僕たちの本棚には、デザインの本や絵本、写真集、インテリアの本などが並んでいて、よく一緒に眺めたものです。彼女は、サルトル、ボーヴォワール、カミュにハマっていましたが、ジョン・ル・カレの『寒い国から帰ってきたスパイ』の中の陰謀について議論したことは忘れられません」

二人が結婚に踏み切れたのは、その年の秋、森が応募したサントリービールのCF案が第二回宣伝会議賞で銀賞に選ばれて、賞金十万円が手に入ったからだ。独立して暮らせるだけの新婚資金はできた。森の両親は「定職を持たない外国人」との結婚に強く反対したが、結婚までの短い期間を下北沢の家で暮らしたアイヴァンには反対された覚えはない。森は、父と夫が似ていると書いている。

「お父さんとは、とても親しかったですよ。当時、大学生だった弟の隆輔さんが、お父さんとはまったく口をきかなかったんです。息子代わりではなかっただろうけれど、お父さんとはゴルフもしたし、碁を教えてもらい、ナイトクラブやキャバレーにも彼の職場にも連れて行かれた。いろんな事業計画も立てました。伊藤家の暮らしはテレビドラマで見ているようだった。ただ厳格な家で、素敵な家具もインテリアもなく、庭はジャングルのようで、きれいじゃなかった。家族がバラバラで、温かさを感じることもありませんでした。とくにほとんど口をきかない両親の間ではね。雅代とお母さんも互いに素っ気なかった」

イギリスのブラッキン家もこの結婚には反対だった。アイヴァンのもとには「イギリスにはきれいな薔薇が咲いているのに、なぜ日本の花を摘むのか」と、母から手紙が届く。

「両親が反対するのは、僕にはわかってました。時代が時代で、日本との戦争で重傷を負った叔父がいたし、その上とても小さな村の人たちだから、日本に対してはいい印象は持てるはずはなかった。でも、僕には雅代と結婚することに躊躇はありませんでした」

森は、結婚七年目にはじめて夫の故郷を訪れた時の体験を二作目の小説「誘惑」のモチーフにしている。主人公シナの夫フィルは久方ぶりの実家に緊張し、古い道徳的規律に貫かれた村人の眼を意識して高級車をレンタルする。アイヴァン自身も、十二年ぶりに帰郷した時の様子を書いていた。

――北イングランドの人間は、南のほうの都会的、国際的な人々とかなり違っていて、実に閉鎖的なのだ。（中略）

なにしろとりわけボクの親たちときたら、自分たちの巣から五十マイル以上は離れたことがないという驚くべき人間なのだ。（中略）

できるだけ平静を保って、ボクは車からついに外に出た。たちまち眼には見えない無数の視線が、背中に肩に首筋に突き刺さるのが感じられた。この通りに面した家々のカーテンが微かに揺れていた。（『ラヴ・ストーリー』）

「家族で帰郷した時は、両親はとてもフレンドリーに迎えてくれました。例の叔父さんともハグした雅代は、僕の友だちの人気者になった。彼女が亡くなった後、下北沢の家で彼女と僕の両親が漫画を描いて遊んでいた紙を見つけたんです。僕に見せると叱られると思って隠してあったのかな。僕は、それを見て両親の知らない一面を見ることができたのですが」

六五年一月、雪の降る日に、アイヴァンと伊藤雅代は東京タワーが見える芝のセント・オルボンヌ教会で結婚式を挙げた。この挙式の日付に関しても、『ラヴ・ストーリー』の後書きにアイヴァンは「一月三十一日」と書き、森は「一月三十日」と書いて、自分のほうが正しいと主張している。さて、どちらが正しいのか。ともかく、胸にカトレアの花を飾った白いワンピース姿の森も、横に立つスーツ姿のアイヴァンも嬉しそうにはにかんで祝いの席にいた。新郎の指には森が銀座の宝飾店で買った二千円の金の指輪が、新婦の指にはアイヴァンが香港で買った小さなダイヤ入りの指輪が光っている。

箱根と川奈に一泊ずつの新婚旅行を終え、東池袋のカーテンもカーペットもない1DKのアパートで新婚生活がスタートした。ダンボール箱にクロスをかけた食卓と夜具が二組、衣類を詰めたトランク二つにリュックサック一つと斧が一丁。これが夫婦の持ち物のすべてで、共働きのつましい暮らしの中で自分の月給がアパート代にほとんど消えることに、新妻の気持ちは萎えた。

——なのにアイヴァンはニコニコ笑っている。(中略) 私は笑えない。こんな惨めな状況でニコニコするなんて、もしかしたら頭がおかしいのではないだろうか。(中略)

「何もかもステキだからさ」

「いったい何がステキだっていうの? なあんにも無いのに?」

「ハノイでボクが住んでいた小屋に比べれば天国さ。あそこは高床式で、床のスキマから、下で眠っている水牛が見えたよ」(『ラヴ・ストーリー』)

新婚生活は楽しいものだった。『ラヴ・ストーリー』には、二人が働きながらひとつひとつ欲しいものを揃え、家庭を作っていく姿が綴られている。森は、「結婚して最初の日曜日、寛いだ気持ちで朝食の席に着くと、眼の前の夫がネクタイをしていたことに驚いたあの日から、イギリスの尊厳が私を支配し始めたのである」と書いたが、それは彼女の創作。

「あの頃、僕のネクタイはすべて雅代の手作りでした。とてもカラフルなもので、仲間にも評判がよかった。僕もテレビの台やキッチンカウンターをDIYで作りましたよ。幸せだった！　雅代は熱心にイギリス料理を覚えようとしてくれた。あの頃から彼女には、こうと決めたら断固実行させる力があったんですね。彼女の友だちとも一緒に遊びましたが、みんな、自分たちは体制に従わないアヴァンギャルドな人間だと思ってた。彼女は人と人とを交流させることが好きで、自分のやっていることに誇りを持っていました。著名人になってから身につけた優雅さはなかったけれど、若くてのびのびとして、メイクもほとんどしていなくて、もちろん、帽子も被っていない。森瑤子ウォーキングしている時とは全然違いました」

三カ月後、夫妻は田園調布の外れに転居する。高度経済成長真っ只中にあって、ブラッキン家の暮らしも順調に右肩上がりの線を描いていく。

「引っ越したのは自由が丘です。第三京浜に近かったから選んだ。当時は朝なら、車を飛ばせば二十分くらいで江ノ島に泳ぎに行けたから。その頃には大きくて黒いトヨタのクラウンの中古を手に入れて、羽田空港にあったイギリスのギネスが置いてあるバーに二人でよく行きました」

六七年の九月、二人の間に、待望の長子が誕生する。森は出産のために朝日広告社を退社しており、夫妻は子育てのために三浦半島突端の諸磯の借家に転居する。この頃から、夏の二カ月半は軽井沢で過ごすのが習慣になり、七一年に次女のマリアが、七三年には三女ナオミが生まれて、ブラッキン家は五人家族となった。その間に夫婦は、台風の夜に二人目の子どもを流産で失うという不幸にも見舞われている。それは、アイヴァンの記憶にある森が最も悲しんだ出来事だった。

「でも、ヘザーが生まれた時は感動的でした。九段坂病院で生まれたんですけれど、四千グラム以上あった。『病院で一番大きな赤ちゃんだよ』と教えたら、彼女はくすくすと笑ってた。病院からヘザーを連れ帰った時、はじめて喧嘩をしました。些細なものでしたが、雅代が熱いお湯にヘザーを入れたので。

その頃の僕の会社は渋谷にあって、三崎から渋谷まで一時間足らずで行けた。毎朝六時に家を出てました。友人と広告会社を経営していて、三十社ほどのクライアントを持っていたのでお金になりました。若い頃、僕らにはいろんな夢があったんです。オーストラリアかニュージーランドに移住する話で、スキーのリゾートを始めようという計画もありました。でも、東京では家賃も学費も何もかもが高くて、貯金をするのが難しかった。当時のライフスタイルには満足していたので、海外に移り住む夢は徐々に消えていきました」

七三年秋、ヘザーの就学を機にブラッキン家は六本木に居を移したが、週末は諸磯で過ごすのが一家の習わしだった。アイヴァンはダーツの輸入販売業をスタートさせ、森もその仕事を手伝うようになる。作家は、子育てに追われた専業主婦時代の六年間、ことに六本木の喧騒の中にいた時代は鬱屈して、疎外感と閉塞感で最も苦しい時期だった、と記す。

——その頃、夫は私にあまり期待を抱いていなかったと思う。髪ふり乱した三人娘のお母ちゃんでしかない女に、彼が魅力を感じなくなっていたとしても不思議ではない。誰も私を認めもせず、見てもくれなかった。（中略）夫に振り向いてもらいたかった。池田満寿夫に触発されて、私も小説をひとつ書いてみた。（中略）それが『情事』であった。（『ラヴ・ストーリー』）

「六本木時代に彼女が疎外感を感じていたとは思えない。ダーツビジネスを一緒にやっていて、チームも持っていたし、彼女は忙しかった。第一、彼女は三崎に暮らしていた時から書き始めていました。ヘザーがまだ一歳くらいで、二匹の猫と一緒にベビーベッドに寝ていた頃です。雅代は書いていることを恥ずかしがり、秘密にしたがって僕が仕事へ行っている間しか書かなかった。『何を書いているのか』と訊ねても、『子ども向けのものだから』としか教えてくれない。彼女が書くのは三崎で退屈したからで、趣味だと思っていた。諸磯の灯台の前に自分たちの家を建てた後は彼女が書き物に集中していて、家のことや子どものことをほったらかしていたので喧嘩になりました」

次のアイヴァンが書いたとされる文章は、森の創作だろう。

——あの日々、丘の上の我が小屋はまさに平和そのものであった。(中略)けれどもボクの妻は少し違っていた。特にボクが仕事で真夜中近くになって帰るまで、赤んぼうと二人だけで潮騒と松を渡る風の音だけを聞いていなければならなかった。

しかしボクは今になってこう思う。あの頃の彼女の淋しさ、やり場のないエネルギーの蓄積が、後のモリ・ヨーコの出現に大きな役割を果したのではないか、と。(『ラヴ・ストーリー』）

——きみは何がしたいんだ、とフィルは折に触れて妻に訊ねる。妻であり母親である以外に、と。

私は書きたいのよ、と、とうとうある時、シナが深い吐息の中から、しぼり出すような声で言った。（『熱い風』集英社刊／八二年）

日本中の女たちが自己実現欲求に駆り立てられる時代であった。この時期の森は、童話作家になろうとしていた。七〇年前後、小さなヘザーの手を引いて旧友の佐野洋子の事務所を訪ねた時、森は自作の童話を持参していたが、それは三崎で書かれたものだろう。森は、高校の作文以来はじめて原稿用紙に向かって書いたのが「情事」だと、繰り返し書いている。だが、十九歳の時も、会社勤めの時も、三崎に暮らしている時も彼女は書いていたのだ。

「英語で、『結婚十一年目の危機』という言い方があります。その頃は、確かに夫婦仲は悪くて、雅代は自分の両親のようになって、何日も僕に口をきかなかったことがありました。六本木に引っ越した後のあるクリスマスも、三崎にいて一言も僕と話そうとはしなかった。ただ一緒に出かけもしていたので、それも夫婦にはよくあることだ、と。でも、夫婦の険悪な空気は子どもたちも気づいていたと思います」

七八年秋、「情事」を書いたミセス・ブラッキンは森瑤子という名を手にして、夢見た作家になり、夢見た生活を自分のものにする。

「『情事』が賞の候補になったと教えてくれた時、彼女はとても興奮していて、僕もわくわくしたけれど、ちょっとシニカルだったかもしれない。受賞した時は、二人で本当に喜びました。内容について彼女は僕に話したことはなく、ただ二人の人物の関係のことだとしか知らない。僕は日本語が読めないので、彼女に才能があるのかどうかも何もわからなかった」

ブラッキン家に森瑤子が出現して以降、アイヴァンは、「奥さんが有名人になって以来、あなたの生活は変わりましたか？」と繰り返し質問されることになる。

——ボクらの生活はもちろん変ったさ。ある日を境にして突然、郵便箱の中に何百

万もの余分な収入の通知が、次々と舞いこむようになれば、当然、誰だって生活は変化するにきまっている。（中略）

最初のイギリスへの家族旅行を企てるために、ボクは六年もかかって、生活をきりつめ、爪に火を灯すように貯金をしてきたのだ。

それが今じゃ、なぜだか知らないが、知らない人が海外旅行の費用をポンと出してくれるのだ。（『ラヴ・ストーリー』）

「作家になってからの雅代は、少しずつゴージャスに変身していきました。僕は誇りに思い、彼女のために喜びました。彼女は自信をつけていき、自立心を強めていった。以前のような気分の変動もなくなり、僕に口をきいてくれない日もなくなりました」

だが、作家になった妻の忙しさは夫婦喧嘩の火種となって、消えることはなかった。フェミニズムの八〇年代にあって「自分がキング」と言って憚らない夫の保守性に、森は心労を募らせた。

――結婚生活のなかばにして、だしぬけに妻が小説を書きだしたのだから、ハッピーで安定した家庭生活を信条としてきた男にとっては、青天の霹靂、悪い交通事故に遭遇したようなものであることは、想像にかたくない。(中略)
もうにっちもさっちもいかなくなって、私の顔が全面的に原稿用紙に向いてしまうと、かならずや彼がもちだす言葉というのが、キミはまず第一にボクの三人の娘たちの母親であり、第二にボクの妻であり、第三にモリ・ヨーコなんだぞ、というのである。
それを、机に向かう私の背中に力いっぱいたたきつけるのである。たいていのときなら私が言い返して口論になるが、喧嘩をする時間もさることながら、夫婦の争いで胸を波立たせていたら書けるものも書けない。そこで私が感情を抑制する。(角川文庫『恋愛関係』/八八年)

——家の中が気持よく片づいていて、妻が貞淑で娘たちが子犬のようにじゃれあってさえいれば、雨が降っても彼は幸福だった。

それは彼自身の両親が、身をもって彼に体験させた幸福の全てだった。血の中に教えこまれたものだった。(中略)

けれどもフィルがシナのためにこうむった犠牲は、ことごとく精神的、魂の領域の犠牲であった。とりわけ道徳に関する観念の相違は決定的だった。（「家族の肖像」／「すばる」集英社／八四年九月号）

「僕は亭主関白だったつもりはまったくありません。ただ、それが自分の慣れ親しんだイギリスの家庭の基準だった。雅代は家事や掃除などに興味のない母親に育てられたから、僕が厳しく映ったんでしょう。彼女はとにかく忙しかった。僕が一番怒ったのは時間に追われて子どものケアができないこと。でも、彼女が愛情の薄い母親だったなんて、思ったことはない。三崎で彼女がヴァイオリンの練習をしているのを、外にいて雨の中でずっと聴いていたことがあります。いつかヘザーの結婚式で弾くために練習していたとか。彼女が自分で母親失格だと思っていたとしたら、それは森瑤子になっていったから。彼女の性格が変わったんです。八二年か八三年か、そこで完全にシフトしました。もう雅代はいなくなって、別の人間になっていました」

人気作家になった森の周囲にはさまざまな人が集まり、下北沢の家には大勢の人が出入りするようになる。

「それは彼女の成功の一部だし、あまり気にならなかった。家に帰るとキッチンでテレビクルーが撮影していてイライラしたことはありましたが、それも稀なこと。僕にとって東京の住まいは常にビジネスの場でした。渋谷にオフィスを持つまでは自宅がオフィスだったし、六本木の家にダーツの仕事でいつも人が出入りしていても、雅代が文句を言ったことは一度もない。ただ彼女が森瑤子になって、急に周りの人たちが変わっていったことには不安を感じていました」

ポルシェにヨット、島。家庭に費やす時間がなくなった森は、その代償のように次々と夫の望みを叶えていく。夫の事業にも援助を続けた。

——人間って、本当に愛する者のためなら、なんとしてでもそれを手に入れようとするものなのだ。それがとんでもなく贅沢であればあるほど、男はガンバルっていうわけ。うちの場合、逆だったけど。(『非常識の美学』マガジンハウス刊／九二年)

しかし、アイヴァンには彼の言い分がある。

「彼女は常に僕の事業には協力的だったけれど、僕の仕事がうまくいかなくなったのは、九一年にバブルが崩壊してからです。ポルシェは彼女が自分のために買ったのにペダルが重すぎて運転できなくて、僕が乗るようになった。島も三崎の家を売ったお金を充てて、足りない分は銀行から借りて購入しました。ヨットは確かにプレゼントで、それには感激しましたね。小さなヨットを持っていたんですが、新しいヨットは三十フィートあって四人が眠れて、キッチンとシャワー、トイレ、広いコックピットがありました。買った理由はいくつかあったと思う。彼女の優しさ、森瑤子の人生を送っていることに対する罪悪感、週末僕が彼女の邪魔をしないように、僕がハッピーでいられるように。そして税金対策」

バブルの日本で売れっ子となった作家は、嗜癖のように浪費をやめない。

「衝動買いが多かったから、会計士にとっては悪夢だったでしょう。帽子を買いに行く雅代に付き合って銀座に行った時、彼女は、スエードのハーフコートが飾ってあるウィンドウを見て、お店に入って僕に試着させました。値段を見たら二十三万円。そんな高価なものはいらないと言ったのに、彼女は『大丈夫、似合うわよ』と強引に買ってしまった。車や電車の中で着るには暑すぎて、結局、一、二回しか着ませんでした」

書き続けなければならない作家にとって、夫は最高の題材であった。読むことはできずとも、自分が、自分らしき人物がどう書かれているかの風評は彼の耳にも入ってきた。

「それが問題でした。読者は、主人公と森瑤子をイコールだと思ってしまう。読んでいる人たちを混乱させるのが、彼女の書き方でした。そのことについては、時々は怒りました。病院にいた時、雅代は『ごめんなさい。あなたをわざと怒らせて、書くために自分を刺激した』と、謝ってくれたんです。自分が挑発されていたなんて気づいていなかったので、驚きましたね。でも、あの頃、思っていたほど僕たちの関係が崩れていたわけじゃなかったとわかって、どこかでほっとした」

——また、彼がガミガミいってくれていることが小説の題材になったりする。おとなしくなると、ちょっと困っちゃうな、逆にガミガミいわせるように仕向けるじゃないんですか（笑）。そうしないと刺激がないから。（柴門ふみとの対談「クロワッサン」マガジンハウス／九一年七月一日号）

ある週刊誌のアンケートが原因で、離婚話にまで発展したことがある。「生まれ変わったら、同じ伴侶と結婚するか」という問いに、同じ人生は退屈だと考えた森はサービス精神もあって「絶対ノー」と答えた。それが吊り広告の見出しとなり、地下鉄の中でアイヴァンの目に留まってしまったのだ。八七年の出来事。彼の怒りは凄まじかったと、森が書く。

――そして亭主殿は、どこか眼には見えないところで傷がパックリと口をあけ、そこから見えない血がドクドクと流れ出しているような、そんな印象を強く放っている。

(中略)

私は、亭主殿さえ今度のことを見逃してくれるなら、この人生は彼と一緒に老いて死にたいと心から思っている。(『ラヴ・ストーリー』)

「メインの写真が森瑤子で、大きなキャプションが書いてありました。一緒にいたビジネスパートナーが、『二度と彼とは結婚しない』と書いてあると教えてくれた。僕は怒って、離婚だと口にした。雅代は雑誌社の煽情的なコピーだからと言い訳したけれど、誰だって怒るでしょ、あんな屈辱的な言葉。そのあとで、彼女から、お願いだから離婚しないでと書いた長い手紙をもらいました。その手紙は今も持っています。
離婚話は何度か出ました。でも、離婚は喧嘩の時の一つの武器だし、彼女は一生関係を続けていくことを望んでいた。家族で一緒に過ごせないことを申し訳ない、とよく言っていました。お互いに少し距離ができたこの時期に、毎週木曜日は二人で食事に行こうと約束をして、ほぼ百パーセント守りました。彼女にパーティーやレセプションがあっても、それが終わる時間に待ち合わせをしてオータニの寿司屋や赤坂見附の小さな天ぷら屋に行きました。疲れている時は近所の居酒屋ととやにね」

——〝わかれどき〟って私にもいっぱいチャンスはあったのに、結局わかれなかったのは、それが必然だったのね。作家になって最初の十年は、もう夫の嫉妬との闘いだったのに……不思議よね。（『愛の記憶』大和書房刊／九六年）

呪文のように「君を信頼しているし、誇りに思う」と唱える夫に、妻は彼の激しい葛藤を感じずにはいられなかった。森のエッセイには、誇り高きイギリス人の夫が、

「ミスター森瑤子」の立場に抵抗する姿がしばしば登場する。

「僕は雅代の成功に嫉妬したことはありません。もし嫉妬と感じたのなら、それはあまりにも彼女の成功が簡単そうに見えて多少揶揄の気持ちがあったからでは？　僕もものを書くけれど、作家としての彼女を評価できなかったことで誤解したのかもしれない。

雅代の仕事でホテルなどに一緒に行くと、人は彼女とは話しますが、僕と話そうとはしない。自分のことをよく、いつもメインのゲストから外れてプレスの人たちと飲んでいたデニス・サッチャーと重ねていました。彼女の取り巻きの新しい友だちからバカにされていると感じたこともあります。森瑤子の人生が夫婦の関係を押しつぶし、メディアもスキャンダルを探していました」

森の絶頂期には夫婦仲は破綻していた、と周囲には映っていた。だが、アイヴァンは九〇年に完成した下北沢の新居の夫婦の寝室を一緒にデザインした、と語る。

「寝室を、一緒にいられるけれどそれぞれのスペースがあるように考えてデザインしました。扉は二つなんですが、中でつながっているんです。真ん中に半壁があって、奥には雅代の机。夜、僕を起こさなくても彼女が仕事をできるようにね。仕事中も、二人で話してました。雅代が森瑤子として生きていた時にも、僕たちにはこういう空間があったんです」

翌年に発売された雑誌で、「今でもアイヴァン氏といると緊張するのか」「愛するってこういうことだ、とわかった瞬間」「夫婦とは」と問われた森は次のように答えている。

——「私たちはハリネズミの夫婦なのよ。近づきすぎると痛い思いをするの」

「それでもこの男とやっていくしかない、と思った時」

「いちばん身近にいる他人同士、じゃない？」（「月刊カドカワ」角川書店／九一年六月号）

九三年七月六日、森は家族に見守られて五十二年の生涯を閉じた。病室で過ごした森とアイヴァンの三カ月は、二十八年暮らした夫婦が労《いたわ》り合った穏やかな時間であった。

「手術前、僕たちは、治療の可能性があれば手術時間は長くなると医師から説明を受けていました。手術は一時間もかからなかった……。術後、一瞬意識が戻った彼女は『今、何時?』と聞きました。僕にとっては人生で最も過酷な瞬間だった。涙がこみあげて答えられなかったけれど、彼女には手遅れだということはわかりました。ホスピスに入ってからは、二人でよく近くの公園を散歩したんです。病院を抜け出し、油壺のヨットハーバーまで行ってヨットに乗り、ワインを飲みながら思い出話をした日もありました。ロマンチックな夜でした」

——夫に対して抱いている正直な感情は、「情」である。熱烈に愛した時期、悲しかった時期、辛く恨めしかった時、激しく憎んだ時々などを過ぎて、残っている思いが、「情」なのである。

「情」というのは、愛に一番近い感情かもしれない。(角川文庫『ジンは心を酔わせるの』/八六年)

作家が逝って十年目に再婚したアイヴァンは、亡くなった妻が愛した与論の住人となった。彼と会った日は、森瑤子の命日であった。

「再婚するまで友だちは何人かいましたが、雅代は僕がはじめて愛した女性で、その愛はいつまでも変わらない。彼女は僕にとって特別な人。この日になると、いつも悲しいです。病室で、毎日毎日日記を書いていた時間を思い出してしまうのでね。雅代と出会わなかったら、きっとオーストラリアで小さな農場でもやっていたでしょう。でも、後悔はありません。とても恵まれていた。今でもよく、僕を日本に導いた小さな運命的な出来事を思い返します」

カフェの客がやってきた。「失礼」と断ってからキッチンに立ったアイヴァンは、しばらくして白い皿にのった大きなハンバーガーを客の前に置いた。バーガーの上で、小さなユニオンジャックの旗が揺れている。

改築中の仮住まい。
エドワード鈴木デザインの五反田の家にて。

時分の花

キャンディーズが「普通の女の子に戻りたい」と引退し、江川卓が空白の一日を使って巨人軍への電撃入団を決め、吉行淳之介の『夕暮まで』が話題を集めていた一九七八年。その年の十一月四日に発売された文芸誌「すばる」で「第二回すばる文学賞」が発表され、七百十一編の応募作のなかから森瑤子の「情事」が、吉川良の「自分の戦場」と共に当選作に選ばれた。同誌に掲載された森の受賞の言葉は、高揚感に満ちたものであった。この一作で自分の人生が劇的に変わることを、彼女は確信していたのだろうか。

——この一年、さまざまな感覚を体験した。物を書くことの不思議な昂揚状態。ストーリーが完結した瞬間の、異様な解放感。受賞決定を知らされた時の圧倒的な喜び。

ことごとく、私の感性に熱い刻印を焼きつけた。(「すばる」集英社／七八年十二月号)

森の最初の担当編集者となったのは、当時、「すばる」の副編集長であった松島義一である。三六年生まれの松島は、六一年、二十六歳の時に集英社に入社して以来、文芸一筋。「すばる文学賞」の立ち上げに奔走して、七七年には秋山駿、井上光晴、黒井千次、田久保英夫、三浦哲郎を選考委員に招いてその第一回をスタートさせた。

松島は、はじめて当選者が出た二回目の選考会の模様を鮮明に覚えていた。この時、第二次予選を通過したのは十八編。激論が交わされた後に、選考委員から「松島はどの作品がいいんだ」と聞かれて、「『情事』に決まってます!」と即答したのだ。すると、井上光晴から「松島、頼んだぞ」と声がかかった。松島には、最初から「情事」以外の作品は眼中になかった。

「僕が、『情事』に惚れたのは、主人公が浜辺で夕焼けを見るシーン。そこを読んだ時に身体に電気が走った。若さを失っていく怖さが力みもなく、素直に書かれていました。この人にもっと書かせたいと思ったんです」

——肉体から若さが、少しずつ剝ぎ取られていく、ということ以上に、私を脅かしたのは、精神の緊張感を失うことだった。そして、それを証明するような事件が起り、私を打ちのめしたのは、三年ほど前の、ある夏の夕暮れ時、海辺でのことだった。

私は夕焼の中にいた。赤紫色に指の先まで染めて、そしてその時、あの、いつだって、魂を揺す振られるほど美しかった、海に落ちていく夕日を眺めていて、突然、私の中で熱い感動が失われていることに、気づいたのだ。（『情事』集英社刊／七八年）

選評を抜粋してみよう。
〈『情事』を読んだとき、私は、まるでささくれを刺戟されるような一種の苛立たしさとともに、新鮮な感覚を受けた。おやおや、と思わず私はつぶやいた。まるで大庭みな子が外国を舞台に描いたような小説の光景が、そっくりそのまま、日本の中に額縁をつけて収まっている、と。〉（秋山駿）
〈（略）小説としての通俗性を随所にはらみながら、まさに青い時間を失おうとする女の索漠とした情熱が適確に伝わるのは、並の技倆ではなかろう。〉（井上光晴）

〈しかし気障も、しだいに徹底すれば何ものかになってくる。私は読むにつれて、この小説がある強烈さと熱度を持っていることに気づいた。そうしてこの強さも熱も、借りものではないものがある。〉（田久保英夫）

受賞が決まったあと、松島が「情事」の作者に連絡すると、現れたのは伊藤雅代という名前の三十七歳の主婦だった。文芸部があった九段下の分室から神保町の集英社本社に向かう途中、彼女は松島に「ペンネームにしたいんです。下は決まっているんです、瑤子で」と切り出した。

「じゃあ、上は何にしようと聞いたら、『作家では森鷗外が好きなので』という返事で、そこで森瑤子に決まったんです」

しかし、森は、翻訳文学には耽溺していたものの日本の作家はほとんど読んだことはなく、デビュー後に三島由紀夫と瀬戸内寂聴を集中して読んだだけだと公言しており、森鷗外の愛読者だったとは到底思えない。藝大時代の憧れの同級生、ヴァイオリニストの林瑤子の名前が頭にあった彼女は、とっさに森鷗外の名前を出したのだろう。この時に、森瑤子が誕生したのである。

十一月に九段のホテルグランドパレスで行われた授賞式に、森は小説家志望だった父、伊藤三男を伴ってやってきた。松島は、森を連れて選考委員や他の作家たちに挨拶に回り、あとで同時受賞の吉川の妻から「夫も紹介してほしかった」と言われるほど森にしか関心がなかった。

「いやあ、恥ずかしい思いをしましたよ。ただ『すばる文学賞』が注目されたのは、森さんの受賞も大きいです」

「情事」は、文壇でもちょっとしたニュースになっていた。

日本経済はバブルを胚胎しており、新聞社や大手出版社の周りには常時タクシーが待機していた時代。女性の作家は女流と呼ばれ、有吉佐和子、佐藤愛子、瀬戸内晴美、田辺聖子といった人気作家は、みな、森より一世代は上であった。そこへ三十代後半の女性が、性的な飢餓感をあけすけに表現した作品を引っさげて突如現れたのである。舞台は六本木で、外国人と結婚した女が主人公、文体からは外国の匂いがプンプン漂ってきた。さらに作者自身が東京藝大でヴァイオリンを専攻していた経歴の持ち主で、イギリス人と結婚して、三人のハーフの娘がいて、都会的でインターナショナルな雰囲気をその全身にまとっていた。つまり、森瑤子は特別に新しかったのである。

亡くなった年に発行された『森瑤子自選集』に挟まれた月報⑥で、中沢けいが、七八年秋の講談社のパーティーの様子を書いていた。五十代の男性が「いかにもあの小説を書くのにふさわしいという感じの女性だった」と、森について語っているのを耳にしたという。明治大学に通う学生だった中沢は、「海を感じる時」で同じ年の春に十八歳で群像新人文学賞を受賞していた。ちょうどこの時期から、中沢や見延典子など若い女性作家が輩出して、八二年に林真理子、八五年に山田詠美の登場となるのだが、森のような存在はまだ、いやその後もどこにもいなかった。

「情事」は、松島の助言により数カ所を直して、宇野亞喜良の装丁で十二月に単行本として出版されたが、デビューの華々しさに比べて辛辣な書評が多かった。森は、後に、「情事」は夫婦の葛藤を省略したメルヘンとして書いたとして、その時の文壇の冷たい反応に反論していた。彼女には珍しく、まるで啖呵である。

――たかが嫌になるほど知りつくしている結婚生活の倦怠や、ありふれた妻の浮気の話や、どろどろとした葛藤なのである。そういうものを、現実生活と同じレベルで描いた小説はすでに数限りなくある。私にはその趣味はないし、考えただけで嘔吐感に襲われる。

だが、このあたりの問題を、世の、特に男性が、気に入らないらしいのである。現実から離れたそのような設定、類型的な表現、風景として描かれたにすぎない性愛の描写などを指して、気障だとか、遊び女ふうだとか、高級ポルノだとかいう。小説の世界を、自分たちの知っている現実の中に引き下し、しかもきわめて末梢的下半身的に理解しようとする。(『別れの予感』ＰＨＰ研究所刊／八一年)

受賞以後、森と頻繁に会うようになった松島は、いつ会っても彼女が笑顔なのにどこか淋しそうなのが気になった。「なぜ外国人と結婚したのか」と訊ねた時は、「人間が信用できないから」という答えが返ってきた。

「僕には森さんが嬉しそうにしている印象はありません。森さんは、書きたいものが書けない何かを抱えていたと思う。たとえばベッドシーン。豊かなのに生きてること自体が淋しそうで、いつ首をくってもいいような雰囲気があり、日本の作家の王道たる精神構造を持っているように感じた。だから今まで日本の女流作家が書けなかったことを書けるのではないかと期待し、またそう言いました」

　松島が自分の好きなアナイス・ニンなど性愛作家と呼ばれる女性作家の名前を出し、「日本のマルグリット・デュラスになるのはあなたしかいない」と迫ると、森は「松島さんの言う通りにはできないけれど、でも、私、実行するわよ」とうなずいた。

　森の二作目の「誘惑」は、七九年夏の軽井沢で書かれた。デビュー作からおよそ一年がかかっている。友人の一人は、受賞を喜んだ森が二作目を書くことを「怖い」と恐れていた姿を覚えていた。


――これを書いた時は『情事』よりずっと苦しかったですね。第一作で自分の思いを全部吹き出させてしまったから、第二作というのは作り事になってくるわけですね、私にとって。（「月刊カドカワ」角川書店／九一年六月号）

「誘惑」は七九年十月の「すばる」に掲載され、翌八〇年二月には、単行本が刊行された。表紙の装画は藝大時代の友人の画家、佐々木豊の作品で、装丁は亀海昌次である。同年十一月に発行された三作目の『嫉妬』の装丁も亀海で、以降、森作品のほとんどの装丁をかつての婚約者が手がけることになる。

夫の不倫によって亀裂が入った夫婦の葛藤を描いた「誘惑」は、七九年度下期の芥川賞候補に選ばれた。続いて、「傷」が八一年度上期同賞候補となるが、いずれも落選した。男性で占められた選考委員の中で井上靖や開高健、瀧井孝作が森作品を評価した一方、遠藤周作、大江健三郎、吉行淳之介の評は厳しいものであった。

松島は振り返る。

「選評では翻訳調で都会的というのが悪いように論じられていた。当時の文壇には、土着的なものしか許さない雰囲気がありました」

評論家の秋山駿が、森の死後に「新しい波、先駆的であった」という一文を寄せている。

——彼女の作品は、日本の現実の本当の流れに正確に垂直に刺さっていた、しかし、文学市場に顔を出すのが十年早かった、と。

一九九〇年代だったら、『情事』や『誘惑』は、大した反対もなく芥川賞になって

いたのではないか、と私は思う。（『森瑤子自選集』月報⑦／九三年十二月）

「傷」が候補になった時、森は当落の知らせを、一緒にいようという編集者や亀海の申し出を断り、家族がいる軽井沢ではなく下北沢の家で一人待った。「落ちても入っても、その瞬間の無防備な姿勢を人目にさらしたくない」という理由で。亀海に送った手紙には、こんなことを書いている。

——手始めにA賞に入選したら、私にミンクのコートを一着買ってくれるというのはどうかしら？　どうせ入らないのだから、うんと言いなさい。そして落ちたらA賞より、夢と消えたミンクのコートのために、私、うんと泣くんだ。

一九八一・七月二日（『さよならに乾杯』PHP研究所刊／八三年）

森の作品は、八二年に刊行した『熱い風』が第八八回の、八三年刊行の『風物語』が第八九回の直木賞候補となった。阿川弘之や水上勉など森作品を強く推す選考委員はいたものの、受賞は叶わなかった。デュラスを懸命に読みながらデュラスへの道は選ばなかった森は、ミンクのコートを求めて流行作家の道をひた走っていく。もはやシャイな主婦、伊藤雅代の顔は消え、どんな場でも人が振り返るほどの風格と華やかさを備えた森瑤子が生まれようとしていた。

一方で、この時期の森は、最初の編集者の前では創作の苦しみを隠さなかった。二人が会っても重い雰囲気になり、「書くことを辞めたい」と口にしてしまった森に、松島は「『赤毛のアン』があるよ」と励ました。

「もともと喜怒哀楽を表さない人だけど、その頃、書くのがあまり楽しそうではなかった印象が強いんです。カウンセラーと向き合っていた時期でもあり、書くことが辛そうでした。だから疑問と激励も含めて、小説でなくても翻訳でもいいし、『赤毛のアン』についての新解釈の評論、あるいは手引き書でも、ということも含めて、勧めたんですよ。イギリス人と結婚している森さんは、書くこと以外には日本人にあまり興味がないように思えたこともあります。日本人の登場人物はどこか作り物みたいだったから、『赤毛のアン』ならという気持ちもあった。森さんは一瞬目を輝かせて、じっと私を見つめていました。後にはなくなった仕草です」

松島は、ある時期から、森が自分を遠ざけようとしていることに気づいていた。

「松島さん、ちょっと出て来てくださる?」と誘いの電話が入って意気込んで出向くと、そこには決まって編集者が五、六人もいたし、安藤優子が一人ぽつんと待っていて、森自身がいないという奇妙なこともあった。

「これから何を書こうかといった話し合いはなくなり、僕の質問にもちゃんと答えず、はぐらかされて、誤魔化《ごまか》されて、大事なことは全部すっぽかされた感じでしたね。僕には、森さんが華やかさを増すのと比例して寂寥感だけがどんどん大きくなる印象でした」

森の初期の作品、五作には扉に献辞が入っている。

四冊目の献辞となる『傷』には「海・M氏へ」とあった。

松島との約束は、別の形で果たされたのかもしれない。

八〇年代前半の森はまだ鳴り止まない電話を自分でとり、書いて、掃除をして、洗濯をして、家族のための食事を作っていた。そんな時代の森と出会った編集者の一人が、作家の松家仁之である。当時、「小説新潮」の新米編集者だった松家にとって、森は忘れることのできない著者である。

「残された写真やエピソードからは、バブル時代にもてはやされた華やかなイメージばかりが浮かんできます。あの時代の状況の中で、森瑤子という存在が消費されてしまったという側面があったのは間違いありません。でも、僕にとっては原稿をいただくことを超えてとても魅力的な人でした。人として本当に好きだったので、病を得て亡くなるまでの間に、森さんが元気になるのだったら森さんの残した仕事が全部なくなってもいいと思ったくらいです」

松家が森とはじめて会ったのは広尾の喫茶店、新潮社へ入社して二年目の八三年の秋だった。直木賞候補に二度なり、各社が狙う注目度ナンバー1の作家の原稿をとってくるようにと女性編集長から命を受けたのだ。「あんな華やかな作家に会うのか」と臆しながらも森の本を何冊か読んで手紙を送ると、返事が来た。

「当時の小説新潮は新進作家へのハードルが少し高い感じもありました。しかも、新刊の『夜ごとの揺り籠、舟、あるいは戦場』を読むと、この小説家は恐いものなしの人ではと身構えるような気持ちも生まれて、森さんに指定された喫茶店に緊張しながら向かいました。ところが森さんはすぐに僕が駆け出しの編集者であることを察してくださったのか、緊張をやわらげようとあれこれ話しかけてくれました」

　この時、森は松家が出した手紙の筆跡について触れ、「あなたの字は小説を書く人の字よ」と告げている。

「僕は二十歳の時に『文學界』の新人賞に応募したのですが、それが縁で文春でアルバイトをして編集者という仕事が面白くなり、新潮社を受けて内定をもらいました。もう小説家になるつもりはありませんでした。だから、ちょっと驚いた。配慮のかたまりのような人なのに、ときどき遠慮なく思ったことをそのまま告げてくる親密さもある。会って一時間も経たないうちに森さんに惹かれてしまったわけです。それは僕が男で森さんが女だからというのではなくて、人間としての包容力に心をつかまれたんです」

　森も松家が気にいったのだろう。父や婚約者だった亀海昌次の文字に影響を受けたという文字フェチの彼女が、エッセイにこんなことを書いていた。

　――ある人物を深く尊敬するとどうなるか？　私の場合、書く文字がその人物のと似てくることである。あぁMさんの字ときたら！　それから一年に一度かせいぜい二度、彼が私にくれる励ましの手紙の文章ときたら！　眼の保養。心の保養。
しかしそこでただただうっとりもしてはいられない。あの文字を書く人物、あのような文章を書く人物は、やがて私のライヴァルとなる。（『ファミリー・レポート』新潮社刊／八八年）

森は「小説新潮」に短編集『結婚式』の連作小説を七作書いた後、バブルが始まった八六年春には家族との生活を綴った「ファミリー・ポートレート」をスタートさせる。まだファクスが普及していなかったため、松家は締切りが来ると下北沢の家まで出向いて原稿をもらった。その間、森は、「週刊文春」で男女のすれ違いをテーマにしたショートストーリー「ベッドのおとぎばなし」の連載を始めるなど発表の場を広げ、多忙に拍車がかかっていく。

「森さんはただいたずらにブームになったわけではなくて、普段小説を読まないような人でも楽しんで読むことのできる小説を書こうとしたんですね。初期は翻訳文学の影響の色濃いものを書いていたけれど、ある時期にギアをチェンジしたのだと思います。『週刊文春』の仕事には、多くの人の琴線に触れるものを書きたいという作家的な企みがあったはずです」

　この時期から、作家は人の手を借りなくては仕事も家事も進まなくなっていた。だが、どんなに忙しくなろうとも、森は松家が顔を見せれば、秘書やアシスタントに対応を任せず、執筆の手を止めて、「松家さん、あなたご飯食べた？　食べて行きなさいよ」とキッチンに立ってあっというまにオイルサーディン丼を作ってくれたりした。

「何度か手料理をいただきましたが、それが気安く食べられてしかも美味しいんですね。反射神経のいい人だから、瞬発力で決めるところは決めるというような料理だった。時にご家族の方と食卓を囲むこともありましたけれど、森さんは常にアイヴァンさんを気遣っていた。欠落感とか空虚さとか淋しさとかを抱えながら一方でゴージャスという、重層的で多面的な人でした。それゆえに僕には興味深く魅力的だったのですが、森さん自身はその複雑さをあまり人に見せたくなかったのかもしれない。料理と同じように瞬発力で人間関係を捌《さば》いていたように見えました。僕は森さんの華やかな面はほとんど見ていないのですが、森さんに会いに行くのが毎回、楽しみでした」

　森の死後、次女のマリアが出した『小さな貝殻』は松家の編集によるものである。森の友人から相談を受けて、手がけることになった。

「マリアさんにはセンスがあったし、書きたいことがあったし、賢い人だった。何度も何度もやりとりをしながら、彼女自身が書き上げました。あの本を引き受けることにしたのは、僕の中に森さんへの消えないリスペクトがあったからです」

松家と対照的に、華やかな森と過ごした編集者が、葬儀実行委員長を務めた幻冬舎社長の見城徹である。見城にとって森は、作家というよりはトータルな人間として興味を惹かれる対象であった。

「あの人の存在の仕方というか振る舞い、あるいはスノッブな選択の仕方とかいった意味あいでは、とても注目されるべき人でしたし、あの年齢であういう世界を書いた人はいません。ただ、中上健次であれば小説を書くことで救われたけれど、小説を書くだけでは彼女は救われなかった。そこが彼女の文学の脆弱さです。初期の作品はみな素敵です。傷もあるし、小説を読む快楽もある。芥川賞をとってもおかしくはなかった。だけど、彼女の内部からしみ出るオリジナリティが弱かった。彼女の紡ぎだす世界がどこかやっぱり偽物だったんですよ」

森より十歳若い見城は、二十五歳で、時代の寵児となる角川春樹率いる角川書店に入社して、八四年に三十三歳という若さで「月刊カドカワ」の編集長となった。二年後、森が同誌で「ホテル・ストーリー」の連載を始め、それからは間断なく連載を持ったために、二人はしばしば顔を合わせるようになる。時に、森の夫であるアイヴァン・ブラッキンや、亀海昌次と同席して食事をすることもあった。見城が四十一歳で取締役編集部長に就任し、書籍部の責任者となってからはその関係はさらに密になった。

「あの人の小説を書きたいという最初の衝動はものすごく純粋なものだったと思いますけれど、あそこまで派手にブレークしたら、彼女の枷であったものが全部ひっくり返ったはず。その上で、小説を書くだけでは満足できない森瑤子が出来上がってしまった。僕が出会った時にはもうお金のために仕事をする方向にギア・チェンジしていました。望むアッパークラスの生活をするためにね。『月刊カドカワ』で次々連載が決まっていったのは、角川がお金を貸していたから。僕は原稿ができるところに立ち合ったことはなく、彼女の前借りの申し出に対応するのが主な仕事のようなものでした。連載も、内容より先にお金が決まるということがよくありました」

森が見城に相談を持ちかける金額は、三百万、五百万、千五百万と、その折々に必要なそれであり、彼女は必ず几帳面に返済した。

「中上健次とか半村良とか、無頼な作家はなかなか返してくれません。そういう人たちには警戒心がわいて、大丈夫かな、まあ、いいかと思いながら自分のクビをかけて角川春樹に交渉するんだけれど、森さんの場合は必ず守ってくれたし、彼女の文庫を揃えたかったので、できる範囲でどんどん貸していきました。だからいよいよ多作になり、森作品は必然的に角川文庫が増えていった。他の出版社も貸していたかもしれませんが、そういうことをやれるのは集英社と角川書店しかなかったんですよ」

出版界も好景気にわいた時期だが、単行本が売れる作家は多くはなかった。とはいっても森の単行本の初刷りは二、三万部はあり、文庫本はよく売れていた。

森の小説には、資本がバックについたものが何冊かある。八八年に角川書店で出版された『アイランド』は、プリシアリゾートヨロンを作った倉渕雅也をモデルにしたSFタッチのラブロマンスである。舞台となった与論島の町役場の観光課が題材を提供し、プリシアが三千部を買い上げる約束で森が書いた。見城はこれについては関知していないが、一冊だけスポンサーをつけた『贅沢な恋愛』を、森と藤堂志津子、林真理子、山田詠美らで作り、二十万部を売った。

「当時、出版界にそういうシステムがあったわけではなく、やっていたのは僕くらいかもしれません。リーボックやプラチナ・ギルド・インターナショナルに金をもらって小説家と仕事したり、広告会社にとっては僕は便利な存在だったんでしょう。でも、それは全然悪いことではなくて、小説家にとっても『これはお金のため』と割り切れるわけです。だけど、そういうやり方を僕が森さんに教えたわけではなく、彼女は自分の人間関係と感知力でやっていました。だから新しいタイプの作家であったことは確かです。面白い人でしたよね。独特のセンスがありました」

森は、口にする台詞から、着るものも、行く店や注文の仕方、そこでの佇まい、そして家やインテリアに至るまで、すべて「見せ方を知っていた」。社交というものを心得ていた。見城にとって、そうした森のセンスは実に刺激的であった。一度、下北沢の家に原稿の催促の電話をかけた時、森は「私、正直に言うわ。あなたの声ってすごくセクシーなのよ。あなたに電話いただくと何か疼くのよ」と囁き、見城を喜ばせた。

「原稿ができない言い訳かもしれないけれど、ルックスをほめられないから声をほめるって最高でしょ。すごく嬉しかったのを覚えています。憎めない人でしたよね。あざとくなくて、自然で、美人じゃなかったけれど華があって、人が集まってきた。僕の中では、あの帽子が象徴的です。日本であんなに帽子が似合う人は、森さん以外に楠田枝里子しか知らない。森さんは無意識だろうけれど、満たされない飢えを満たすために帽子を被っていたように見えました」

欲望は欲望を呼ぶ。作家になってからも森の飢餓感は満たされることがなかった。八八年、サッポロ銀座ビルで開かれた佐々木豊の出版パーティーで、黒い帽子を被り、黒いラメのスーツを着た森は最初の挨拶に立ち、「私のように純文学を書いておりますと、あまり売れませんが」と言って座をわかせていた。売れている作家の謙遜とも諧謔とも旧友へのリップサービスともとれるのだが、この時期の彼女は純文学から離れていることを十分自覚していたはずである。そのことが小さな棘として胸に刺さっていたと見るのは、深読みが過ぎるだろうか。森は死ぬまで、日本文藝家協会には入らなかった。

九三年三月、入院を二日後に控えて行われた最後の対談では、文学史に残る作品を書きたいと口にしながら、佐々木に「こんなに時代と寝ている作家はいないね」と言われると、こう答えていた。

——私が知っている世界はそこしかなかったし、それがたまたま時代の一番新しい場所だっただけだと思う。知らないところは書けないじゃない。それと自分がその時読みたい小説を常に書いていたということね。すごく華やいだ一流ホテルに行きたいとか、その時代ごとの自分の夢ってあるじゃない。読者の夢じゃなくて、私の願望とか私の読みたいものを書いたら自然とそういう作品になっていった。(『森瑤子自選集』月報④／九三年九月)

「森さんは、あの時代にゴージャスでインターナショナルなアーバンライフをおくる作家という役割を演じて、その波の中で多少自嘲するところもあったんだろうけれど、僕は世阿弥の言うところの『時分の花』の道を意識して選んできた人だと思いますね。作家には、教科書に載って、百年後も文学史に残っているという生き方もあるけれど、花火のようにみんなにため息を吐かせて一瞬のうちに消えて、時代と心中する生き方もある。アメリカのロスト・ジェネレーションの人たちにそういう作家が多いけれど、森さんは、それは素晴らしい『時分の花』だったと思います」

　そう語るのは、五木寛之である。

　ハンチングを被り、レーシングジャケットを着た五木と、カジュアルスタイルなのに扇状の大きなイヤリングをつけた森が、イギリスのスポーツカーを挟んで立っている一葉のモノクロ写真。八七年秋、ホテルオークラの駐車場で撮影されたものだが、五木は苦笑しながらこの写真を差し出した。

「手許《てもと》にある森さんとの写真はこの一枚だけです。『そのシフトの仕方はダメダメだ』とか『こんなふうにやるんですよ』とちょっと、運転の仕方をコーチしたんですよ。『車を買った』と言うから『何買ったの』と聞くと、『モーガン』って。いやあ、いきなりモーガンを買うなんて、気障もここまでくれば立派。モーガンというのは最もマニアックなイギリス車で、運転するのに技術がいるんです。僕は和して同ぜず、油のような付き合いや人と群れるのが嫌いでね。どんなに気の合いそうな人でも親密に付き合うことはしなくて、基本的には森さんとの関係もそうなんですが、僕が森さんの車のコーチャーであったのは確かです」

　森が運転免許をとったのは、一年に十冊もの本を出していた四十七歳の時である。

「自分で運転しないと車の中のシーンは書けないよ」と五木に言われたためだが、白とシルバーゴールドのモーガンを選んだのには他に理由があった。映画「華麗なるギャツビー」のようにクラシックなオープンカーのハンドルを握り、シャネルの大きなサングラスをかけ、ラクロワのスカーフを風になびかせて人々の嫉妬の眼差しを浴びたかったからだ、と次女のマリアがブログに書いている。結局、森にはモーガンは手《て》強《ごわ》すぎて、この夢は半分しか叶わなかった。時速二〇キロのヨロヨロ運転がやっとで、信号や踏切の度にエンストを起こすため、十回も乗らずにオートマチックのスープラに乗り換えてしまった。ちなみに、森の車遍歴は、その後、ミニ、サーブ・カブリオレと続き、最後はバンデンプラ・プリンセス１３００であった。

こういう臆面もないミーハーさと貪欲さは見城の言うところの森の憎めなさであり、また人々に愛された所以《ゆえん》でもあった。

五木作品『朱夏の女たち』の出版に際して行われた五木と森の対談にはモーガンについて話しているくだりがあり、元来シャイな森が屈託なく話している。

――五木　森さんもようやく運転免許をお取りになって。(笑)イギリスのジャジャ馬みたいな車に乗っていらっしゃる。五十過ぎたらなかなか免許も取れないですからよかったね。
森　はい。私は今、切実に、「今日やらなかったら、一生できないんだ」と思いながら生きている人間でございますから。(笑)(「ミセス」文化出版局／八八年六月号)

五木が森と邂逅したのは、見城と森が出会った頃とほぼ同時期、八五年前後である。八七年に「小説すばる」で五木と若手作家の鼎談「遊談倶楽部」が始まると、文壇から距離を置かれてきた森は八歳年上の当代一流作家を慕い、何かと頼りにするようになった。五木の運転で山田詠美や見城らと金沢に行った時のことを、彼女は「初めてのドライブ」と楽しげにエッセイに綴り、五木の妻から贈られたアンモナイトの化石が刻印された黒い石を、大切なものを綴った連載エッセイ「My Collection」の第一回にとりあげていた。さらに三十回目にも、五木から三人の娘に贈られたガラス細工について書いている。

「森さんとは、時々、講演会に行きました。都ホテルでは、僕と森さんと瀬戸内寂聴さんの三人で定期的に講演会をやったりした。お茶が出て、話を聞くという。それが寂聴さんが抜けて、森さんもいなくなり、今は僕だけがずっとやっています」

五木は、見城や山田と共に、森の与論島の別荘にも招かれていた。そもそも、森が与論に別荘を建てたのは、ミサワホームが文化人村という一大プロジェクトを構想し、同社の社長と懇意だった森がその先陣を切った形であった。彼女の死もあって計画は頓挫した。

「先程も言ったように、僕は群れるのは嫌いですから参加するつもりは最初からなかった。でも、一度だけ、下北沢の家にご飯に呼ばれたことがありました。きちっと三つ揃いのスーツにネクタイを締めた旦那さんが出てきて、森さんは『朝ご飯食べる時は寝間着のままで玉子焼きを食べたいのに、彼は毎朝正装で食べるので大変です』と言っていた。いや、こりゃ、大変だと思ったな。森さんの手料理は、とても美味しかったですけど」

決して他者との距離を縮めることのない五木が、それでも森の手料理を食べようという気になったのはなぜなのか。はじめて会った時から森へ深い共感と親近感を抱いていた。二人は似ていたのだ。

「あの人が、やっぱり、ＣＭとかコピーライターをやっていたからでしょう。僕は若い頃にCMソングの仕事をずっとやって、コピーライターもやっていました。彼女には、広告から出てきた人間の持っているある種の匂いがありましたからね。僕にとって当時の同志を挙げれば、石岡瑛子と森瑤子になります。どちらも広告の世界にいた人です」

もうひとつ、五木に森を同類だと意識させた決定的なことがある。敗戦後、五木は朝鮮半島から、森は中国から、共に外地からの引揚者であった。

「引揚者というのは当時の蔑称ですが、子ども時代を外地で過ごした人というのは、お互い、何となく体臭でわかるんですよ。この国で生まれ育った人と違う体臭があるんですね。フランスではピエ・ノワールとかいう。僕は少年時代に国家の崩壊を見ているから、国境意識がないというか、『お前は何者か』と問われれば、『マージナル』と答えるしかないけれど、森さんにもそういうデラシネというか、境界線上に生きる人、マージナルマンといったところが深くありましたね。日本と外国と言えばいいのか、日本離れしていると言えばいいのか、森さんには着物を着て日本をエンジョイするなんてところはなくて、大変モダンな雰囲気があった。外地にいた時間が短くとも引揚者は、みんな、そうですね。小澤征爾にしても、池田満寿夫にしても、武満徹にしても、安部公房にしても、みな、日本的なものとちょっと切れている」

森の絶筆となった短編「シナという名の女」には、五木が指摘したどこにも依《よ》るところのない森のアイデンティティが記されている。

――そしてシナの中には、作者の生いたちの途上で形作られていった様々な性格が投影されていく。四歳までの支配民族としての後ろめたさ、思春期以降の、劣等感も優越感も乗りこえた、コスモポリタン的な性格がそうだ。

彼女は常に、自分がどこにも根を張っていないという実感の中にいる。もうずいぶん長いこと、その実感が彼女につきまとっている。おそらくそれは、中国大陸で始まり、現在に至るまで、めんめんと続いている感覚なのだろう。

自分がどこにも根を張っていないということは、どこにも属していないということだ。

多分、あの戦争の傷が、ひとつの理由だろう。四歳まで祖国と思って育った中国大陸から、逃げるように、去らなければならなかった、戦争が――。（中略）

祖国感を失ったことと、幼児期に胸にとげのように刺さった後ろめたさの記憶により、シナという女が作られたのだ。シナは、加害者であると同時に被害者でもある女。

(『シナという名の女』集英社刊／九四年)


森が純文学からエンターテインメントに向かったのも自然の成り行きだった。

「僕は意識して中間小説誌を発表の場に選びましたが、中間小説というのはマージナルノベルという意味。純文学でもエンターテインメントでも、どっちでもいいんです。強いて言えば、森さんの中にも文学というものがあり、また文学ではないものがある。かつてエンターテインメントという言葉は差別用語だったので、今、エンターテインメントを目指すと堂々と言えるようになったのは、隔世の感があります。僕は、エンタメの作家のことを言葉を使うミュージシャンだと思っているんですが、ボブ・ディランが『アルバムは自分の歩いた足跡に過ぎない』と言うように、大事なのはライブなんですね。森さんは、そういう意味ではライブの人だった。あの人の生き方そのものが作品でした。ライフスタイルまで人々に影響を与えたという作家としては森さんが最初でしょう。女性の作家だけではなく男の作家を見てもなかなかいませんね」

マージナルマンとは、境界線という二つの世界の真ん中を歩くのではなく、線を越境しながら絶えずジグザグにひとつの方向に向かっていく人のことだという。五木にとって、森のそのジグザグさこそが愛すべきものであった。

「森瑤子という一人の作家の生き方は、憧れるにふさわしいものでした。でも、いくらあの人がゴージャスでファッショナブルな格好して現れても、どこかしっくりこなかった。僕はね、森さんを見てると、シベリアの農婦を思い出すんですよ。本当はもんぺが似合いそうな人だった。手首が太いし、身体もごてっとしていて、しかも生活力があって逞しくって。実際には非常に生真面目で質朴で、誠実で、どちらかというと泥臭い、野暮な人でした。決して悪口ではなくて、僕はそこが好きだったんですよ。『ヴァイオリンをやっていたというけれど、向かないね。あなたはヴィオラだ』と言ったことがありました」

松家が作家の入院を聞いたのは九三年の春であった。八九年頃から「小説新潮」本体から離れてネイチャー誌に専念するようになって以降、森と仕事をすることがなかった彼は、その前年、森が『スカーレット』の翻訳で苦しんでいると担当者に聞いていた。

「あの分厚い本を森さんが翻訳すると知った時、正直、大変なものを抱えたなと思いました。実際、翻訳は大変で、難航していると担当編集者は言っていた。亡くなった後に、『スカーレット』の翻訳と森さんの病気を結びつける方がいましたが、何らかの影響は及ぼしたかもしれません。あの本は、森さんのおかげで、たいへんよく売れて、すぐに十万部になったと聞いています」

九三年六月。ホスピスで最期の時間を過ごしていた森は、会うべき人に会っていた。見城は、ドンペリニヨンを抱え、山田詠美と部下の石原正康と共に聖蹟桜ケ丘の聖ヶ丘病院までタクシーを飛ばした。見城は言う。

「今、考えると、『治ったら四人でシャンパーニュを飲もう』なんて、若造の浅知恵でした。モルヒネが効いていた森さんは半分虚ろで、そばについている娘たちと顔を合わせたり、抱き合ったり、ちょっと泣いたりしながら、『うん、飲もうね』と言っていた。まもなく自分は逝くんだとわかっている人に対して、そんな猿芝居をして。後悔はしていないけれど、自己嫌悪にはかられます」

同じ頃、「最期だから会いたい」と呼ばれて、五木も森の病室を訪ねていた。

「何を話したか。僕はこういう人間ですから、『もうしょうがないよ。あんまり延命措置なんかしないほうがいいね』と言って、森さんは『わかっています』と答えてましたね。お化粧もしていなくて、絶えず、枕もとに置いたバケツから氷をつかんでガリガリと齧っていた。あの時、本来の森さんの姿がよく出ていました」

森が亡くなった年の十一月、角川書店を辞めた見城が興した出版社に、五木は「幻冬舎」という名前を贈った。森瑤子全集をという話も出たが、創業間もない出版社にまだその余裕はなかった。

マリアの『小さな貝殻』が刊行されてほどなく、松家はその一冊を手にして、森が眠る与論島に一人参った。

出会った人たちに強烈な印象を残して森が逝って四半世紀が過ぎた。五木にとって、彼女は今も忘れられない人である。

「僕は、森さんが最後まで流行作家として生ききったことを、高く評価しています。小説の質で言えばサガンと似ていますが、国際的に人気があったサガンも、今の若い人はまったく知りません。文学も音楽も芸術というのは一回性のものだというのが僕の考え方で、記録に残らなくても、その時代の人々の記憶に残ればいい、その記憶も読者が年老いて亡くなってしまうと消えてしまう。森さんが同じ時代に生きた人に与えた一回性の感動というのは、古典のそれの百倍くらいはあったと思う。インスパイアされた読者に焼きつけられた森さんの存在ってすごいものでした。森瑤子という名前が醸しだすものは、ひとつの時代の象徴だったから」

真っ赤なルージュと大きな帽子の森瑤子は、彗星のようにバブルの時代の日本に強烈な光を放ち、明るく笑って消えていった。

運命の男

森瑤子のイメージは真っ赤なルージュと大きな帽子、そしてもうひとつ、大人の女のデカダンスな恋。作家が好んで書いた小説の多くは、都会の男と女の苦い恋物語であった。

——今は男と女のことを余り書かないけれども、真剣に書いていた時は、テーマはいつも一つ、男と女のかかわり合えなさ、わかり合えなさだった。二人の関係が崩壊していくプロセスしか書けなかった。それにしか興味がなかったんです。(『森瑤子自選集』月報①/九三年五月)

まだ伊藤雅代という名前の娘だった頃から森は多くの若い女たちと同様に、いやそれ以上に恋愛への憧憬が激しく、いつも誰かに恋をしていた。彼女にとって恋愛とは、「母に愛されない」淋しさを埋めてくれる最たるものであり、恋人は母に代わって自分を愛し、承認してくれるべき存在として必要であった。だが、恋はさらに森を孤独にさせ、森瑤子という作家を作っていくのである。

「AERA」九三年三月十六日号の人物ノンフィクション「現代の肖像」に、森が登場した。「Please give me break. そんなに私を責めないで」と題したこの記事は異様な迫力に満ちている。それは、掲載時が森の胃ガンが発見された時期と重なるからだが、もうひとつ、六六九一文字の原稿がTという名のグラフィックデザイナーとの関係に収斂されていたためでもある。Tとは、亀海昌次のことであった。読者の間では森の著作の装丁家であり、『情事』の西脇俊輔のモデルとして知られた人物だ。

記事を執筆した、当時朝日新聞編集委員だったジャーナリストの川村二郎は、なぜ亀海の名前をTという仮名にしたのか、原稿の冒頭を二十一歳の森と二十二歳の亀海が川奈の海で婚約指輪を投げ捨てた別れのシーンから始めたのか、もうよくは覚えていない。

「きっと森さんから聞いた話の中で一番ドラマチックだったからでしょう。あの忙しい人が、取材のために数十時間もとってくれて、『ここは書かないで』ということまで話した。その時はもう体調が悪く、ご本人はどこかで死期が迫っていることがわかっていたんでしょう。『時間がないから早く、早く』とせっつかれましたから」

川村と森は、バブルが始まった東京で親しくなった。きっかけを作ったのは、川村の妻、佐代子である。「情事」を書き上げてすばる文学賞に応募した頃の森と、佐代子の友人がバーゲン会場で一枚の服を奪い合って仲よくなり、佐代子とも知り合っていたのだ。それから数年後、川村が「週刊朝日」の副編集長、編集長時代に人気作家となった森に連載小説を依頼し、八七年の「世にも短い物語」、九〇年「デザートはあなた」が生まれる過程で森と川村夫妻は親密さを増していった。二人とも森よりひとつ下の四一年生まれの同世代ということもあって、ウマが合った。

「僕は、『週刊朝日』をもうちょっと都会的な雑誌にしたかったんです。よく会社にも来られてね。あのはた迷惑なでっかい帽子でエレベーターに乗るから、目立ちました。もっぱらレストランの『アラスカ』で飲み食いしながらおしゃべりしたんですが、森さんって実際は違うのに、口ではすごいことを言うんです。持論の一つが『女を三回食事に誘って何もしないのは失礼だ』。それを聞いた編集部の連中が、すっかりファンになっていました」

佐代子は赤坂の自宅一階で「ギャラリーかわむら」を開いた頃で、森の最後のエッセイ集『人生の贈り物』には、目利きの店主が贈った「木箱に入ったガラス瓶」と「ジャンパトウの４２６１番めの香水」が紹介されている。森はよく佐代子の持っているものを欲しがり、時には電話をかけてきて「美味しいものがあるから来て。二郎さんには内緒よ」と呼び出した。

「いろいろ打ち明け話があったんです。話しやすかったんだと思います。うちの夫が浮気をした時は、『あんまり見ないほうがいいのよ。見ちゃいけないのよ』という言い方で慰めてくれました。森さんには、その言葉通り見ちゃいけないものを見たらそっと蓋をするようなところがありました。だから、作家として直木賞をとれなかったのはよくわかります。本当に素敵で、すべてに品のいい人でした」

森が佐代子に繰り返し語ったのは、亀海との破れた恋の話であった。「私が不美人だからフラれたの」。ある夜、みんなで六本木の交差点傍にあるカラオケ屋に行った時、佐代子が「さくら貝の歌」を歌うと、画面に海辺で石を投げる映像が流れた。それを見た森は涙が止まらなくなり、「森さん、どうして泣いてるんですか」と川村に聞かれると、「あなたの奥さんが健気に歌っているからよ」と取り繕った。その理由がわかったのは後になってからだ。

——彼女とぼくとが一個五〇〇円のステンレスの指輪をそれぞれの指にはめてひと夏を過ごし、その夏の終わりに二人して指輪を海に投げ捨てた、その川奈の海である。(亀海昌次による巻末の文/『人生の贈り物』学習研究社刊/九三年)

六一年の夏、藝大三年生の森は亀海と出会った。日本は高度経済成長時代に突入し、伊藤雅代がヴァイオリンを放り出し、「素敵な男の子がたくさんいる」美術学部に入り浸っていた頃の話だ。

森には、二年から卒業までの三年間を「いつもくっついて」過ごした親友がいた。同じ器楽科でヴァイオリンを専攻していた同級生の折茂敏子、旧姓中川敏子、風月堂に集う仲間からはトンボーと呼ばれていた。森はエッセイの中で、二人が子どもを持つ母となって会った時、ひどいおむすびを作ってきたので折茂と絶交したと書いている。だが、どうやらそれはフィクションである。いずれにせよ、二人の友情は「情事」誕生前夜まで続き、折茂は森が自称詩人のムッシュウに恋した瞬間も、亀海との恋もすぐそばにいて見ていた。

——大学の四年間、それこそ眠る時だけをのぞいて、ありとあらゆる時間を共有した相手であった。お互いがそれぞれ人生の伴侶を得て落ち着くと、あの熱烈さ、あのひたむきさは失われたが、ことあるごとに電話でこまごまと報告しあい、辛いことがあれば呼びだして思う存分喋りまくり、さめざめと安心して彼女の前で泣いてきた。
（『女ざかりの痛み』主婦の友社刊／八三年）

折茂の語る森は、伊藤雅代でもなく、ミセス・ブラッキンでもなく、ひまわりのような森瑤子そのものだった。

「伊藤さんはいろんな人に恋をしていました。音校は女の子しかいないので、昼間は美校に出かけて行って次々と知り合いになっていた。私が二、三日学校を休んでる間に、新しい男友だちが二、三人できてたりするんですよ。『煙草をくわえていて、火がないようだったからライター投げてあげたのよ』みたいな感じで友だちを作っていく。それは天才的でした。陽気で生命力に溢れていて、実存主義をそのまま生きている感じだった」

そんな森が、秋に行われる学園祭「藝祭」のプログラム委員に選ばれ、編集長を任されたのである。日に焼けていたので「ヘン」をとって酋長と呼ばれ、美術学部の男子学生を引き連れてキャンパスを闊歩する姿は人目をひいた。

一方の亀海は四〇年二月生まれ。当時は、御茶の水美術学院に籍を置きながら白木屋デパートの宣伝部で働く新進デザイナーで、美術学部の藝大生の間では知られた存在であった。この頃の白木屋宣伝部は、後に「少年マガジン」の斬新な雑誌デザインなどで業界に多大な影響を与える鶴本正三を中心に佐野洋子もいて、周辺には篠山紀信など日本のカルチャーを牽引していく多彩な才能が集まっていた。広告や雑誌文化の始まりの時代だった。

森はプログラムの作り方を教わるために仲間に連れられて日本橋にあった白木屋を訪ねて、亀海と邂逅する。

藝祭のアーカイブで見られる六一年度のプログラムには、森が書いたと思われる編集後記が残っていた。〈夏休み、結局はみんな暇だからだろう、高いコーヒー代を無理してジローなんぞに精勤し討論したのは〉で始まる文章で、二十歳の森は意気軒昂、この夏、彼女は伊東市川奈にある母方の親戚の家にプログラム委員会の仲間を招いていた。亀海もガールフレンドを連れて参加した。そこに行かなかった折茂が、川奈での出来事を覚えている。

「その時に、亀海さんはガールフレンドを先に帰して伊藤さんにプロポーズしたんです。『カメが結婚してくれって言うのよ』と電話がかかってきて、『ずいぶん早いのね』と答えた記憶があります。そこから二人は親しくなっていきました。伊藤さんはメンクイだからカメがカッコいいのは当たり前。目がピーと切れ長で、昔の侍みたいな美男子で。私が伊藤さんの家に遊びに行っていると、そこにカメがパッと現れてデザインの話とかするんです。冴えていて、鋭くて芸術家でした。『俺は小股の切れ上がった女が好きなんだ』と言ってたけれど、彼自身がそんな男だった」

亀海を知る人は、彼を形容する時に高倉健のような、伊集院静のような、北方謙三のようなと、知られた人の名前をあげた。口は乱暴でも優しくて男気があると、誰もが口を揃えた。

　二人が親にも知らせず、四谷のバーで仲間を集めて自分たちの婚約パーティーを開いたのはその冬であった。婚約パーティーというよりツイスト大会のような様相になった。仲間に祝福されながら幸せの最中にいた森は、その席で、折茂に「お酒ばかり飲んでるからカメは早死にしそうなのよ、長生きするかしら」と妻のような顔を見せた。

「その時の二人は親密そうにダンスを踊っていました。お母さんと妹さんがいるカメの実家に一升瓶をもって訪ねていく伊藤さんに付き合ったこともありましたけれど、伊藤さんは、当然、そのまま結婚するつもりだった」

　婚約パーティーはたちまちのうちに森の父、伊藤三男の知るところとなる。三男の怒りは凄まじく、渋谷のレストランに呼びつけた若い二人を前に、興奮のあまり手に持ったナイフとフォークを振り回す騒ぎになった。なんとか婚約は認められたが、まもなく、森は亀海の心が自分から離れているのを感じる。彼女は、付き合い始めた当初から彼との関係に不安を抱いていた。

　──〈二十一歳の日記から　*1961・12・23*〉

　ブリトンのシンプル・シンフォニーだけを一日中聴いていた。（中略）でないと、決してかかるはずのない電話を待ったり、来もしない手紙が届くのを期待するあまり、疲れ果ててしまうから。（『さよならに乾杯』ＰＨＰ研究所刊／八三年）

　ここでは、婚約は一年の後に破棄されたと、森は書いている。フラれた夜も、彼女は折茂に電話をかけてきた。

「カメがフラフラしたんだ、って。『自分の気持ちがわからなくなってしまった。結婚するのはちょっと待ってほしい』とカメが言ったみたいですね。私は、ショックを受けた彼女が自殺でもするんじゃないかと心配で、翌朝、慌てて下北沢の家まで行ったんです。そうしたら普段着の和服を着てゆったりしていたので、ああ、大丈夫だって」

　亀海は名文家であり、二冊の小説と四冊のエッセイ集を残している。エッセイ集のうちの三冊は、森と亀海が八四年から九一年まで足かけ八年、雑誌「ＳＡＶＶＹ」に隣り合わせのページで連載したエッセイ「男と女の糸電話」をまとめたものである。

そこで二人は互いに婚約時代のことを何度か綴っていて、別れの場面はそれぞれ違う。それは記憶の齟齬もあるだろうが、愛着と未練が行き交った二人には別れが何度かあった。

六二年夏の始まり。当時、日大藝術学部でデザインの勉強をしていた写真家の宮崎皓一は、東京藝大のキャンパスで森と向かい合っていた。夏が来るとその道を志す若者たちはみな、登竜門となる日宣美の公募展への応募作品にとりかかった時代である。宮崎も亀海と共作で、「イタリアンバロックとその周辺」と題したレコード・ジャケット十二点を制作することになり、その選曲を亀海の恋人が引き受けた。だが、その打ち合わせに亀海は来なかった。

「雅代さんはカメのために一生懸命やってくれているのに、その肝心のカメがいなくてね。あの不良、何やってるんだ、またどこか行っちゃったのかと思っていました。彼はモテました。でも、カメは雅代さんと結婚しようと考えてましたよ。だけど親の反対があったから」

ちなみに、後年、森が雑誌やテレビに出る時に頼りにしたヘアーメイク・アーティストの松永タカコは、宮崎の伴侶で、当時の仲間だった。

亀海の師匠である鶴本も含め、亀海の周辺では森の父親の反対で二人は別れたというのが定説である。才能があるとはいえ、当時はまだデザイナーは社会的認知度が低く、経済的な安定が約束されていない職業。「大学も出ていない男と娘を一緒にさせられない」と言った三男の言葉に、亀海が傷つかないはずはなかった。

――（略）学生時代の終りにかけがえのない片われ、神がその昔半分に裂いて別々にしてしまった私の半身との運命的な出逢いがあった。愛しあい、そしてたいていの運命的大恋愛がそうであるように、私たちの愛にもやがてヒビが入りはじめ、みるみる拡がり、それはもう繕うことができなくなると、一気に壊れた。（『別れの予感』ＰＨＰ研究所刊／八一年）

その八月、亀海と宮崎の作品は日宣美の特選に輝いた。知らせを受けたあと、森と亀海は婚約パーティーの夜にはめた指輪を川奈の海に捨てた。

ヴァイオリニストへの道はとっくに諦めており、親の束縛から逃げたかった二十一歳の娘は、「私が童話を書いて、彼が絵をつけるとか一緒にクリエイトしたい」と未来を夢みていたから、破局はひどく堪《こた》えた。その時の心境を、亀海が彼女に代わって追悼文に書いている。

――彼女はその愛に自分のすべてを賭けざるを得なかった。彼女自身、何を生業とすべきなのか、どう生きるべきなのか、まるで霧の中にいるように不安な青春の時期でもあった。彼との結婚だけを彼女は考えていた。彼と別れることは、幼いころからさまざまに体験してきたおぞましい愛の飢餓のページをまた1ページ増やすことだった。彼とはどんなことがあっても一緒になろう、と必死に彼女は思った。(「婦人公論」中央公論社／九三年九月号)

そして森が書く。

――あの日々の苦しみの中から私が得たものは、愛にはもちろん、人にも、友情にも、芸事にも、そして人生一般の諸々の事々にも、深く執着しすぎまい、ということであった。(『情事』集英社刊／七八年)

亀海に「俺たち、終わりにしよう」と告げられてからの森は、半ば自棄《やけ》のように次々と別の恋を始めた。その中に、C・W・ニコルの知人がいる。後に森と家族ぐるみの付き合いをすることになるニコルは六二年秋に初来日し、目黒の一軒家の離れでドイツ人の教師と作家志望のアメリカ人、カーヴィーと三人で共同生活をおくっていた。森はカーヴィーのガールフレンドで、週末になるとやってきて、客間に集まって文学論や創作について語り合う三人の傍らで静かに微笑み、リクエストされるとヴァイオリンを弾いた。ニコルが語る。

「ヴァイオリンはすごく素敵でしたね。その頃の雅代は、とてもシャイで大人しく、僕らが議論するのを黙って聞いていた。カーヴィーが彼女をあまりにも粗末に扱っていたので、『大事にしなきゃ、逃げられるよ』と忠告した覚えがあります。森瑤子になった彼女と再会した時、自信があってマチュアなレディになっていて驚きました」

この恋はカーヴィーが帰国するという形で終わりを迎えるのだが、六三年の五月から北極に出かけたニコルはそのことは知らない。その頃、折茂は親友が「男ってみな同じよ」と言うのを聞いた。森は、カーヴィーとのことも、「情事」のレインのモデルとなった男のことも亀海とのエッセイに書いている。

折茂が、国鉄マンと明治記念館で結婚式を挙げたのは、藝大を卒業した年の六三年八月七日のことであった。披露宴に出席した森と亀海の写真がある。髪をアップにして溌剌《はつらつ》とした森の横で、頰が削《そ》げた亀海の美男ぶりが際立つ一枚。既に別れたはずの二人が並んで笑っていた。

「『カメも連れていっていい?』と伊藤さんが言うから、『いいわよ』って言いました。別れたといってもまだ続いてましたよね」

卒業後の森がしばらく定職に就かなかったのは、「結婚するならお前とするから」と言った亀海を待っていたのだろう。だが、同じ八月、亀海は亀倉雄策たちの「オリンピックポスター」が会員賞となった日宣美で奨励賞を受賞し、仕事がますます面白くなって結婚から気持ちは離れていく。ケネディ大統領が暗殺された六三年十一月二十二日が、二人が会った最後の日となった。やがて森は、何度もこの別離の時を書くことになる。

翌六四年の夏、森はアイヴァン・ブラッキンに巡り逢い、秋には結婚を決めた。婚約を聞きつけた亀海は、電話で森を呼び出したという。「俺たち、もう一度やりなおそう」と言った彼に対して、彼女の返事は「Too late.」であった。

六五年初頭、夫の赴任先であるパリにいた折茂のもとに、森から手紙が届く。そこには母の喜美枝が不機嫌な顔でいる前で森とアイヴァンが食事をしている写真が同封されて、「アイヴァンと結婚します。母は定職のない男はダメだと怒っています」と書かれてあった。

七五年の夏、森と亀海は再び出会う。

その頃、三人の娘の母となった森は六本木に暮らしていた。アイヴァンが輸入販売を手がけるダーツの販売促進のために「日本ダーツ連盟」を設立し、会報を作り、ダーツチームを作った彼女が、その過程で亀海に助言なり協力を求めて彼を訪ねたものと思われる。森の編集による会報「ダーツニュース」の二号が七六年十月に発行されており、ここで秋の日本ダーツリーグ　オープンに参加した亀海が「G・G」チームのキャプテンとして短い文を寄せていた。そこに「連戦連敗の我がGG」とあるので、彼のチームは弱かったのだろう。四グループに分かれたリーグ戦で、森はこの時、亀海のチームと同じグループで戦う「夜間飛行」のキャプテンであった。亀海は、六本木にエディトリアルデザインの事務所を構えて、売れっ子デザイナーとなっていた。

再会した二人の間で恋が再燃した。しかし、互いに家庭があり、一途な女に比べて男の態度は揺れ動く。森は折茂に「カメには時々会うのね。でも、未来が見えないのが悲しいのよね。カメが悲しそうな顔をするの」と、漏らした。

森の次女、マリア・ブラッキンが書いた『小さな貝殻』には、夫との関係が破綻していく中で亀海との恋に耽溺する森の日記が、娘の目で綴かれている。その日記の一節である。

今、夏が終わろうとしている。
ひっそり終わっただけのこと。
ひっそり始まって、
——秘密の恋愛が、

(『小さな貝殻』新潮社刊/九五年)

いかに苦しくとも、いや苦しかったからこそ、亀海との再会は森に人生最高の転機をもたらした。

ある時、オフィスを訪ねた森が亀海に、「自分は世間に認められていない、忘れられた存在だ、それが耐えられない、そのせいかこの三年ほど胃はおかしくなって手に持っているものを落とすこともある」と訴えた。聞き終えた亀海は、「そんなの当たり前だろう。自分を表現するようなことは何もしていないんだから、認められるわけはないよ。世間に認めさせたかったら、まず自分で表現してみろ」と突き放した。

その一年後の夏、森は、軽井沢ではじめての小説を書き始めたのである。書き上がって「情事」と題をつけた原稿のコピーを最後の手紙のつもりで亀海に送ると、「世に問う価値はあると思う。今ならすばる文学賞に間に合うはずだ」と教えられた。

七八年十一月、伊藤雅代は森瑤子という作家になった。

人気作家となってからの森には、常に恋の噂があった。夫の定めた門限を守りながら夫以外の男と社交の場に現れ、またそのことを隠さずに書いた。作品の協力者だった十五歳年下のアメリカ人脚本家との関係が、写真週刊誌の標的になったこともある。けれどそうしたことは作家にとって必要な作業であり、森瑤子としては勲章のようなものだったに違いない。恋がいくつも生まれる中で、「お前のために、必要とあれば片腕一本差し出すよ」と言ってくれる亀海との親友とも同志とも呼び合う関係は続き、毎年、森のもとにはＭｏｒｉ Ｙｏｋｏとネームの入った元婚約者がデザインした原稿用紙がどっさりと届いた。

——私は、長い小説を書く直前に、自分の中にある余分なものを吐きだす必要があって、その都度、この旧友に手紙を書き、その中で当たり散らし、わめき散らすわけだ。

すると彼は、適当に距離を置いた感じの、冷静を非常に巧みに装うあまり、かえってその巧みさの中に心の動揺を露呈してしまうような、温かいようで突き放すような、清々しくも一種破綻した文章で、返事をくれるのだ。(『もう一度、オクラホマミクサを踊ろう』主婦の友社刊／八六年)

——彼女は、自分が産みだす作品が本になるとき、おおむね僕に装幀デザインを命じた。僕は別段それを不思議とも思わずに引きうけていたのだけれど、ある夜、酒を飲みながら、ふとそのことを彼女に尋ねてみたのだ。

「リベンジ（復讐）よ」と彼女が言った。「三十年前のリベンジよ」それから彼女はちょっと清々しく笑った。（亀海昌次／「すばる」集英社／九三年九月号）

九〇年十一月、青山のピアノバー「レヴアリー」で開いた五十歳の誕生パーティーに、森は親しい男友だちを招いた。人気俳優の近藤正臣や岡田真澄に、C・W・ニコルや木村晋介、「森瑤子の〝最後の男〟」を自称した建築家に作曲家、実業家ら、大勢の男たちが顔を揃えた。佐代子も川村と一緒に出席していたが、森は夫妻に向かって「この中に私の好きな人がいるのよ。当ててみて」と言う。佐代子がひっそりと飲んでいる男を指さすと、森はうなずいた。

この席にアイヴァンはいなかった。彼は「森瑤子の夫」として扱われる場所には行きたがらなくなっていた。川村は、アイヴァンがこう言うのを聞いている。

「雅代とカメさんが目と目が合う瞬間がある。その時の雅代の目が普通じゃなくて、それを見るのが辛くて、僕は彼女の集まりに行かなくなったんだ」

亀海と共にこの誕生パーティーに出席していたのが、北方謙三である。森と北方はある時期から「謙ちゃん」「お姉様」と呼び合い、飲みながら軽口をたたきあう仲であった。

「あの時、急にヴァイオリンを弾き始めた森さんを見て、おお、お姉様、ヴァイオリン弾けたのかって。そんな親しさですよ。俺は亀海さんの人身御供だったんだ」

そう言って笑った北方は、森が受賞した時のすばる文学賞の下読みをしていた。

「あの時、二百作くらい読んだかな。一編読むと八百円で、当時、文芸誌の新人の原稿料も八百円。俺の読んだ中には森さんの作品はなく、見つけたのは同時受賞の吉川良さんの作品だった。ただ、受賞パーティーに行った時の森さんの挨拶に驚いたんですよ。しゃなりしゃなり出てきて、『こんばんは、森瑤子です』と始まった。普通、新人だったら緊張して、『森瑤子でございます』とか言うのに、『こんばんは』だって。衒《てら》いと自意識とはにかみと自己顕示、それらがすべて入り混じった挨拶で、反発を感じるほど堂々としていた」

八一年、『弔鐘はるかなり』でデビューした北方はたちまち人気作家へと駆け上り、集英社のパーティーで森と顔を合わせるようになる。親しくなったのは亀海が北方の著作の装丁家として登場して以降、日本中がバブル景気に浮かれていた。

「亀海さんとは、飯食ってるうちに親しくなったんです。装丁家としても俺は好きで、相性が合ったから続きました。俺に似てるって？　似てないよ。いや、ちょっとぶっきらぼうなのに案外気を遣うところは確かに似てるね。卑劣なことはしない、いい男でした。カッコいいヤツだった。だけど森さんを傷つけることを怖がっていたね。だって、亀海さんに呼び出されると五回に四回は森さんがいた。で、彼は途中でお金だけ払って、俺らを二人にして帰ってしまったりするんだよ。正直な話、その時に思ったのは、亀海さんは森さんが面倒くさかったんだろうなということ。面倒くさいというか、二人きりになりたくないというのがあって、俺を森さんとの緩衝材にしようとしてるんじゃないかってことです」

たとえ緩衝材であっても、多忙な北方が二人から呼び出されると出て行くのは、森との会話が楽しかったからだ。パーティーの帰りに森と二人で飲んだこともあり、話は、車の話から仕事の話、人生の話まで。マセラティが愛車の北方に、森はよく車のことを質問した。「マニュアルミッションに乗れないやつが車のことでガタガタ言うな」と北方が憎まれ口をきいても、森は笑うだけ。二人とも多作の時期で、月に一冊出している作家が七歳年下の作家を「謙ちゃん、この間、一カ月に二冊出したでしょ。若いからって書きすぎよ。気をつけなさい」と説教し、弟分のように扱った。

「俺はまた亀海さんに置いていかれるのではと恐怖があるんだけれど、しゃべっているると実に魅力的なんです。何か俺を包み込むような包容力があるというか、ちょっと俯いた女子大生の羞恥心があるというか。森さんはレディファーストを自然に受け入れられる日本で三本の指に入る人なんだ。椅子を引いたらさっと座って『ありがとう』と、それがなんとも言えず日本的じゃなかった。亀海さんだって、『おい』なんて乱暴に言いながら、森さんが席に着く時は椅子を引いていたよ。あんなお姉様って後にも先にもいません。俺、自分の悪口を言われても平気だけれど、森瑤子の悪口を言われたら、一応弟分として張り飛ばして蹴り飛ばすぐらいのことはしなきゃいけないと思ってる」

北方は、森と亀海が婚約していたことは文壇の噂で知っていた。「カメは特別な男だから恋愛感情なんてもうどうでもいいの」と森が言うのも聞いている。亀海は「俺はむごい目に遭っている」とこぼした。賭けという名目で森が亀海にパシャの時計を贈り、亀海はミンクの毛皮を贈って、といった森が望んだ付き合いに関してだろう。

「そういう面では亀海さんは無理をしてたんじゃないかな。行く店も安い店じゃなかったし。二人の会話とか何気ない仕種を見ていると、男女の関係はもうないなという感じはありました。でも、こんなこと言っていいのか、僕には亀海さんと奥さんより亀海さんと森さんのほうが近い関係に見えたよね」

北方に強烈な印象を残した一夜がある。九〇年か九一年か、クリスマスイブの出来事。森と亀海から誘いを受けた北方が「せっかくのイブなのに」と内心迷惑に思いながら、指定された六本木の寿司屋「兼定」に出向くと、全身黒でキメ、帽子を被り、いつも以上にお洒落した森が亀海と待っていた。が、そう長くは過ごさないうちに亀海は「今夜は早く六本木を出ないと、車つかまらなくなるよ」と席を立ち、タクシーを止めて二人を車内に押し込んだのである。

「ええーっ、二人にされちゃってどこへ行きゃいいの、ヤバいよと思いました。ちょっと外れのバーに連れて行き、『森さん、イブだから飲みましょう』と言ったら森さんはあんまりしゃべらなくて、ずっと俺を見てたりするの。一時間ほどして『俺は銀座に課外活動に行きまーす』と言うと、『そうね』とあっさり席を立った。亀海さんは六本木の夜に二人が関係したと思っていたようだ。彼は俺に『あいつはお前の顔がクラーク・ゲーブルにしか見えないんだから』と言ったこともある。でも、俺にはそんな気はなかったし、森さんも一切そんなそぶりは見せなかった。俺が鈍かったのかもしれないが、バリアはすごかった。もしかして俺が多少亀海に似てるからヤッてしまおうかなんて思っていたとしても、気配は微塵も見せなかったよ。そのへんは少女みたいな人だった。シャイで、自意識が出てきてお姉様をやってしまうような、ね。だから、あの人は大きな色恋沙汰は起こしていないでしょ。起こさないだけの節度があったんだ。作家にとって、それがいいことか悪いことかは全然わかんないけれど」

森と亀海が七年続けた「男と女の糸電話」の連載は九一年三月で終了した。亀海は同じ雑誌で別の女性作家と連載をスタートさせ、森は「ゲイナー」に建築家の堀池秀人と「男と女のリレーションシップ」と題したエッセイを始めた。

六本木の夜からどれくらい時間がたったのか。ある夜、北方は、亀海が絞り出すような声で「あいつ、胃が痛いのに病院行かないんだ。ガンと言われるのが怖くて行けないんだ」と怒るのを聞いた。

九三年二月の中旬。佐代子は川村とともに京都へ講演に行く作家に同行した。彼女はこの時の森の言葉を二十五年たった今も忘れられないでいる。新幹線の中で隣の席に座った森に、「純愛小説を書いてください。亀海さんのことを書けばいい」と話しかけると、森は、「私、生きている人のことは書けないのよ」と少し笑い、「人間って死ぬ時にしか本当に好きな人のことはわからない。いろんな人を好きになったような気がするけれど、たった一人なのよね」と呟いたのである。

「人間ってそんなに一人の人を好きになれるのかって、衝撃でした。元のような恋人には戻れないとわかっていて、森さんは亀海さんと仕事をすることが生き甲斐で、亀海さんに読んでほしくて、装丁をやってほしくって小説を書いたんです」

その夜、祇園の「おいと」で食事をした。森は料理の半分も口にできず、「胃の痛みで三日も眠れないことがある」と打ち明けた。

三月末に手術を受けた森がホスピスに転院したのは、五月の連休明けだった。その間、川村と佐代子はしばしば森と連絡をとりあっていた。バブル崩壊のあと、作家が「世の中がぺしゃんこになっているから、他人の役に立つことをしたいわ」と発案し、八月に赤坂プリンスホテルで開催することになったチャリティー「夢の食卓展」の準備を任されたためである。パンフレットのデザインは亀海に、と彼女は指名した。ある時、佐代子が病室に電話をすると、森は「こうなってみると、いつも気がねなくそばにいてもらえるのは夫だけだったわ。素顔でいられるしね」と本音を漏らした。

六月七日。川村のもとに、亀海から電話が入った。「森さんのご主人から『妻が会いたがっているので、来てもらいたい』と電話があったので、一緒に行ってくれないか」。亀海も森も会いたくとも、アイヴァンの許しを得ないで会うことはできずにいた。朝日新聞社の社旗が立ったハイヤーに亀海を乗せて多摩市の病院まで駆けつけると、玄関で森の秘書の本田緑が待っていた。森が出迎えるように言い、口紅をさして待っているという。自分が見舞いに行った時はそんなことはなかったのに、と川村が振り返る。

「病室に入ったら、森さんに『二郎さん、悪いけれど外に出てて』って言われました」

その帰り、川村を食事に誘った亀海は苦しい胸の内を明かした。森との約束で亀海が手術代を払った、その手術代がやたらと安かったのは手遅れだったたから。五月に電話をかけてきた森は、「人間には死を前にしてできるだけ多くの人と会おうとする人と、自分のように極力会わないようにするタイプがある」と話し終わった後、ワッと泣き出した。「俺、本当に参ったよ」と肩を落とした亀海は、川村には三カ月前に取材で会った時より一回り小さくなっているように見えた。

かつての婚約者に遺影に使う写真のトリミングを指示してから一月後の七月六日、森瑤子は家族に見守られて静かに息を引き取った。その夜、川村が下北沢の自宅で営まれた通夜から戻ると、電話が鳴った。「俺もお通夜に行きたい。死に顔を見に行きたい」。亀海の酔った声を聞き、川村は再び下北沢へ向かう。

「亀海さんが森さんに頬ずりするのを、僕は少し醒めた眼で見てました」

その二日後、告別式が四谷の聖イグナチオ教会でとり行われた。この時、亀海が助けを求めたのは北方であった。

「最後のお別れの時、亀海さんが『行くぞ』と言って、俺の腕をギュッと摑んで腕を組み、ご遺体のところに連れて行ったんだよ。亀海さんに頭を押さえられて一緒にお棺の中を覗き込んだら、彼はブルブル震えているんだ。そっと見たら泣いていた。だから好きだったんでしょう。亀海さんの森さんへの愛情は相当深いものがあった。だけど、彼には彼女と二十四時間一緒にいる度胸はなかった、そういうことだと思います。森さんのほうはわからないけど」

亀海が森のことを書いた文章は、どれも愛情と理解と郷愁と少しの後悔と懺悔が混在して痛切である。そこには彼にしか書けない森瑤子がいる。

――彼女が眼を瞠るようにして僕を見ていて、そこで僕は動けなくなり、暫くそのまま立っていた。

僕の中での彼女の眼は、三十年前のわれわれの別離のときのそれと重なっていた。もう会うことはないだろうと二人が心に決め、プラットホームに立つ僕を、動きはじめた電車の中から彼女が見つめていた眼の色だった。

「じゃな」と僕がベッドの彼女に言った。

「うん」と彼女が言った。

「ありがとう」

それから彼女は子供のような仕種で、小さく、激しく、手を振った。(「婦人公論」中央公論社/九三年九月号)

森が亡くなった年の秋、佐代子のもとに森をよく知るパリの友人から電話が入った。

「亀海さんが女とパリにいるの。相手は作家よ」「えっ、仕事でしょ」「違うわよ、手つないでるもの」。佐代子はゆっくり笑いながら思い返した。

「びっくりして、悔しいやら腹が立つやら。私は森さんって、三島由紀夫の『鏡子の家』の鏡子だなと思っていました。だけど、その時、あんなに性格がよくて全部が揃っているのに、あんなに不幸な人はいないと思いました。でも、男ってそんなものですね」

そう、きっと森ならば、「男ってそんなものよ」と笑ったに違いない。

亀海が装丁した森の著作は、文庫本を含めて百冊を超える。森が逝って十三年後の二〇〇七年一月、青春の時を共に生きた亀海昌次もこの世を去った。

母と娘 Ⅲ

三女の場合

フィレンツェから車で二十分ほど走ると、オリーブ畑と葡萄畑が広がり、野生の林檎の木が並んで、真っ青な空を背に絵はがきのような風景が広がっていく。森瑤子の三女、ナオミ・ジェーン・ブラッキンがこの田舎町、ポンタシェーべで暮らして二十二年になる。トスカーナに多いアグリツーリズモと呼ばれる農家を改造したホテルの一軒に、ナオミはやってきた。五年前まで彼女の職場だった場所である。

「朝から、すっごく緊張しちゃって」

約束の時間にサングラスを外しながら車から降りてきたナオミは耳には大きなイヤリング、見覚えのあるベージュの麻のサマードレスを着て、白いナイキをはいていた。十八歳と十四歳の娘を持つシングルマザーで、母が「ナオちゃん」と呼んでいた頃の幼さはすっかり消えて、チャーミングな大人の女性である。

「このお洋服、着やすくて大好きで、ママのなんですよ。ママがよく着てた。ママっていつもダイエット、ダイエットと言っていたから太っていたと思ってたんだけれど、私たちがママの服を着ようとしても、どれもきつくって。私、忙しいから痩せちゃって、この服は着られたんですよ」

ナオミは今、ボーイフレンドとこの地からさらに車で一時間のところでレストランを開いている。客席数一五〇の店で、大勢の従業員を束ね、客の反応を逐一把握してフロアを采配するのが彼女の仕事だ。

「私、自慢するわけじゃないけれど、やってみたらどんな仕事でも、何でもできたんですね。電気や水道の修理も全然問題ないし、自分でもちょっと驚いたんですよ」

ナオミはベトナム和平協定が結ばれてから五カ月後、一九七三年六月に三浦半島突端にある諸磯の「風の家」で暮らすブラッキン一家の三人目の子どもとして誕生した。六つ上には長女ヘザー、二つ上には次女のマリア。この時、両親は共に三十二歳で、父のアイヴァン・ブラッキンは広告業を営み、母のミセス・ブラッキン、伊藤雅代は子育てと主婦業の時間を過ごしていた。

「ダディは男の子が欲しくて、マークって名前までついていたんですよね。ダディが少年の頃、サッカーの相手チームのキャプテンがよく『ブラッキンをマークしろ』と言ってたみたい。なのでマーク。二人目の子が男の子だったみたいだけれど、亡くなっちゃったんです。嵐の夜に妊娠六カ月のママのお腹が痛くなって、道がぬかるんで車は走れないから、ダディがママを抱っこしてゆっくり崖を下りて病院にたどり着いた時にはもうダメだったんだって。その子が生まれていたら私は生まれてないの。その代わり、私は男の子のように育ったんです。髪の毛もお猿さんのように短かったし、ヘザーやマリアが嫌がるからダディがヨットに連れていくのも私だった」

クリスマスプレゼントが詰まったピローケースを姉妹で奪い合いながら、にこにこと笑う父と母のベッドの上でそれを広げたこと。友だちはリカちゃん人形だったのに、自分が持っていたのはお下がりのおっぱいが尖ったバービー人形だったこと。幸せな思い出を語るナオミは父の古いアルバムを持参していて、そこには一家の団欒を写した写真が並んでいた。友だちが足繁くやってくる「風の家」や軽井沢でのパーティーやクリスマスやピクニックの様子。その一枚一枚を指しながら、彼女は話す。

「私、泣き虫だったの。これ、『ママ、ママ』って泣いて、『うるさいッ』ってママに叱られてる私。こっちはダディの若い頃の写真。この一年後、日本に行ってママに出会って結婚するの。後から美人になったけど、そんなに美人じゃなかったママの可愛さに恋をして、日本で暮らすことにした。まさかママが有名な作家になるとは思っていなかったからね」

ナオミは、母が小説を書き始めた夏を覚えている。その頃、森には軽井沢や三浦半島で出会った女友だちが何人かいた。みな、留学や海外生活を経験していて、七〇年代の一般的な日本人の妻像からは大きく逸脱し、自由で奔放だった。

「ママの友だちって、みな、パワフルでカッコよくって、お尻半分出してショートパンツで歩き回っていた。そう、『セックス・アンド・ザ・シティ』みたいな感じ。ある夏、ママが忙しくなって、お友だちがママの代わりに私たちをプールに連れて行ってくれるようになり、ご飯を食べさせてくれた。それから少しして、ちょっと人生が変わったというのはわかりましたね。『水道のお水飲みなさい』と言われていたのが天然果汁のジュースを飲めるようになり、車も段々いい車になっていって。ママは平日はずっと書いて、夜のご飯の時だけ一緒。でも、まだ小さかったからお金のことか、本当に何が変わったのかはわからなかった」

母が「情事」を書いて森瑤子になった七八年、ナオミは五歳、六本木に暮らして、赤と白のギンガムチェックのスモックを着て聖心インターナショナルの幼稚園に通っていた。通園の付き添いは、しっかり者の長女、ヘザーの役目だった。

「たまにママが迎えに来てくれた時はイベントみたいになっちゃうんですね、嬉しくて。頭にスカーフまいて、派手なスカートはいて、ママ、カッコよかった」

ブラッキン家は間もなく下北沢に引っ越した。子どものしつけは夫任せだったものの、その頃の森にはまだ家族のために美味しい食事を作り、週末を家族で過ごす時間があった。

「ダディは家族は絶対いつも一緒というのが欲しかった人なの。自分が育った家族がそうじゃなかったから。だから、夜の六時になると揃ってご飯食べてました。大声で笑っちゃいけないとか、ダディが席を立つまで誰も立ち上がっちゃいけないとか、ナイフとフォークの使い方とか、テーブルマナーにすごく厳しかったので、ダディが帰ってこない日は嬉しかった。そんな日は、ママも一緒にテレビの前でご飯と納豆とか卵かけご飯を食べてました。でも、今になると厳しかったダディに感謝していますね。ママも、ダディからワインの飲み方とかいろいろ学んだと思う。ただダディって、ビーチにいる時はママが忙しければカップヌードルで幸せだという、すごくシンプルな人なんですよ」

――（略）それでも毎週末の金曜日の夕方になると、食料品と三人の娘たちと、コリー犬をバンに乗せて、三崎の家を目差したものである。ナオミは懐かしそうに遠い眼をして言う。（中略）

「そうするとね、家中にママが作る夕食の匂いがしていて、ダディーが暖炉で燃やしている火がパチパチいってるの。あたし、いつか結婚したら、そういう家庭を作りたい。どこか田舎の牧場で、あたしは子供を育てたり、お料理を作るの。彼が帰って来る時には、暖炉に火を燃やし、家中を美味しい匂いで一杯にしとくの」（『マイ・ファミリー』中央公論社刊／九三年）

「自分が親になってはじめて思ったのは、毎週末、下北沢から三崎に通うなんて大変だったはずで、ダディもママもよく面倒くさがらなかったなということ。スキーにも行ったし、学校のお友だちと比べても、断然私たち家族のほうが家族でやることを一緒にやっていたし、いい家族だったと思う。なのになぜか、ひどい家族だったように言われて……。ある時、電車の中で森瑤子の夫がって、ダディのことを悪く書いた雑誌の広告を見たことがあります。フェイクニュースがいっぱい出てました」

本好きのナオミの部屋には、母が書いた本も父が書いた本も姉のマリアが書いた本も並んでいるが、読まないままの本は何冊もある。

森が『夜ごとの揺り籠、舟、あるいは戦場』や『叫ぶ私』などに繰り返し書いた、八歳から九歳の頃の自身の神経症状について、無論、ナオミはよく覚えていた。夜尿症から始まり、悪夢、幻視、夢遊病の症状が出た。それを母が何かに書いていることも知っていたが、大きく扱われているとは知らないでいた。

――最近、一番下の娘が、物が小さく遠のいて見えるとおびえるので、眼科、小児科関係で一とおり検査し、特に身体的な異状はないということで、小児心理の方へ回された。要するに家庭内に於ける人間関係になんらかの問題があって、彼女の神経がひどく緊張している、とそういうことであった。(『女ざかりの痛み』主婦の友社刊／

八三年）

——夢そのものは、とにかく彼女が受けとめかねるほど恐怖に満ちたもので、激しい叫び声と共にがばとベッドから起き上がり、母である私を呼ぶ。駆けつけて、胸に抱きとろうとするのだが、私を私と見分けることができず、マミ、マミと更に叫びたてる。（中略）それればかりか、まるでこの私自身が彼女をそれほどまでにおびやかす恐ろしい怪物そのものででもあるかのように、激しく拒絶する。（『女ざかりの痛み』）

「お医者さんは、ママがいつも忙しく子どもの相手をしないことが原因だと言いましたね。ママはものすごく心配して。ダディももちろん心配したけど、お母さんの心配の仕方とは違うから。日赤でカウンセリングを受けた最初の日、『絵を描いてください』と言われて、その時、私、何を描いていいのかわからなくてすごく困ったんですよ。何か描いてほしいと思われているのか、自分が描きたいことを描いたほうがいいのか悩んで、大きな紙の角にちっちゃな木を一本描いたの。それを見て、ママが泣いたの」

森は「私のせいだから、これからはいろんなことをもっと一緒にしましょう」と言って、それからはテニスをしたり、デリカテッセンに行ったり、努めてナオミと過ごす時間を作った。けれど、その頃のナオミは忙しい母にそれほどの淋しさも不満も感じたことはない。母の妹の真澄が同居していたし、父も六時になると家に戻っていたからだ。

「もちろん、あんな絵を描いたんだから何か足りなかったし、ママがいないという気持ちもあったんでしょうね。ただヘザーやマリアと違って、私が物心ついた時にはママはもう森瑤子になっていて、ママがいないのはルーチンで、しょうがないって感じだった。私、小さな頃から一人遊びが好きでね。軽井沢でみんながテニスをしている時も、一人で自転車に乗って遠いところに行くのが好きだった。下北沢でも、迷子ゲームといって迷子になろうとしたり、三崎でも、海の中に人魚のお友だちがいるふりして一人で遊んでた。そういう私を知っているから、ママは亡くなる前、『Anne of Green Gables』を読むように、ナオちゃんに似てるから、って手紙をくれたんですよ。確かにアンは森の中で花と話したりして、私とそっくりだった」

森の友人は、小さなナオミが一人で物語を作ってごちゃごちゃと話していたことを覚えている。書くことが叶わなかった森の次回作は、「赤毛のアンのその後」だった。自身も想像する少女であった作家は、病床で資料を繙きながら末娘を思ったに違いない。それはともかく、この時の森は、娘のカウンセラーとの対話で三女が生まれてからの二年ほどの間、夫が始めたダーツの仕事を巡って彼との関係が険悪になっていたことを思い出す。

――私たちはついにその仕事を放棄するか別れるしかないというところまで追いつめられ、共同でしていた仕事を捨てたのであるが、考えてみれば、一日中ベビーベッドの中で眠っているように見えた赤んぼうのそばで、赤んぼうだからわかるまい、と私たちは声を荒立てて言い争ってきたのだった。(『女ざかりの痛み』)

「今となると、自分の子どもと比べちゃうんですけど、私が旦那さんと別れた時、下の娘は二歳。彼女は覚えていないけれど、両親が揃った家庭に育った子どもより問題が多いんですね。両親がいつも喧嘩していたからじゃないですか。ダディとママの喧嘩も口喧嘩だったんですが、ダディって、怒ると怖いんですよ。私も小さな頃にダデイが怒るの聞いて怖かったから、いまだに男の人が怒ると怖い。ママも同じだったと思う。ママは口ごたえはしても逆らわない人で、お友だちが軽井沢中に聞こえるくらい怒鳴って夫婦喧嘩するのを聞いて、いいなぁ、と言っていた。パリに旅行した時、窓の向こうで怒鳴っている女の人を見て、『怒る時に怒れるっていいなぁ』と言っていたこともありました」

治療と母の努力の結果、ナオミの症状はしばらくして治まり、しっかり根を張った大木を画用紙の真ん中に描くようになった。だが、三十年後、その悪夢が七歳だった彼女の次女に再現された。

「三カ月間、ほとんど毎晩、ガイヤが怖い夢を見て叫ぶんです。『ママが怖い』って飛び起きるんですね。全部が遠く、小さく見えて、私が近づくと潰されちゃう感じになり『ママ、嫌だ、嫌だ』って。『ママ、ここにいるでしょ』って言っても『いや、ママが欲しい、ママが欲しい』と言う。ああ、私と同じだと思いました。ずっと私の悪夢はママが原因だったと思っていたけれど、DNAもあるのかもしれない」

十代の頃を思い出すと、母に怒りを覚えることがある。その日の電車代とお昼代をもらうために、毎朝早朝、眠っている母を起こさなければならなかったからだ。「電車代ちょうだい」と頼むと、母は「朝からうるさい！」と邪険に五百円玉を手渡すのだ。五百円から電車とバス代を引いた残りの八十円が、ナオミの昼食代だった。

「小学生までは運賃が半額だったからそれでよかったけれど、十七歳までずっと五百円だったの。八十円じゃ何にも買えないから、帰りはウォークマン聴きながら広尾から渋谷や下北沢まで歩いたりしたの。そうするとお昼が天丼とか食べられるから。でも、私が定期をなくすからそうなるんですね。お弁当作ってもらってもお弁当箱なくすから、『お弁当抜き！』ってなっちゃうんですよね。といってもママのお弁当は、白いご飯にお醬油がかかって海苔一枚のってるだけ。食べる気しないんですよ」

――うちの娘たちが今までに失くした傘の数のことを考えるたびに、私は新らたな怒りにかられてしまう。（中略）

もうひとつある。定期である。もう必らずといっていいほど、落してくる。三カ月の定期が出て来ないと、一人につき何万円もの損失である。（中略）

で、うちの子は定期なし。毎朝、きっちり電車賃を渡す。十円でも落せば、その分歩かなければならない。それで電車賃だけは三人ともしっかりと握りしめて落しもし

ないし失くすこともない。(『ファミリー・レポート』新潮社刊／八八年)

「ママはあの頃、一番、アドバイスが必要だったセックスに対しても配慮がなかったです。生理が来た時も、ママからは何にも教えてもらっていない。ボーイフレンドができた時も、セックスのことは互いに話さなかったですね。自分の問題で、自分だけの世界のことだった。私は、娘にセックスの話をするんですよ。それは必要なことだと思う」

森はエッセイには、娘たちの初潮の話も、末娘にもそろそろそれがやってくるとも書いている。ナオミが思春期だった時期、日本はバブル景気で、作家はブームの最中にあって年に十冊もの本を書いていた。多忙さゆえに、娘と話す余裕を失っていたのだろうか。

八〇年代が終わりに近づくと、森はカナダに続いて与論に別荘を建て、家の新築にとりかかる。ナオミが母から待望の馬をプレゼントされたのも、この時期、十六歳の時だった。一頭を二人のオーナーが所有する形だったが、高校生のナオミは週末のほとんどを馬がいる山中湖の牧場で過ごした。その頃になると二人の姉は家を出ていたし、週末、母は不在がちで、父もヨットに乗りに出かけていなかった。平日も、学校から戻って「ママ！　ただいま」とドアを開けると、「ハーイ」と迎えてくれるのは秘書の本田緑。「ママは？」と聞くと、家族からドーリーと呼ばれていた本田が「ママは上にいるわよ。邪魔しないでね」とか、「ママは出かけている」と答えるのが常であった。

「家族もドーリーを通してしかママとコミュニケーションできなくなり、お小遣いが欲しい時も、ママではなくてドーリーにお願いしないとダメだったのは、やっぱり嫌だった。家に帰っても誰もいない時が多かったのね。ヘザーがその歳の頃は『十時半には帰ってきなさい』とかすごく厳しかったのに、私の時は十一時に帰っても夜中の一時に帰っても叱られることはなかった。まあ、電車がないからそんな時間まで外にいることはなかったけれど」

それでも、ナオミには母への恨みはない。

「だってすごく頑張ったし。カナダの家を買ったり、人生的にはゴージャスなことをいっぱいやってきたから。私も、欲しいものは言えば買ってもらえたし、いろんなところに一緒に旅してたくさんのことを学べたから、文句は言えない」

豊かさと倦怠の中で葛藤する日本の主婦の憧れを背負った作家の忙しさは、尋常ではなくなっていく。ナオミは、新しく建った下北沢の家を「魂がなくてあの家は死んでいた」と表現したが、この頃、彼女が目にしたのは、自分で服を選ぶ楽しみさえ失くした母の姿であった。「ドーリー、何を着ればいいのかしら」と、母は何事においても本田を頼るようになっていた。

「ママはもう自分で決めるのが疲れちゃったというか、面倒くさかったんだと思う。仕事のスケジュールからご飯の仕度、私たちのこと、洋服のことも決めてくれる人がいたから」

両親の間に入った亀裂は、気づきながら見ないようにしていた。子どもを残して二人で旅行していた父と母が別々の行動をとるようになり、「家族一緒で」にこだわった父が手伝いの人の作った夕飯を一人で食べている。夫婦喧嘩が繰り返されると母はホテルへ、新しく借りた梅ヶ丘のマンションへと逃げ出した。

「でも、ママは必ず帰ってくるんですよね。そうしたらダディがいなくて、またママが怒る。私が大学へ行っちゃったら二人はどうなるのかと心配したこともあるけれど、夫婦喧嘩はどんな夫婦だってするでしょ。私は、二人は絶対離婚できないと思ってた。

違うベッドで寝ていたけれど、二人はお互いなしでは生きていけなかったから」

「愛してるよ」が日常用語のイギリス人の父と、「愛してるよ」と言えない日本人の母の感情的な溝は広がる一方。だが、ナオミの耳には、「ダディはシニカルでうるさくて腹が立つけど、カッコいいのよね～」とうっとりした母の声が焼きついている。

「母が好きだったのは、三崎の家でショートパンツはいて大工仕事をしているダディの姿。筋肉もりもりで、背が高く、脚が長くて。人はダディがママのお金でいい車に乗って、ヨットに乗って、いいワイン飲んでと言う。もちろん、そうなんだけれど、それはママがダディにはそうあってほしいと望んだことでもあるの。ダディも、すごく悪かったと思うよ。ポテトに塩が足りないとか、つまんないことで怒ったりして。でも、ママもダディに冷たかった。ママの解決の仕方ってすべてお金だったから。そんなことじゃないのに」

九一年夏に聖心インターナショナルの高校を卒業したナオミは、山中湖の牧場で五カ月間働いた後、動物学と美術を学ぶために翌秋、イギリスのリッチモンドカレッジへ留学する。娘は日本を離れたくなくて激しく抵抗したが、母は娘の早い自立を強く望んだ。十九歳になった末娘の旅立ちを、森が最後の連載エッセイで書いている。

——その八月の取材中は、所々で娘と合流しながら旅を続けた。そして最後はロンドンで。そこで、実に十何年かぶりに、私は父母会なるものに出席し、普通のお母さんを、ちょっぴりとやった。（中略）

幸運なことに、ロンドンは晴天が続き、気持の良い夏の終り。これが陰鬱な雨で寒風吹きすさんでいたら、とてもじゃないが私は娘をたった一人でロンドンなんかに残して帰れなかった！（『マイ・ファミリー』）

ここで森は、ロンドン最後の日、ハロッズでナオミのために山と買物をして、タクシーで寮の前まで送って、別れが辛いために自分はそのままホテルに帰ったと書いている。が、ナオミの話によるとかなりの脚色がほどこされていた。ハロッズには予約していた森の帽子を取りに行ったのであり、買物の後、母は寮の部屋までついてきてくれた。タクシーの乗り降りが困難なほどの大きな帽子を被った母を友だちが覚えていて、「あなたのお母さん、素敵ね」と口々に羨んだ。

「時間がなくて、ハロッズで買ってくれたのは食料品と緑色のセーター一枚。そのセーター、今も持ってます」

森は、娘たちの高校卒業時に母娘二人旅をプレゼントしていた。ナオミは、入学式の前に、『スカーレット』の翻訳を終えた母とアメリカ西部の旅に出かけている。娘は男たちから声がかかると「ノーサンキュー」とエレガントに優しく拒絶する母と旅をするのが好きだったが、最後の旅の母は疲れて、いつも顔色が悪かった。

「メイクもあまりしなかったし、お腹が痛い日もあって、ママだけ部屋に残っていた。でも、まさか大変な病気とは思わなかった」

ナオミが母の病気を知るのは、一年修了の一週間前、九三年五月の終わりであった。母は父と電話をかけてきて、ひどく泣きながら「ママ、ガンなのよ」と娘に伝えた。学校が終わって飛行機に飛び乗り、多摩のホスピスに向かったナオミは、そこで久々に両親が寄り添う姿を見た。

「病院のベッドで一緒に眠っていたり、森瑤子になる前のママみたいにダッサイ格好してダディと手をつないで近くの公園を散歩したり。もうベタベタで、ダディに甘えるママは可愛かった。私、ダディの膝の上にのって甘えた思い出はいっぱいあるけれど、ママに甘えるってなかった。ママは感情を出すのが恥ずかしい人。だからダディへの愛情も素直に出せず、ダディのほうもじゃあいいやと意地になっていた。それが最期にダディもママもやっと正直に気持ちを出せたのね。でも、その時には『もう長くない』と言われていたから二人が可哀想で、すごく悲しかった」

ナオミは、病床の母が二人きりの時に自分に何を話したかを覚えていない。覚えているのは、モルヒネで眠り続けていた母が静かに息をひきとったすぐ後のことだ。手がビリビリと痺れ、息ができなくなってしまったのだ。

「いまだにたまにあるんですね。死ぬ死ぬ死ぬってなっちゃうパニックアタック。呼吸のコントロールの練習してるんだけど」

母との別れの瞬間にナオミをパニック発作が襲ったのは、象徴的な出来事だろう。それは、誰が経験してもおかしくない母との分離不安ではなかったか。森も、三十代半ばの鬱々とした時期に手が痺れて力が入らなくなり、作家になってからは執筆中に時折同じ症状が出たために「お助けニギニギ」と呼ぶ石を握りしめた。心が身体症状として現われるという点で、母と娘は似ていた。

しかし、七月八日の告別式で、ナオミが悲しみにひたることはなかった。リハーサルがあって、取材のカメラが入り、三人の娘は黒い服にベールのついた黒い帽子を被らなければならなかった。それは母のための葬儀というより、まるでショータイムであった。

「すごく嫌だったんですよ、私は。なんでこんな格好しなきゃいけないのかって。でも、ヴァイオリンが『タイスの瞑想曲』を奏でた時、横に座っていたダディの膝の上にポロッと涙が落ちたの。絶対泣かないダディが泣いているのを見て、私はようやくママの死を悲しむことができて、泣いたの」

母がいなくなった年の秋、ナオミはアメリカのコロラドの大学へ進学。リッチモンドカレッジを終える時に決めていた入学で、与論でその夏を過ごしながら「もうどうでもいいや」という気持ちになっていたのだが、父がコロラドまで付き添ってくれた。

「今まで学校のことはママ任せだったから、ダディは私に関心がないのかと思ってたけれど、結構心配していたみたい。最初の日、ホテルに泊まった時に部屋が一室しか空いてなくて、ダディとダブルベッドに寝なきゃいけなかったのね。その晩、眠れなかった。隣に寝てるダディに『怖いの』って抱きついて甘えられない自分がいて、ああ、もう子どもじゃないんだなって。それが悲しかった……」

コロラドでも動物学と美術を学び成績優秀だったものの、本当は何をしたいのか、何をすべきなのか将来が見えなかった。悩みに悩んで、「あなたは絶対イタリアが好きだから、イタリアに行きなさい」という母の言葉を思い出し、九四年八月、フィレンツェのアートスクールでモザイクの修復を学び始めた。

「それもあまり長く続かず、次にモザイクの会社で通訳やオフィスワークの仕事をしたの。フィレンツェに来て二年ほどたった頃、田舎が恋しくなり、馬に乗りたくなって、週末になるとこのポンタシェーベの牧場にあった乗馬クラブに通って、そこで働くイタリアのカウボーイに恋したの。眉毛が濃くって、ママが絶対好きなタイプ！」

九九年六月、二十六歳のナオミは、ヘザーがロンドンで誂えてくれたウェディングドレスを身につけて、八歳年上のカウボーイと乗馬クラブで結婚式を挙げる。採寸の時、「直しが大変だから妊娠しないでよ」と姉に固く言われたのに、そのあとで妊娠がわかった。式には父や二人の姉に本田も参列して、末娘の幸せを祝福した。

「でも大雨で、結婚式の間中、雷が鳴りやまなかったの。教会から牧場に向かう途中、馬車が揺れて、私は葡萄畑にコロコロ転がってしまった。不吉ですよね」

その年の十二月に長女、アーニャを出産。二〇〇〇年には格好の乗馬クラブを見つけて、自分たちのアグリツーリズモの経営に乗り出す。ナオミはそれまで使わないできた母が遺してくれたお金を、夫名義で始めた事業の費用に充てた。近くにアパートを借りて、ガールフレンドと共にしばしばナオミのもとを訪れる父も、出資した。だが、父と夫は何かにつけてぶつかった。二人の仲は険悪で、ナオミと父の間でも口論が絶えなくなり、父の足はポンタシエーベから遠のいていく。父が与論でガールフレンドと結婚式を挙げた時もナオミが呼ばれることはなかった。

「ママが亡くなってから四年間、ダディと私はクリスマスをカナダの島で二人きりで過ごしてたんですね。十三キロのターキーを一緒に焼いて、三週間かけて食べて、一緒にママがいないことを悲しんだ。ダディのこと、大好きになっていた。でも、ダディが旦那さんと喧嘩すると、私は旦那さんを選ばなければいけなくなる。子どももいたしね」

父と疎遠だった〇三年十二月、次女のガイヤが生まれた。長女の時は夫がついてきてくれたのに、この時の彼はバーで酒を飲んで酔っ払っていたらしく、ナオミは誰の付き添いもなく一人で産んで、翌日退院。その足でキッチンに向かい、宿泊客のために三度の食事を作り続けた。ガイヤは生まれてからの数カ月をキッチンで育ったのである。日本の出産事情を知らないナオミは、それを淋しいとは思わない。

夫と別居したのは、それから三年後。ガイヤが生まれる前から、夫の浮気には気づいていたが、まさかそれが離婚につながるとは思ってもみなかった。結婚したからにはずっとひとつの家族だと信じていた。しかし、ある日、夫は恋人を家に連れてきて、その恋人の家族も我が物顔で家に出入りし始めた。

「みんなで住めないから私が出て行ったんですよ。子どもと犬と猫を車に乗せて、ダディが借りていたアパートに移ったの。あの家があってよかった。本当はその時、日本に帰りたかったんだけど、子どもたちが大きくなってイタリアに戻りたいと言った時、一人になるのは嫌だった。私、一人になるのが怖いのね。それに、旦那さんの両親が近くにいたし。旦那さんも含めて、できるだけ子どもの傍には家族がいてほしかったの」

家を出た当初、不況のイタリアの田舎町ではおいそれと仕事は見つからなかった。

「病院も学校も無料だけれど、子どもたちを育てるためにお金がかかるから仕事を探しました。最初は小学校の給食を食べる食堂で皿洗いをやり、友だちの紹介でこのホテルのお部屋掃除をしていたら、オーナーが声をかけてくれて、〇八年からレセプションの仕事に就いたの。日本のお客さんとエージェンシーと連絡をとって、夜中に停電とかのアクシデントがあると駆けつけて、直すの。仕事をしているうちに、私、何でもできるなってすごいパワーが湧いてきたんですよ」

宿のホームページには、ナオミへの感謝を綴った宿泊客のレビューがいくつも残っていた。

カトリックのイタリアでは、すぐに離婚は認められない。別居後、夫は事業に失敗し、税金やランニングコストを滞納したまま経営権を手放した。負債はナオミの肩にかかり、彼女は母のお金をすべて失ってしまう。親権を争う裁判も始まった。ナオミは、恥ずかしそうに右肩に彫ったタトゥーを指した。

「娘たちの名前なの。裁判が始まった時に入れたの。娘たちを取り上げられるのが怖くて、絶対放したくない、離れたくないって祈りをこめてね。やっと去年の四月に親権の裁判が終わって、今年の十月に離婚を頼めるの。それも裁判があるんだけど」

現在一緒に暮らし、共に働くイタリア人のボーイフレンドとはレセプションをしていた時にアグリツーリズモで出会い、一三年に彼に誘われてレストランを開業した。

ナオミは、母がいなくなってからの人生を少しの湿度も感じさせず、隠すこともなく、時にジョークを交えながら話し続けた。

ナオミが「私の宝なの」と言って見せたｉＰｈｏｎｅの画面に映っていたのは、十八歳になる長女の写真であった。アーニャはイギリスにいて、アイルランドのＬＣＣでキャビンクルーをしている。時々、「帰りたい」と泣きながら母に電話してくるという。

「私もアーニャがいないのはとても悲しいんだけど、『絶対帰ってきちゃダメ』って言わなきゃいけないんですよね。帰ってきても、イタリアでは十八歳じゃ仕事がないもの」

——ほんとはね、ナオちゃん、ママはこう言いたいんだよ。

「もちろんいいよ、大学に通ってみてナオちゃんに合わなくて辛かったら、いつでも飛んで帰っておいで」

だけど、そんなこと、死んでもママは口に出しては言わないよ。（中略）

そうなんだよ、ナオちゃん。母親にはある時期、心を鬼にして我が子を追い払わなくてはならない時というものがあるものなのだよ。（『マイ・ファミリー』）

母と娘は似ている。

ナオミは、人生の岐路に立った時、どうしようもなく苦しい時に、「ママ、助けて」と声に出して母を呼ぶ。

「そうすると、『大丈夫だから。できないことなんてないからね』とパワーをくれるから、次の日、全然大丈夫なんです。私も、子どもたちを『頑張ればなんでもできるよ』って、ママと同じ言葉で育てているの」

しかし、ナオミにはひとつ疑問がある。母は本当に強い女性だったのだろうか。夫と激しく争った時、パワーをもらおうとして母のアルバムを広げて、中学や高校時代の母がいつも集団やグループの一番後ろの目立たない位置にいることに気づいたのだ。

「その写真を発見した時、私、すごく頭にきたんですよ。もっと前に出ればいいのに、情けないなぁって。その弱いところが、すごく嫌だった。あひるが白鳥になる『The Ugly Duckling』のブス子ちゃんだったんですよ、ママ。でも、ママもそんな自分が嫌だった。だから強い女性に変身して、綺麗な白鳥になったんですね。ファッショナブルなみんなのモデル・ウーマンになった。でも、私は、メイクもしないで髪の毛ボサボサで、テレビの前で納豆ご飯食べながらギャハハと笑ってるマサヨ・ブラッキンのほうが好きです」

　母の変身に思いを馳せるナオミは、母が白鳥として輝きを増した頃と同じ四十代半ばにさしかかって、これからの人生を考えていた。今のレストランは秋に閉めることが決まり、ボーイフレンドはスイスに働きに行くことを考えている。

「観光客が来る夏はいいけれど、シーズンが過ぎたら経営は大変だから。それに、レストランは彼を手伝うためにやっているので、何か違うんですね。もっと違うことをしたいとずっと思ってました。ガイヤがもう少し大きくなり、何をしたいのかが見つかったら、私は日本に帰りたい。与論でダディの面倒を見るって、ヘザーとマリアには言ってあるんです。ダディももう八十歳になるし、ママのお墓もあるから」

　十九歳まで育った日本、両親に守られて育った日本。戻れば、大人として学び直さなければならないという覚悟はある。だが、十四歳でイギリス国籍を選択してから日本で暮らすために必要だった外国人登録証明書を、ナオミは更新できずに失効していた。運転免許はアメリカで取得した国際免許、二十年以上暮らすイタリアも仮住まいでしかない。

「日本に帰りたいから、ヘザーがいろいろ調べてくれているけれど、なんだか難しそうで。ここで死ぬのかな、しょうがないやとよく思う。でもね、ダディも『ナオミが恋しい。一緒にお酒飲んで、笑いたい』と言ってるの。だから帰らなきゃ。もう与論でおばあちゃんになっている将来は見えているの」

森瑤子の三番目の娘はそう言って、夜の九時を過ぎても暗くならない空を見上げた。

自宅のキッチン。手早く美味しい料理が得意だった。

ハンサム・ウーマン

森瑤子が没して以降も今日まで、自選集や再刊、文庫本なども含めて七十冊に近い数の本が出版されてきた。そのうちの五冊以外は、二〇〇八年まで森瑤子事務所の代表を務め、版権管理などを取り仕切った本田緑が手がけた仕事である。往年、森には本田を含めて四人のアシスタントがおり、他に家事を任せるフィリピン人の女性もいた。日本橋髙島屋にセレクトショップ「森瑤子コレクション」を開いてからは、そこにさらに数名のスタッフが加わった。つまり、森は作家であったと同時に、経営者という役割も担っていたのである。実際、亡くなるまで彼女は森瑤子事務所の社長でもあった。森の傍らにいて、その喜びも苦労も見てきたのが本田である。

本田は、「私は裏方だから」と、半年以上取材を拒み続けた。ようやくインタビューできた時は、「雅代さんとの約束があります。話せないこともありますからね」と、念を押すのを忘れなかった。

緑という名前からドーリーと呼ばれる本田は、森より七つ年下の一九四七年生まれ、NHKに勤める父の赴任先のニューヨークで十代を過ごし、上智大学の外国語学部を卒業した帰国子女である。客室乗務員としてブリティッシュエアウェイズに二年半勤めた後、二十四歳で結婚、二人の息子の子育てに追われていた八一年に森と邂逅する。息子の幼稚園の父母仲間だったイギリス人男性と日本人女性のカップル、ハサウェイ夫妻が田園調布の自宅で開いたホームパーティーに招かれ、そこに伊藤雅代も夫のアイヴァン・ブラッキンと共にやってきたのである。夫がイギリス人である森の周囲には、同じように国際結婚をした友だちや帰国子女が自然に集まるようになっていた。

本田は、その時のパーティーで、雅代と呼ばれる女性が「情事」を書いた作家の森瑤子だと紹介されても、ピンとこなかった。

「その頃の私はまだちゃんと日本語が読めなくて、そんな本、読んでいませんよという感じだったので」

それから三年後、同じパーティーに出て、森の遊び仲間となった友人から、「雅代さんがすごく忙しくなってきているの。一週間に一度でいいから助けてあげてくれない？」と声がかかった。次男がちょうど小学校に上がった時で、英語が話せて料理上手、運転ができて、テニスもうまい本田に白羽の矢が立ったのである。森が、華やかなザ・森瑤子へ変身しようかという時期だ。

「同じ子どものいる主婦として役に立てればと思って、引き受けました。車ではじめて下北沢の家に行った時に、雅代さんはおばさんって感じの格好でサンダルをつっかけてすっぴんで表に立って待ってくれていたのですが、私は誰だかわからず思わず通り過ぎたくらい。それほど地味で、普通の主婦だった。私には最後までその時の印象が強いんだけれど、人気が出てきて、たくさんの素敵な人と知り合っていくうちに彼女は見る見るアカ抜けて輝いていきました。生き甲斐、やり甲斐があれば人ってこんなに変われるんだと思って、私は雅代さんが森瑤子になってどんどん輝いていくのを見るのが本当に嬉しかった」

当初は、週に一度、木曜日に運転ができなかった森を助手席に乗せて麻布のナショナルスーパーや青山の紀ノ国屋スーパーに出向き、森に代わってアイヴァンのテニスの相手をし、森の三人の娘たちからは「木曜ママ」「買物ママ」と呼ばれた。その頃のブラッキン家にはダーツの道具がゴロゴロと転がっており、そのうち森が夢中になった自宅の改装を仕切るなど、本田の守備範囲は広がっていく。

「台所や冷蔵庫の中がめちゃくちゃだと、つい気になってパッパッと片づけてしまうのね。自分の家の玄関に花を飾っていないと嫌なので、ブラッキン家でも花を飾るとか。そんなことをしているうちに、雅代さんはますます忙しくなって、私が下北沢へ通う日数も増えていきました。でも、日本語の読み書きが上手じゃなかったから、しばらくは仕事の手伝いをすることはなかった」

バブルに向かう時代と同期するように作家は多忙になり、連載や単発で書いた小説やエッセイが次々単行本化された八六年には、三人の女性が交代で森をアシストするようになっていた。だが、彼女たちもそれぞれ週に一度の出勤で、本田はスタッフ不在の日に鳴り止まない電話をとってしまったのである。電話で受けた用件は英語でメモし、後で日本語に書き直さなければならなかったが、気がつけば「秘書」と肩書のついた名刺を持つようになっていた。

――（筆者注・母は）とうとう夕食の仕度もできなくなり、買い物ママの本田さんが夕食の仕度をしにきて、その準備が終わると、自分の家族の待つ家へと帰ってゆく。

ドーリーは、森瑤子事務所の秘書ではなく、母マサヨ・ブラッキンの手伝いをしていたので、二人の間にはやがて友情が生まれた。母はドーリーママを信頼し、彼女に森瑤子の秘書にならないかと誘い、ドーリーはそれを受けて、ついには事務所を取り仕切るようになっていった。(『小さな貝殻　母・森瑤子と私』新潮社刊／マリア・ブラッキン著／九五年)

「あの頃、雅代さんは家族の世話だけでなく、実家の長女としての役目もあった。抱えているものがたくさんあって、彼女自身でいられる時間はほんの少ししかありませんでした。シャキシャキしたお姉さんタイプには見えるけれど、女らしい、優しい人でね。誰に対しても自分を抑制してしまうので口には出せないストレスも多くて、しょっちゅう胃薬を飲んでいた。書いてる後ろ姿を見て、何度、抱きしめたくなったか。私はもっと自分の感情を出せばいいのにと思いながら、彼女に仕事に専念してほしくて、いつしかそうしたストレスから守るのが自分の役目だと思うようになったのね」

森を知る人は、こぞってその人柄のよさをほめた。森は他者に対して自分の感情をぶつけることはなく、身近な人に対してもそれは同じであった。どんな場面でも誰に対しても、同じようにホスピタリティを発揮したし、同じように気遣った。

小池真理子が、森の思い出を書いていた。憧れの先輩作家から「本当のことを言うとね、私にはお友達がいないの。だから、あなたと親しくなれて、とても嬉しい」と手紙をもらって有頂天になり、ランチに誘われて出向くと森は大勢の人たちとテーブルを囲んでいた。ひどく落胆したという小池の観察眼は、さすがである。

――それは、森さんは誰にも本音を見せないのだな、ということと、にもかかわらず、すべての人に本音で話しているようにふるまう方なのだな、ということだった。

(小池真理子「洗練と優雅と孤独　森瑤子」／「小説現代」講談社／二〇〇七年一月号)

カウンセラーの河野貴代美が「過剰なリップサービスの人」と称したように、小池が見た「本音を話さず、本音で話すようにふるまう」ことは、森の習性のようなものであり、社交術でもあったに違いない。そんな森が本音を吐露できた数少ない一人が、本田であった。売れっ子になっていろいろな人が寄ってきた時も、作家は秘書にこう言った。

「ドーリー、覚えておきなさい。私に何かあった時、残る人は片手だからね」

そのとおりになった。


気遣いの森が誰よりも気を遣った相手は、夫のアイヴァンだった。夫を同伴した森と食事を共にした編集者や友人で、アイヴァンに気を遣う森が痛々しくて見ていられなかったと話した人は少なくない。何かの折に安井かずみ・加藤和彦夫妻と同席した森が、「かずみさん、和彦さんにすっごく気を遣っていて、びっくりしちゃった」と周囲に語った時は、その場にいた誰もが驚いたという。森も同じではないか、と。

作家になってからの森は、すでに亀裂が入っていた夫婦の関係がさらに複雑に歪んでいくのをどうにもできないでいた。家族の団欒より仕事を優先する妻に対して夫は、「まずは子どもたちの母でいてほしい。次にアイヴァン・ブラッキンの妻でいてくれ。森瑤子は三番目にしてほしい」と迫り、森はなんとか夫の怒りから逃れようとした。

だが、少女の頃から夢見た達成、望んで手に入れた仕事と名声と収入を手放せるわけはない。それらが、「自分がキング」と言って憚らない夫の嫉妬と焦燥をかきたてることも十分わかっていた彼女はメビウスの輪の中にいるようなもので、幾度エッセイで嘆いたか。

――でとにかくひたすらがんばってみたのである。

その結果はどうかというと、こちらが黙ってがんばればがんばるほど、敵はさらに制約を増やし、無理難題をふっかけてくるのである。締切りでかっかしている時に窓枠に薄く積もった埃のことをもちだすのである。東京に住んでいれば埃など一晩で積もるのだが、そこで言い返せばエスカレートするので、はいすみませんとダスキンを手に立って行き、窓枠をなでくっておいて再び原稿用紙に向かう。（中略）

男同士なら嫉妬とか羨望の感情を露にして足を引っぱれるが、男が女にあからさまな嫉妬は見せられないから、制えにかかるのである。力で男の沽券を示そうというわけである。（角川文庫『ジンは心を酔わせるの』／八六年）

本田は、下北沢の家に通うようになった頃にここに書かれた出来事を目撃している。ある日、アイヴァンが松濤の事務所から帰宅するや執筆中の森を呼びつけ、「これを見なさい。掃除ができていない」と叱ったのだ。驚いた本田は思わず、「何を馬鹿なことを言ってるの。彼女は今、書いてるのよ！」と抗議した。

アイヴァンは他人の前でもかまわずに妻を怒鳴りつけるので、森は萎縮するばかり。本田は、秘書の本分を弁えて夫婦の揉め事には直接介入しなかったが、そんな森を見ているのは切なかった。

「彼女をかばっているとかじゃなくて、普通に考えて、彼の態度はおかしいと思ったのね。私、夫にあんなことをされたことも、言われたこともない。だから私は、あの時から雅代さんのサイドに立ってしまったの。同じ女として、妻としてね」

繰り返される夫婦の争い。ある雑誌のアンケートに「生まれ変わったら、同じ伴侶と結婚するか」という質問があり、森は「絶対ノー」と答えた。それは違った人生を持ちたいという意味にすぎなかったのだが、運悪く、森の回答が電車の吊り広告に載ったのだ。友人からそれを知らされたアイヴァンは「日本中が僕のことを笑ってる」と猛り狂い、どう説明してもどう謝っても聞く耳を持たず、離婚騒動にまで発展。その時の森は、梅ヶ丘に仕事場を借りるという名目で夫から逃れようとした。

本田は文学賞の授賞式など仕事関係の集まりには森に同行したが、遊びや社交の席に加わることはなかった。夫が決めた作家の門限は十一時。門限を過ぎると、森はしばしば本田にSOSの電話をかけてくる。秘書はパジャマのまま車で作家を迎えに行って下北沢まで送り届けて、「先生、お疲れさまでした」と、アイヴァンに聞こえるように挨拶してから家に戻ったものだ。

「私は、彼のことは雅代さんの気持ち次第としか言いようがない。ただ疲れて帰ってきてる雅代さんがアイヴァンと喧嘩を始めたら、もっと疲れてしまう。それよりも雅代さんに書いてもらいたいし、森瑤子でいてもらいたいから、そんなことで彼女が安らかに眠れるのならもうOKという感じだった。それは日常茶飯事」

連載だけで月に七本抱えていた作家は、朝、十時に二階から下りてくると、「おはよう」の挨拶の後、真っ先に「ドーリー、今日はどれを書くんだっけ?」と訊ねた。森の作品すべてに目を通すようになった本田は日本語の読み書きも不自由なくできるようになり、「今日はこれよ」と、前回のストーリーを説明するのだった。二人で出かけた際にふと入った店で欲しいアクセサリーなどを見つけると、森は決まって「ドーリー、これ買ってもいい？」と子どものように本田に甘えた。スケジュール管理から家族の世話に加えて経理のチェックまでが、本田の仕事になっていた。阿吽の呼吸で自分のことを受容してくれる本田は、森にとって欠くべからざるパートナーになっていく。

――そして何よりもありがたいのは、彼女がさまざまな嫌なことから私を守ってくれるトリデであることだ。

嫌なことは私の耳に入れずに処理してくれる。義理人情も私のところまで来ないで、彼女のところでストップ。彼女を仲介にして話し合うために夫婦のもめごともこのところほとんど起こらない。（中略）

「あたしはあなたに余計な心配をさせたくないの。あなたにはいい仕事だけをしてもらいたいの」というのが彼女の口ぐせなのである。（『マイ・ファミリー』中央公論社刊／九三年）

そう、森にとって本田は砦であり、それゆえに二人の関係は誰も立ち入ることができないほど強固なものとなる。

経理といっても、人気作家には、当然、プロが、父の知り合いの税理士がついていた。本田がやれたのは伝票整理の類《たぐい》であるが、時に作家の夫のためにも働き、銀行や税務署との折衝を引き受けた。夫妻がジーン・ハックマンと競り合ってカナダの別荘つきの島、ノルウェイ・アイランドを手に入れた八七年、アイヴァンは共同経営者と共に「BBマリーン」をスタートさせる。どんな会社であったのか。彼が妻との連載エッセイに、シニカルなユーモアをきかせて書いていた。訳は、森である。

——二十数年細々とやってきた広告に関する仕事は、いわば家族を支えるためのものだった。今や支えるべき家族も成長した。それにお金持ちの妻もいることだし。ボクもそろそろほんとうにやりたいことをやらせてもらってもよい頃だ、と、思ったわけだ。

新しい仕事というのは、ボクの好きな海に関係することだ。そのひとつは夢のクルージング。豪華ヨットをチャーターして、地中海や青いカリブの海のセイリング。

（『ラヴ・ストーリー』角川書店刊／八八年）

同じ連載で、彼は妻子をはじめて海外旅行に連れて行くために、六年間こつこつお金を貯めた、とも記している。ここで、妻も夫の新しい仕事について書いていた。

——目下、彼は最新の007にちょっと出てくる超豪華ヨットの日本における販売権を手に入れて、それで大忙しなのだ。他にもリチャード・バートンとエリザベス・テイラーが所有していた「カリズマ」という有名なヨットも、彼の手を経て日本の市場に出される。（『ラヴ・ストーリー』）

この事業をスタートさせるにあたり、BBマリーンは銀行で融資を受ける。円高で金利は上昇、銀行は「借りてくれ」とやかましい。だが、それはイギリス人のアイヴァンではなく、日本人で売れっ子作家である妻に対してであった。島を買う時も新規事業の時も、森は銀行業務を本田に委ねた。だが、いかにバブルの日本といっても豪華ヨットやクルージングを楽しむ層は限られており、BBマリーンは失敗に終わる。

本田は淡々と語る。

「アイヴァンはいろんなものを作ったりするのにとっても優れているし、芸術性にも富んでいるし、アイデアも持っている人でした。でも、自分を生かすチャンスに恵まれなかった」

成功した妻に負けないようにと次々新しい事業を思いつく夫への愚痴を、森は建築家・堀池秀人とのエッセイに綴っていた。

——ヨットも車も、小島も、彼にとってはチャレンジだったのだ。ところがその同じことが私にとっては、単に少し余分な贅沢でしかなかった。夫の野望に協力するために、原稿を余分に書き、講演会の数をこなして日本中を駆け回り、広告に出たり宣伝に協力するということだった。(中略)
しかし束の間の幸福感は、釣りから戻った夫によって、破られる。
「釣りをしながら考えていたんだがね」
と彼が言う。その瞬間、私には夫の胸の内が透けて見えるような気がする。ああまた始まるのだ。今度は何をしようっていうのだろうか？　もう充分ではないのか。ようやく手に入れた自分の島のライフを、充実してエンジョイすればいいではないか。

(『男語おんな語翻訳指南』光文社刊/九三年)

ゴージャスの代名詞のような森の暮らしぶりは、とどまるところを知らない。流行作家の仲間入りをしてから年間億を超えるお金を稼ぎ続ける作家は、精力的に仕事をしながら、社交に、世界旅行にとますます欲望の翼を広げていくのであった。日経平均株価が最高値を記録した八九年には、与論島に念願の別荘を完成させる。資金は、角川書店の社長だった角川春樹に直談判して借りた一億円で、所有者の名義は森瑤子事務所。誕生日に薔薇の花束を贈り、なんとか助けたいと病床に霊能者を連れてきたほど、角川は森を大切にしていた。

琉球瓦が印象的な森の別荘は、もともとは原生林だった与論島の東海岸にある。建設地を探して島を案内した町民が「夕陽が見えるところがいいのでは?」と勧めた時、「いえ、私は朝日が好きです」と彼女が選んだ場所だった。森のためならばと町民たちが手放した二反、六百坪の土地には亜熱帯性の樹木が繁茂し、真っ青な海を望む緑の芝生の庭、崖を下りると星の砂のプライベートビーチが広がっている。別荘の入り口門の左手には、琉球瓦とシーサーを載せたあずまや造りの中央に、イタリア産タイルのモザイクをほどこしたガウディ風の墓石があり、正面の白い石に碑銘と自筆のサインと赤い薔薇の花が刻まれていた。森自身がここに、こんな風にと決めた墓である。

森の死後、五、六年は七月六日の命日がくると、本田や森の長女ヘザーによってこの地で追悼七夕ツアーが企画され、何人ものファンが参加し、町民と共に作家を偲んだ。何度も島に通い、地元の男性と結婚した熱烈なファンもいる。現在は再婚したアイヴァンがここで暮らし、彼が開くカフェに時折ファンが訪れる。そして、与論島の図書館には、今も森瑤子文庫のコーナーがある。

森を与論島に誘ったのは、与論町役場商工観光課に勤めていた池田直也であった。JALの機内誌に与論の旅行記を書いてもらおうと、「情事」でデビューした森に執筆を依頼したのが、八〇年代のはじめ。一歩足を降ろした瞬間から与論に魅了された森は、次に家族を伴ってやってきて、それから時折ふらりと島に姿を現すようになる。

まだそれほど有名ではなく、「普通のおばさん」だった森が徐々に売れっ子になり、リゾートホテルのプリシアをミサワホームが買い取った八八年には、一家で同社のログハウスのCMに起用されるほどの人気者になっていた。大きな帽子を被るようになった作家の与論にやってくる頻度が増えていく。出張で東京に行くたびに森と飲み、「私はきれいじゃないから夫に女がいてもしょうがない」と打ち明け話を聞いた池田には、夫婦のいざこざから逃れるためだと映った。ある日、森は「ファクスがあればどこででも仕事はできる。海が見えるところを紹介してください」と、頼んできた。

――彼らは私がヨロン島に行くと「おかえりなさい」と言ってくれる。ヨロンから東京へ帰る時は、「行ってらっしゃい」と言ってくれる。(『男語おんな語翻訳指南』)

当時、商工観光協会のトップで、現在は与論町議員の町俊策をはじめとする島の男たちは、森とは車座になって地酒を飲み交わした仲である。みな、森を訪ねた時、たとえ執筆中であっても「いらっしゃい。何、飲む? 何、食べる?」「コーヒーいれるから飲んでって」と迎え入れられたことを覚えている。

女たちが記憶に留めるのは、商工会婦人部の食事会にやってきた森の姿であった。

一品ずつ持ち寄る食事会に森は珍しいドレッシングであえたサラダと、与論の焼酎・有泉をサイダーで割ってキュウリを浮かべたオリジナルの「ヨロン・パンチ」を持参し、参加者に歓声を上げさせた。みなが喉越しのいい飲み物に心地よくなる中で、作家は、興味津々で夫婦仲について参加者を質問攻めにした。「情事」について「あれは本当のことなのか？　自分のしてきたことを書いてるの？」と聞かれた時には答えず、「旦那さんに読まれたら困るでしょ」と言われると、「夫は日本語がわからないから」と笑っていた。

中央公会堂で講演した時は、シャイな森がリラックスしてよく話した。テーマは「物事はなせばなる」。欲しかった一千万円のロレックスの金時計を自分は手に入れたと衒いのない話しぶりで、聴衆を喜ばせた。もちろん、一千万円というのは作家のサービス精神による誇張だが、優雅な大人で、都会の華やぎをふりまきながら気さくな森を、誰もが好きにならずにいられなかった。

当初、森は、自分が来たことによって近辺の土地が値上がりしたことを知り、島の人の生活のリズムを崩したのではないかと気にやんだ。だが、森の存在は間違いなく島を活気づかせた。森が頼りにした、別荘の管理人を務めた井上清一郎、智子夫妻が町民の気持ちを代弁する。

「突然、天から女王様が舞い降りてきたようでした。島にいい風を吹き込んでくれて、風と共に去っていった」

昔の与論の民具が展示されている「与論民俗村」の一番目立つところには、森のサインが飾ってあった。ここを設立し、主催するのは、作家が小説『アイランド』を執筆する際に、島に伝わる民話や方言について教えを乞うた菊千代である。菊は、今も森の墓の前を通ると車を止めて、「森瑤子先生、菊千代です」と挨拶するのを忘れない。九十歳を過ぎた菊が言う。

「森瑤子先生は与論の守り神です」

森が与論を愛したように、また与論も森を愛したのである。


——年をとると、自分の痛みに同情するのは自分だけだし、その痛みとつきあうのは、厳格に自分だけなのである。そう思い至った時から、人は死の心の準備を始める。私は、どこか海の見える涼しい場所に、そろそろ自分のための墓地を用意しようと思う。(『おいしいパスタ』ＰＨＰ研究所刊／九一年)

与論に別荘を建てた頃が森の絶頂期だったのかもしれない。翌九〇年十一月、彼女は南青山のピアノバー「レヴアリー」で五十歳の誕生パーティーを開き、華やかな友人たちを前に、久しく弾くことがなかったヴァイオリンを持ち出し、「トロイメライ」を披露するほど昂揚した時間を持った。だが、この席にアイヴァンはいなかった。あえて、夫がヨットに乗りに行く不在の日に設定したのである。そうした時に森が夫を外すのは、はじめてのことだった。

森は、伊藤雅代でもミセス・ブラッキンでもなく、森瑤子として自由に振る舞いたかったのだ。同時に、人生の成功者たちが集まる場所に、仕事がうまくいかない夫を呼ぶことはできなかったのではないか。ある著名な男性は、アイヴァンと一緒にいるとしばしば彼のジェラシーを感じた、と話す。妻との間に何かあるのではといった類の嫉妬ではなく、妻と同じように世間に認められている社会的な立場に対するそれであったという。森は、そうした夫の屈託も知っていた。

本田は、森が森瑤子としていられる時の輝きはまるでダイヤモンドのようだったと、述懐する。誰に対しても思いやりと配慮があり、飛行機の中で無礼な振る舞いをする日本人男性客を叱りつける勇気もあった。

「ハンサム・ウーマンという言葉は雅代さんが創ったんだけど、森瑤子はまさにハンサム・ウーマンでした。雅代さんの中で三つの名前があるとすれば、森瑤子が一番好きだったと思う。思ったことができるし、思ったことも言える、森瑤子は彼女の理想だったんじゃない？　五十二歳というのは若すぎたけれど、でも、あれが精一杯だったのかもしれません。すっごく楽しそうにいろんな会を作って社交に勤《いそ》しんでいても、私には心から楽しんでいるようには見えず、書くための材料だったんじゃないでしょうか。雅代さんにとっては、書けなくなることが一番の恐怖だったはず。世の中に受け入れられなくなることを彼女は経験していなかったから、森瑤子で終われてよかったと、今なら思います」

九一年、バブル崩壊。全力疾走をやめない作家は、この年に、日本橋髙島屋に「森瑤子コレクション」を開く。けれど華やかな生活の裏でカナダの島が財政を圧迫し、数多あるしがらみが少しずつ少しずつ作家を締め上げていた。

――私の肩にのしかかっていて、どうしても捨て去れないもの――家族のキズナとか、カナダに買ってしまった島だとか——そう言った途方もなく巨大なものたちのせいで、私は自分ががんじがらめのような気分を、もう長いこと味わい続けているのだ。家族や亭主や両親などを、エイヤッと捨てるわけにはいかない。（『おいしいパスタ』）

何かを予知したのか、森が事務所の代表として吉田篤生会計事務所と顧問契約を結んだのは、九二年のことであった。国際ファイナンシャルアドバイザーで、美智子皇后の従妹でもある榊原節子と知り合い、「誰かいい税理士さんを紹介してほしい。財産管理を任せたい」と頼み込むと、榊原が信頼する吉田篤生を紹介したのである。父が送り込んできたそれまでの税理士は悪い人ではなかったが、森はなぜか毛嫌いした。彼が来る日になると「声を聞くのも嫌。ドーリー、包丁隠しといてくれる。刺しちゃいそうで怖い」と言って本田を困らせたほどだから、心を開いて相談事などできるはずはない。吉田の登場は、作家にとっても秘書にとっても幸運となる。

その時期、森は『スカーレット』の翻訳に全力で取り組んでいた。十歳の頃から繰り返し読んだマーガレット・ミッチェルの『風と共に去りぬ』に多大な影響を受けて「続編は自分で書きたい」と願ったほど、自ら買って出た翻訳であった。七カ月間、自分の小説を書かずしてまで傾注した原稿用紙二千五百枚の仕事は、原作が森の思う内容とは違ったこともあり葛藤の連続で、困難を極めた。「『スカーレット』で私の命は縮んだ」と、冗談で森が語ったほどである。

九二年八月、翻訳を終えた作家は秘書を伴い、物語の舞台アトランタからロンドン、ダブリンを旅した。この時、森は「ベルトがきつい」と言ってあまり食べず、寒くなった頃には「背中が痛い」と訴え始める。が、どんなに疲れていても、仕事となると森は少しの陰りも見せず輝くのだ。十一月、千葉のホテルで篠山紀信の撮影でグラビアを撮った時には、亀海昌次や本田らが見守る中で森は眩いほどのオーラを放射した。

九三年が明けると、料理本の撮影のためにしばしば与論島に出かけた森は、島から何度も本田に電話を寄こした。疲れた、オフィスを閉じたい、森瑤子コレクションもやめたい、子どもも大きくなったし、どこでも書けるのだからすべてを清算して海外に行きたい。作家は秘書に、そう訴える。

「家族にもスタッフにも、そんなことは言えませんでした」

三月一日、ホームドクターの女性医師のもとで胃の検査。二日後、再検査が必要だという電話を受けた本田はかすかに動揺しながらも、この時はまだ事の重大さに気づかず、スケジュールをどうしようかとそのほうが気がかりだった。その夜遅くに、本田の家に自身の夫の主治医で、森の入院先となる駿台日大病院の医師から電話が入り、作家がスキルス性の胃ガンだと知らされる。この瞬間、本田にとって森のことがすべてにおける最優先事項になった。

森は仕事に穴を空けることなく検査を受け、三十日の手術の日を迎える。入院一週間前、関西に講演に行く新幹線の中では本田の膝枕で寝ていた森が、聴衆の前に立つと背筋を伸ばした艶やかな森瑤子に変身する。接待の食事の席でも、どうすれば同席者から死角になるかまで考えて、本田に自分の分まで食べさせた。そんな気丈な森にも、逡巡の時間はあった。手術を受けるか受けないか。気持ちは日々揺れ動き、入院にあたっては「私は人に優しくすることはできるの。でも、優しくされることには慣れていない。だからお願い、心配かけたくないから、ガンだと思うけれどこのことは決して言わないで」と、本田に念を押した。

手術は短時間に終わる。アイヴァンと森の弟、伊藤隆輔と並んで医師から「余命三カ月」と告げられた本田は、病院の屋上で人目も憚らず泣いた。

「私はその時でも、いいえ、彼女が息を引き取る瞬間の瞬間まで、絶対この人が死ぬわけがないと思ってました」

アイヴァンも本田も、森に本当のことを知らせることができないでいた。森は稼ぎ手の自分がベッドに縛りつけられていることに気が気ではなかったのだろう、何度も吉田にファクスで財務相談をもちかけている。それらは本田が下北沢まで持ち帰り、一つ一つの番号を確かめながら送信したものだ。

麹町にある事務所を訪ねると、吉田は多くを語らず、何通かのファクスをテーブルの上に置いた。

「ここには森さんの本心が書かれています。私から公にするつもりはありませんでしたが、彼女は作家です。たとえそれがどんなものでも、自分の書いたものが後世、人に読まれることは覚悟していたでしょう」

四月四日の森は、〈本田ドーリーが、がんばりすぎるのが心配です。特に入金と出金のバランスで困惑しているようです〉として、その年に印税が入ってくる予定の本を挙げて、未払いの一昨年の税金をどうすればいいかなどの相談を、ファクス用紙一枚に書いていた。だが、同じ月の二十七日に送られたファクスは、Ｍｏｒｉ Ｙｏｋｏのネームが入った原稿用紙四枚に及ぶ長いものとなる。その三日前に、作家は自ら医師に病状と余命を聞き出していた。本田に「見舞いに来る娘たちが哀しまないような、薬臭くない病院を探して」とホスピスを探すように命じた森は、終わりに向けての準備をスタートさせたのだ。

森のファクスは吉田への挨拶と感謝の言葉に続き、こう始まる。

〈最終的には、夫は私には大切な人なので、私の人生から外すつもりもないように、財産的にも不利なことにならないように、改めてお願いしたいと思うのです。〉

森は、自分が今までのように仕事ができなくなることや、自分が再入院となればその費用もかかることを心配して、松濤のマンションの売却や車の買い換えなどを提案していた。そして吉田や周囲が勧めるカナダの島の売却については、拒んだ。

〈あの島こそ、夫の命なのです。彼は、日本では辛いことばかりで、もう友人もみな国に帰ったりで何年も孤独でした。いざ、やっと今、子供も手がはなれ、私も外国で仕事をしてもいい状態になったとたん、こんなことになってしまいました。夫の悲しみと苦痛を思うと、私の胸もつぶれます。みんなは頼りのない夫と言いますが、夫婦のことは外からわかりません。彼は常に色々なことで、私の支えでしたし、これからはもっとそうです。〉

森は、事を進めるにあたっては何より夫の感情を、プライドを尊重してほしいと、繰り返し吉田に懇願する。病室にいて「外国人の自分は遺産をもらえるのか」と何度も問いかける夫を、見ていられなかったのだろう。

不仲だったはずの夫、保守的なモラルと束縛と嫉妬で自分を苦しめた夫、幾度も離婚を考えた夫。なのに森は死が迫っている時期に、自分がいなくなったあとの夫の生活まで案じていた。この文は、彼女が八八年に上梓した、「ニッカウヰスキー」創業者の竹鶴政孝とその妻のリタの生涯を描いた『望郷』を思い出させる。出版時のインタビューで「ウイスキーを造ることに情熱を注いだ竹鶴に比べて、晩年アル中になったリタは決して幸せな生き方ではなかったような気がする」と語った作家が、リタと夫を重ねたとしても不思議ではない。自分との結婚により日本に縛りつけて夫の人生を狂わせたという自責の思いが、常に森にはあった。

いや、最初からこの夫婦の形は決まっていた。結婚した夜、カーテンも卓袱台《ちゃぶだい》もない東池袋のアパートに夫が持ち込んだのはリュック一つに、世界旅行中に身を守った一丁の斧。彼は眠る時に、枕の下にその斧を忍び込ませた。その夜の、妻の気持ち。

——リュックサックとオノ一丁しか持ちあわせていないトンチンカンな外人と、私は見知らぬ土地の見なれぬ部屋にたった一人でいるのだという思いで、すくみあがった。（中略）むしろ、この遠く故国を離れた私よりも孤独な男を、私が守ってあげなければならないという思いに圧倒されていた。（『ラヴ・ストーリー』角川書店刊／八八年）

ゴールデンウィークが明け、聖ヶ丘病院に入院すると、森は「ドーリー、私を守ってね」と本田に言う。何から守るのか。森は「ドーリー、ごめんね」を繰り返しながら本田をそばに置きたがり、本田の夫、茂昭をわざわざ病室に招いて、「ドーリーをとっちゃって、ごめんね」と謝っている。茂昭は「いいんだ、いいんだ。そんなこと気にしないで、こき使ってください」と笑顔で応じ、後で「後悔のないように」と妻の肩に手を置いた。

作家は、六月に入って透析を受けに他の病院に通う時も夫ではなく秘書が付き添うことを望んでいる。

「透析中は、四時間くらい待っていなきゃいけない。アイヴァンは自分が行くと言ったけれど、雅代さんはとても彼や娘たちをそんなに長い時間待たせることはできなかったのね。でも、ホスピスに入ってからの三カ月は今まで言えなかったことが言えたので、雅代さんが自分自身でいられる時間だったと思う。神様がくれた時間でした」

最後の単行本のゲラに『終りの美学』と仮タイトルを書き、死を覚悟しながらも、心の中の葛藤が森を苦しませ続けた。それでも作家は意識が朦朧とする中でつじつまの合わなくなった内容を口にして、「ドーリー、漢字を間違えないでね」と秘書に原稿用紙に書き留めるように命じ、最後の最後まで書き続けた。防波堤のように昼夜森から離れなかった本田の献身は、誰もが認めるところである。ある編集者は、森の世話だけではなく事務所のやりくりに奔走する本田の姿を、「あそこまでは誰にもできない」と振り返った。

友人の弁護士、木村晋介の立ち会いのもとに遺書を作成した森は、森瑤子事務所の社長を本田に託した。角川書店からの借入金がまだ七千万、その他に区民税や所得税の延滞分などを含めると負債が一億六千万円ほどあった。作品を理解し、愛した上でこの返済を引き受けられるのは秘書しかいない、印税を含めて自分の財産が娘たちの手に渡るようにしてほしい、と作家は考えたのである。松濤のマンションなど遺産は次女のマリアに多く遺されたが、それも家族の中でたった一人日本に暮らす彼女が借金返済の役割を担ったためであった。吉田は、印税の分配も含めて、「遺産配分は公平で、森さんのお気持ちを汲んだものになりました」と証言するが、森が亡くなった後、アイヴァンは別の弁護士を立て、異議を申し立てることになる。

七月六日、森瑤子永眠。本田はその前後のことは苦しくて思い出せない。ただ告別式の時、森が「あれは誰にも触らせたくないの」と言って預けた亀海から贈られたミンクのコートを、なんとかアイヴァンに見つからないようにしてお棺の中に入れたことだけは鮮明に覚えている。

「私の役目は雅代さんとの約束を守ることだから」

森瑤子事務所の社長となった本田の耳には「家族でもないのに」といった風評が入ってきた。けれど、森がいなくなった喪失感の前には何も感じなかった。この淋しさの中で約束を果たしていくのだ。森人気は死後六年ほど続き、角川への借金は三年で返すことができた。

「借金を返さなきゃ、娘たちに負担をかけさせちゃいけないと、そのことしか考えませんでした。私は、森瑤子を守りたいだけ」

二〇〇八年、ヘザーが森瑤子事務所社長となり、本田は森に託された任務からようやく解放された。吉田の手許にある帳簿には、まだ事務所の本田への未払い金と借金が残っており、十五年間の秘書の働きは作家への忠誠と愛と奉仕に他ならない。七十歳になった本田は、夫と息子家族と暮らして料理の腕をふるい、さる物故画家の版権管理を任されて、テニスを楽しむ日々である。

「うん、私は恵まれてるね。でも、雅代さんがいないことはいまだに淋しい。古本屋に森瑤子の本が並んでいるのを見ると悲しくて、胸が苦しくなる……」

作家への思いは褪せることがない。

「情事」誕生

森瑤子がいなくなった一九九三年はバブル崩壊から約二年が過ぎ、日本はまだ豊かさの中にあったものの、皇太子ご成婚、相次ぐ北海道の地震、田中角栄の死去、三十八年ぶりの非自民党政権誕生と、時代の変動期であった。七月六日に亡くなった作家は、その年の一月、与論島の別荘に一人でいて、自選集の第一巻に収める巻末小説を書いていた。検査も受けていない時期であったのに、「死者の声」と題された作品には、〈彼女の胃がケイレンを始める。吐き気がして口の中に唾がたまる。〉という文があり、内容は創作の源泉を見つめるものとも読める。

——今でも、自分の人生とはなんだったのかと考えると、躰がなえるような悲しみに襲われる。現実の味気なさ、つまらなさ、自分の体験の卑小さを思うと、身がすくむ。だからこそ、彼女は書くのだろう。ぞっとするような現実の味気なさを修正するために。生きていく気力をたえず持ち直すために。その意味で、彼女のしていることは少女の頃と何ら変らない。ファンタジーの世界がフィクションに変っただけで、そこが逃避の世界であることについては同じことなのだ。(『森瑤子自選集①』「死者の声」／九三年五月)

彼女は書きたかったのだ。

森の小説には、デビュー作を含む初期の五作品に献辞が書かれてある。「情事」には、フランス語で「Pour Saco et Bébé」とあり、友人二人に宛てたものである。二冊目の『誘惑』は、「I.L.B.へ」と、アイヴァン・リン・ブラッキン、つまり、夫に宛てている。三冊目の『嫉妬』は「母に、そしてわたしの娘Heatherに」と、母と長女のヘザーに宛てた。四冊目の『傷』には「海・M氏へ」とあって、M氏は最初の編集者である集英社にいた松島義一を指すと考えられる。そして五冊目の『熱い風』には、「女たちに　すべての」と、あった。その後、彼女が献辞を書いたのは九一年に出版された『デザートはあなた』きりだから、森の初期作品への思い入れの強さが想像できよう。

さて、「Pour Saco et Bébé」である。第二回すばる文学賞が発表された七八年「すばる」十二月号に載った「受賞のことば」でも、森は〈最後に、一番大切に思っている女友達の、波嵯栄総子さんとベベに、心から感謝します。ありがとう。〉と書いていて、「情事」誕生にあたってこの二人の友人の存在がいかに大きかったかがわかる。森が焦燥と葛藤に苦しんだ孤独の時代、傍にいた同世代の友人たちであった。

森から「サコ」と呼ばれた波嵯栄ジュフロワ総子は、現在、フランスに暮らしている。パリの自宅で会った総子は、紺のジャケットにジーンズ、おおぶりのブルーのイヤリングがショートボブの白髪に映える、いかにもファッションの国の水に磨かれた女性であった。白くペイントされたアパルトマンはシンプルな造りで、廊下一面の書棚はおびただしい書物で埋まっていた。ここに置いているのは一部で、ノルマンディーの別宅にはさらに多くの本があるという。半分は総子の本で、半分は二年前に亡くなった二人目の結婚相手、詩人のアラン・ジュフロワの蔵書である。

総子が二人の娘を連れて渡仏し、アランとパリで暮らし始めたのは八五年。後にデザイン会社を立ち上げることになるのだが、八七年には、フランスの大手出版社スイユ社が「新しい日本を紹介する」というコンセプトで立ち上げた「日本現代文学叢書」の監修を任されている。彼女がフランスに紹介したのは大庭みな子や河野多恵子、古井由吉、水村美苗、村上春樹らで、文学への造詣は深い。

総子は、アルバムを横に置いていた。

「私たちが一緒に過ごしたほとんどの時間は、軽井沢と六本木と三崎の諸磯でした。私の知ってる雅代さんというのは家庭的で、一所懸命アイヴァンに尽くし、子どもの面倒をみていた雅代さんです。決して美人ではなかったけれど、人のことを気にかける温かく優しく寛大な人。およそ意地悪なところのない人でした」

森より二つ下の四二年生まれの総子は、上智大学仏語科在学中に東京オリンピックで通訳を務め、六五年サンケイスカラシップの難関を突破してフランスへ一年留学。最初の結婚をしたのは、帰国後に大学を卒業した翌年、相手は学習院大学で哲学と語学を教えるイギリス人、ボブ・ハサウェイである。ボブは鈴鹿や富士のサーキットでフォーミュラ1を走る公認カーレーサーでもあり、クラシックカーのコレクター、ことにブガッティのオーナーとしても知られた。自分の名前に漢字を当てて波嵯栄菩斌と名乗って流暢な日本語を話すために、当時、流行った「へんな外人」の一人で、森の三女ナオミは「グレートギャツビーのようだった」と振り返る。

七〇年代初頭の夏の軽井沢で、総子はマサヨ・ブラッキンと邂逅する。波嵯栄夫妻のテニス仲間だったカナダ人夫妻が三崎の諸磯でブラッキン夫妻と親しく、「奥さんが日本人だから」と紹介してくれたのである。総子の長女と森の次女のマリアが同い年で、夫たちは互いにイギリス人、総子たちは諸磯にも別荘を持っていたから、二組の夫婦はたちまちのうちに親しくなっていく。

「情事」の献辞がフランス語で書かれたことからもわかるように、ミセス・ブラッキンは、この知的で、自我のくっきりした友人に多大な影響を受ける。くしくも、ヘザーとマリアが同じ言葉でそれを指摘した。

「美人で、ファッションセンスもスタイルもよく、ショートパンツをはいて、髪にはバンダナ、ブルーのシトロエンを運転していた。あんなカッコいいお母さんだったらいいなと、子ども心に憧れました。母も密かにサコさんに憧れ、真似ていました。煙草の吸い方、しゃべり方、ご飯の食べ方、車の乗り方まで全部」

森が、「情事」の主人公、ヨーコの服の着こなしやイメージは「サコからとった」と、総子に話したこともあった。

「彼女が解釈する私なんでしょうけど、そう言われて読み返してみましたが、全然そうは思いませんでした」

しかし、森の友人には、総子がいたから彼女は小説を書けた、と言う人さえいる。影響を受けたのは、森だけではなかった。田園調布の豪邸に住み、夏は軽井沢の別荘で、寒いシーズンは三崎の別荘で過ごし、名車を何台も所有してヨットやテニス、スキーを楽しみ、しばしば家でパーティーを開いて洒落た手作りの料理で友人たちをもてなす。そんな波嵯栄家の豊かで文化的な暮らしぶりは、経済的にゆとりがなかった時代のブラッキン夫妻にとって、「こうありたい」ひとつの指標となったに違いない。

「あの頃、うちの夫はよくアイヴァンをヨットに誘ってました。雅代さんたちがギリギリで生活しているなというのは感じましたけれど、そんなことを気にやんでいるとは思えなかった。私たちはよくセールに一緒に行って、洋服のことではずいぶんキャーキャー言い合いましたよ。アイヴァンは実直で器用な人だったから、諸磯の家も手作りで内装を工夫したり、暖炉を作ったり、増築したりして、いいなぁと思って見てました。子どもたちもそういうお父さんと一緒にいることは楽しそうだったし、雅代さんは料理がうまくって。だいたいが外国人なんだけれども、周囲に別荘を持っている人が持ち寄りで集まる時、雅代さんはパッパと手際よくパスタを作ってた。だから私の彼女のイメージは家庭的で、慈愛に満ちたお母さん。私のほうがよほど家庭を放ったらかしで、今でも娘たちに恨まれているくらいです」

友人の目に映るブラッキン夫妻の仲は、睦まじいものであった。ただ夫が日本語に堪能だった波嵯栄家では日本語が使われていたのに対して、アイヴァンは日本語を話そうとはしなかった。そのため森はいつも「もっと英語ができるようになりたい」と、夫と意思の疎通がとれないことには悩んでいた。

「彼女は日常的にはナチュラルに英語を使えたけれど、微妙なところではかなり苦労していた、という印象です。やっぱり言葉というのはコミュニケーションの一番大事なとこですからね」

森は最後の連載エッセイ「マイ・ファミリー」で、「手放しで号泣した」二度の体験を綴っている。どちらも夫にまつわるエピソードで、二度目は「この五十年間、ただの一度も男にめんどうをみてもらったことがない」と思った時。そして一度目が、「一生夫に自分の本を読んでもらえないのだ」と思った時だった。

――二十二年間日本語を覚えようとしないイギリス男の頑固さもさることながら、私の英語力もなぜか年々後退する一方。言葉の共通の困難が、私の内側におびただしい言葉を溜めたんで、それが小説という形をとったのだと、今では思っている。(「朝日新聞広告特集」八七年三月二十八日号)

もうひとつ、森が折に触れて総子に訴えたことがある。それは、夫の保守性であった。階級社会のイギリスに育ったアイヴァンは、小市民的な偏狭で保守的なモラルを身につけて、「男の沽券」にこだわり、「女性の自由」を許さず、妻を苦しめた。

「一方で上流階級への憧れもあるせいか、あるいは単に保守的だったからか、アイヴァンはマナーには非常に厳しかったですよね。あの家の子どもたちを見ていると、彼の教育のおかげなのでしょう、日本人にはない基本的なマナーが身についていて、感心します。本当に雅代さんの三人の娘さんたちは素晴らしい女性に成長していますよ。

私は大きくなってからはとくに長女のヘザーと会う機会が多く、彼女は社会的な意識も高く、政治的なこともディスカスできるので話していても面白いんですね。大きくなった彼女を見てるとちょっと感動しちゃう。あなたをいつもイライラさせていたヘザーはこんな素敵な女性になったわよ！　と心の中で雅代さんに語っています」

この頃、森は総子に「こうしたいという欲望が強いと、絶対実現できるのよ」「私はスノビズムをよいことだと思っているの。人が自分に欠けているものを埋めたいと思うのは当然。それは向上心であって、ただの虚栄心ではないから」と話している。だが、総子は、彼女が日常に倦んでいるとも主婦の生活に苦しんでいるとも感じたことはない。むしろ、結婚生活に充足しているようにも見えた。総子も森も共に三十代、女の自我の確立と自立が叫ばれていた七〇年代という時代にいた。

「私は雅代さんが小説を書いた時、正直言って驚いたんですよ。雅代さんと私って、いわゆる青春時代、人間形成を行う段階で友だちになったのではないので、本当の内面、苦悩とか理想とかを話し合う関係じゃなかった。でも、あの時代ですからエリカ・ジョングの話などはしました。あの頃の女の人には、それぞれ描く理想に近づきたい、女性として生きたい、自己実現したいという焦りがあった。今振り返ると、あの時の雅代さんも本当は飛びたいけれど飛べない鳥で、飛ぶためには自分に何ができるか、試行錯誤の時代だったんでしょう」

総子と森の周囲には、外国生活を経験した自由奔放な女たちが自然と集まっていた。

「ホームパーティーをしたり、ディスコに行ったり、夫婦で夜の時間を楽しむという機会は、一般の日本人家庭よりも多かったでしょう。私たちのグループでは、どこを受験させようかとか、子どもの話なんかしたことないですよ。みんな自分のことに夢中で、雅代さん以外はなんだかんだみんな離婚してしまったみたい。当時は、夫婦の関係が悪いのに結婚生活を続けるのはかえって子どものためにならないという考えだったし。今のうちの子どもたちを見ていると、とても子どもを慈しんで家庭を大事にしている。きっと、親の反動ですね」

娘の目には、グループについていくのがやっとと映っていた森にとって、仲間は刺激そのものであり、さまざまな意味でのモデルであった。憧れを重ねて、彼女は森瑤子になっていったのだ。

この時代の森を総子とはまた違った場所から見ていたのは、べべこと小野寺暁子である。森と同じ誕生日で、森より一年早い三九年に生まれた。森の小さかった娘たちは「ママの友だちで一番きれいなのはサコさん。一番お化粧が上手なのがベベ」と言ったというが、今もほっそりとした華やかな美人である。

暁子が森と出会ったのは、六二年の春だった。女子美術大学短期大学部服飾科を出て研究室に一年いた後、デパートでスタイル画を教え始める時期に画家の佐々木豊に誘われ、風月堂にたむろするヴィレジャンなるグループに仲間入りしたのだ。森が、グループの中心にいたムッシュウこと北上壮一郎に夢中だった頃である。ベベという呼び名は、佐々木が「ベイビィ」をもじってつけた。

「大柄で派手さは全然なくて大人に見えたけれど、マコは文章が書けて、パーティーの企画をして、みんなが相談に行くところ、私たちはお母さん的存在だと感じてました。私はマコがムッシュウに夢中だってことも知らなかったの。私たちはムッシュウに『嫉妬心とはすごく次元の低い感情だよ』という風に教育されたんです。あとになってマコは『私たちは白いキャンバスだったのよ』と言っていましたが、彼女は最後までムッシュウを卒業できなかった。森瑤子はヴィレジャンの価値観を大事にし続けたと思うわ」

――（略）私が十九のときに知り合った男の人で、その当時三十、まあ大人の男だったわけです。彼がたぶん私の男の原形で、〝自分に楽しみを与えない快楽〟ということを、身をもって教えてくれた人だと思うんですね。（小島信夫との対談「人生・家族・文学」／「潮」潮出版社／九一年一月号）

当時、それほど親しいわけではなかったのに、暁子が早稲田出身の仲間と結婚すると報告した時、森は実に素直な反応を見せた。「私のことを、みんな好きだと言うけれど、結婚しようと言ってくれる人は誰もいないのよ」。そう言ってひどく悲しそうな顔をしたのである。

「何言ってるの？　と、意外でした。私は七人姉妹の二番目で、家には居場所がなくて、結婚したほうが精神的に安心すると思ったから結婚を選んだのに。マコがあんなに自信のない人とは思わなかった」

森より二年早く結婚した暁子は、二人の娘を産み、子育てに追われ、しばし仲間とも疎遠になるが、一度だけお腹の大きかった森と会っている。森の横には、はじめて会うアイヴァンがいた。

「みんなで、喫茶店で会ってたんです。その時、アイヴァンが他の女の子と夢中で話しているのを見て、マコが怒っちゃって、『私、帰る』と出て行ったの。慌ててマコを追っかけて行くアイヴァンを見て、私は、ああ、素敵な人だなと思いました」

――やはりその昔、今とは違って私はたいへんに嫉妬深い女であった。自分の夫が誰か女と話をするくらいでもムカムカするのに、笑いかけたり、さも楽しそうに相手の肩に手をかけたりすると、頭にカッと血が昇ってしまう。そこでつかつかと二人に近づくかというとそうではなく、その場から私自身が衝動的に消えてしまうのである。（中略）

初めのうちは夫は驚いて、「どうしたの、どうしたの」と追いかけて来たものだが、それは三回まで。（「別冊文藝春秋」文藝春秋／八六年秋号）

六七年の秋に生まれたヘザーがヨチヨチ歩きをするようになると、森は娘を連れて東中野の暁子の家に遊びに来るようになった。二人の間に友情と呼べるものが生まれるのはその頃からで、七〇年代半ば、ブラッキン夫妻がダーツの輸入販売の仕事を始めると、暁子は手伝いを買って出る。「サルトルとボーヴォワールのように」暮らしてきた八つ年上の夫との結婚生活が暗礁に乗り上げ、娘たちの手が離れた時期で、暁子自身が新しい世界を見たいと望んだのだ。

「ちょくちょく会うようになってわかったのは、彼女たちが住んでいるのは日本の外国だということ。ホームパーティーとか、マコは一所懸命イギリス人のアイヴァンに合わせていてえらいなぁと思ったけれど、それは日本の生活から離れているということでしょ。しかも彼女ってお愛想がない人だから、ダーツを日本に広めるのは難しい。私が役に立つかもしれないと思ったの。その頃、私は洋服の仕立てをしてたんだけど、なんとか自由になって自立したいと考えていたんです。だから下心もあって、『今なら手伝えるわ。ただし一年よ』と期限を決めて、六本木のブラッキン家に通いだしたの」

ダーツを普及させるために夫妻は「日本ダーツ連盟」を設立。アイヴァンは『英国流ダーツの本』を書き、森と暁子は会報を作り、新聞社や電通などの企業を回ってメンバーを集めてチームを結成し、日本ダーツリーグを立ち上げる。その間、森は宣伝のために取材を受け、ワイドショーにも出演した。

「リーグ立ち上げまでに一年くらいかかったでしょうか。私たちが作った資料を見て、電通の人たちが、『二人で五千万円くらいの仕事をした』とほめてくれました。でも、それもアイヴァンがいるからできたこと。彼は私たちの大看板でした。アイヴァンは誇り高くて、精神的にお行儀がよくて、優しいし、器用だし、髪は薄くなっていたけどハンサム。私にはアイヴァンは理想的な夫だったから、マコがわがままに見えましたよね。森瑤子になってからは、そんなに彼を疎んじるのなら別れちゃえばいいのに、そのほうが彼も幸せじゃないかと思ってました。二人を見てきた私は、有名になってアイヴァンを苦しめたのはあなたでしょうと言えますね」

七六年の夏、ブラッキン家が軽井沢に別荘を借りると、暁子と森は一週間交代で軽井沢に出向き二人の子どもたち、つまり五人の娘たちの世話をした。

「私が軽井沢ママをやる時は、部屋がきれいになって、子どもたちは爪も切ってもらえるの。マコは布巾もソックスもみんな一緒に洗濯機にいれてしまうタイプだけれど、私はそれができないし、布巾は真っ白でなきゃ嫌なタイプ。私は時間がなくて本を読むことすらできなかったのに、マコはアガサ・クリスティの『カーテン』に夢中になっていました。でも、外見に反して内面は私のほうが男で、マコのほうが女、可愛い女の子なんですね。だから、こっちは守ってあげたいという気持ちになってしまう」

暁子には、森の焦りも閉塞感も痛いほど伝わっていた。

「彼女は、それを人一倍感じていたと思う。これでいいのかしら、私はこれで幸せなのかって、そのことが彼女を悩ませていて、自分に自信がないから守りに入ってマイナス思考になっていました。私はなぜそんなに焦らないといけないのと思っていたんだけれど、何かしたいのよね。で、彼女のしたいことは書くことだった。よく、『へたくそな文章を書いてるのが、売れているのよ』『本当にね』なんて会話を交わしましたもの」

「書きたい」と言い出せない森に、「書け」と勧めたのは、この友人である。事務所には互いに連絡メモを残しており、暁子は森のメモがとても捨てられないでいた。

「マコの言葉が胸を打つの。電話で話している時には感じなかったのに、書いているものはすごいと思った。それで、『あなた、絶対、文章を書かなきゃダメよ』と言ったの。『小説書かなきゃもったいない』と、よく言いました」

当時は二人ともお金がなく、しばしば助け合った。ある時、森から「べべ、今、三百六十円しかなかったのに買物したの」と電話が入り、「何、買ったの？」と訊ねると、「何買ったと思う？　原稿用紙」と返事。それからしばらくして、森の興奮した声が電話口から聞こえた。「べべ、私、恋したの！　あなたが言っているように、小説、書けるかも」。

「私はマコが恋したことがものすごく嬉しかった。あの頃の日本の状況を考えたら、三人も子どものいる主婦が恋をするってとんでもないことでした。でも、私たちの仲間はそういう土俵で考えていません。常識を超えた世界を目指していたのが私たちのグループだったの」

フランス実存主義とヌーヴェルヴァーグの影響を強く受けた世代、ことにそれを手本としたヴィレジャンの仲間にとって、規範や常識に縛られることは恥ずべきこと、いかに自らの欲望に忠実に生きるかが人生の命題であった。そのため、暁子と森の間では「言葉にしていいのか」と思える子どもの悩みも語り合った。暁子と森にはそれぞれ「生理的に合わない娘」がいたのだ。

「お互いが見たら、それぞれ、その子とそっくりなのよね。なのに『なんで合わないのかしら』『大人がこんなことを話していいのかしら』と二人で頭を抱えてたの。今となれば私はその娘のほうが断然合うから、そういう時期だったんですね。マコも生きてたら、きっと私と同じだったと思う。日本人って規範が強いから感情をストレートに出すことがなくて、みんな、賢いお母さんをやっている。ことにあの時代、そんなことはなかなか口にはできませんでした」

「母と娘の関係」は森作品の大きなテーマとなるが、ここでは暁子が見た森の恋に話を戻そう。

「あの怖がりの人が離婚なんて考えるわけがないし、燃える気持ちが生まれることでまた違った彼女ができて書ける、才能を形にしてほしいと喜びました。もちろん応援もしたし、手紙の仲介もした。でも、アイヴァンを傷つけないように守らなきゃいけないから、ものすごく頭を使ってバレないようにね」

自身も東大生と恋に落ちて、夫を含めて『招かれた女』のサルトルとボーヴォワールとグザヴィエルのような関係を作っていた暁子は、森が恋の相手とどこでどのようにして知り合ったのか、彼が何者なのかは、あえて聞かないでいた。ただ彼がカナダ人であったことと、デニスという名前は今も記憶に留めている。

「多分、ダーツの関係で知り合ったんじゃないでしょうか。それ以外に知り合う場所はなかったから。一度だけ、『会わすわ』と言われて会いました。全然イメージと違った。こんな首の太い男の人って私は嫌っと思ったけれど、もちろん、そんなことは言いません。こればっかりは彼女の恋で、彼女の空想の世界の理想だから」

——彼女がRを選んだのだ。たくさんの男たちの中から、他の誰でもなく、ほとんど見知らぬRに狙いを定めたのだ。（中略）

Rを選んだのは、彼が性格俳優のような、痛い顔をもつ美貌の男だったからだ。彼はまさに、彼女がこれから書き出そうとしている空想の物語《フィクション》にぴったりの容姿をしていた。（中略）

彼女は最初からRなど愛してはいないのだ。彼女が愛したのは、自分のイマージュが創り出したR'の方だった。（「死者の声」）

総子は、森の恋も、ブラッキン夫妻がダーツで起業したことも知らない。彼女が覚えているのは、「情事」誕生の瞬間である。それは、七七年夏の軽井沢。エルビス・

プレスリーが死んだその夏、総子は二人目の娘を出産したばかり。ブラッキン家は、イギリスで過ごすカナダ人夫妻の別荘を借りていたのに、森はその間の一カ月ほどほとんど外に出てこなかった。

「三人の子どもたちが放っておかれて薄汚れていたので、どうしちゃったんだろうと思って、うちでお食事を用意しました。子どもたちが『ものを書いている』と言っていた気もするけれど、私は雅代さんが何をしているか、さっぱりわからなかった。とにかく彼女が何か大事なことをしてるんだと思ってそっとして、家に訪ねて行くこともしませんでした」

そんなある日、森は突然、総子の前に現れて、「これ、書いたんだけど、読んでくれない？」と原稿用紙の束を見せたのである。

「読んで、びっくりしました。ひたすら必死になって書いて出来上がった作品という感じがして、ああ、こんな素晴らしい才能があったのか、って。ここまで筆の力を使って女性性を表現できるというのは嬉しい驚きで、雅代さん発見につながったんですね。主人公のヨーコが丸ごと彼女とは思わず、彼女の周囲の人物からインスパイアされてまとめて一人の人物を作ったのだろうと思い、その構築力にも脱帽しました」

——書きながら初めて、私はこれをするために生まれてきたんだって、そう思いました。あの時は、感動的でした。（『森瑤子自選集』月報①／九三年五月）

一読してその作品に感心した総子は、その頃熱心に読んでいた作家の名前を挙げて、「これ、瀬戸内晴美に送りなさいよ。気にいってもらえること請けあうわよ」と勧めた。森は一旦はその気になったものの、亀海の助言で翌年三月、「すばる文学賞」へ応募する。原稿が手許にあった九カ月間、百回は読み直したと、作家は単行本になった『情事』の後書きに記す。その間、総子も一緒になって原稿を読んだ。

「何回も読み直して、一緒に校正しましたね。楽しかった」

総子のアルバムには、夕陽に染まった荒々しくも美しい諸磯の海の写真があった。「情事」の象徴的な場面、ヨーコが失われていく若さを痛感したあの海である。

東中野にいた暁子のもとにも森から原稿のコピーが届いている。

「すっごく嬉しかったわ。読んで、いいわと思った。ただ私は、ヨーコに夫から独立して個人であるべきだという気持ちが足りないと思ったから、そのことは言いました。恋はするものじゃなくて落っこちてくるものだ、ってこともね。あの時はマコが何日も徹夜して書き直したものを、私も徹夜して何回も何回も読みました」

もう一人、「情事」の原稿を読んだ女友だちがいる。諸磯のブラッキン家の隣人であった片山淑子である。淑子は森より八つ年下で、十歳からヨーロッパで育った帰国子女。総子らのグループの一人で、亡くなるまで森のよき遊び仲間であった。作家は日本語がうまくないこの友人を、しばしば小説やエッセイのネタにしたものだ。諸磯では家族ぐるみの付き合いで、ある時、パタリと午前中に姿を現すことがなくなった森に淑子が「どうしたの？」と訊ねると、「書いてるの」と返ってきた。彼女も森の娘たちにランチを食べさせ、面倒をみた。

「原稿を読ませてもらって、素敵で、びっくりしました。私の好きだったサガンの小説に雰囲気が似ていて、読んでいて心地よかった。肝っ玉母さんみたいな雅代さんに、なんでこんなことが書けるのかと思ったものです」

七八年十一月、「情事」は、第二回すばる文学賞を受賞し、伊藤雅代は森瑤子になった。なぜ書いたのか、単行本の後書きに記す。

――私は、私の中から、私自身を追い出してしまいたかった。別の言葉で、格好よく言えば、自己の自己からの解放である。自分を追い出してしまってどうするつもりだったのか、あまりよくわからない。(『情事』集英社刊／七八年)

自分の中から自分を追い出した森の人生は、新しい名前を手に入れて望む方向に向かう。

翌七九年の夏、総子は軽井沢でホームパーティーを開き、朝吹登水子や海老坂武、奥野健男、北杜夫、中村真一郎ら、懇意にしている文学者たちを作家になった友人に紹介する。みな、森と親しくなっていくのだが、ことに中村は森の作品と人柄を愛し、幾度となく対談の相手をし、追悼文も書いている。森は、総子によって文壇デビューと同時に理解者を得たのであった。

そんな二人の友情に陰りが差すのは八〇年の秋、森の三冊目の作品「嫉妬」を巡ってのことである。総子の書棚にあった『嫉妬』の初版本の扉には、〈扉にも後記にも書けなかったけどこの本はサコのために、サコについて、あるいはサコのことを、私の感性を通して、書きました〉と森の直筆であった。総子は笑う。

「このメッセージはどういうことなのかなと不思議に思いましたよ。その頃、私は私なりに必死に人生の意味を探り、自分の生き方に疑問を感じていましたから、それがこの『嫉妬』の次元で受け止められている、と考えると正直言ってあまりよい気持ちはしませんでした」

諸磯で高波にさらわれた婚約者同士がいたことにインスピレーションを得て書いたというこの作品は、夫婦の崩壊と母と娘の軋みが描かれ、物語の要所要所で、主人公が読むマリ・カルディナルの『血と言葉』の原文とその訳が使われる。森が最も影響を受けた愛読書として挙げ、『叫ぶ私』でも言及している一冊。精神分析を受けて自己解放していく女性の物語は、七五年にフランスで出版されるやベストセラーとなり、世界各国で翻訳されるが、この時、日本語訳は出ていない。森はなぜ知ったのか。フランスの友人から送られてきた本に感銘を受け、自ら翻訳にかかっていた総子に教えられたのである。

「私自身、父親と確執があったので、母を愛せずにきた娘が母のお墓を訪れて、母に愛していると伝える最後の場面にすっかり感動して、自分で翻訳しようと思ったんです。出版は叶いませんでしたが、八〇年にはほぼ翻訳し終えていて、内面に抱える苦悩、心の問題が身体的な症状を持って表出してくるというテーマは、作家になった彼女の滋養になるのではという思いがあって話したのでしょう。しかし、彼女がこんな風に作品に引用を試みるなんて考えもしませんでした」

総子は、森が娘と合わないことに悩んでいるのは知っていたものの、母との葛藤を抱えているとは聞いたこともなかった。

「彼女は男も女も外見的に美しい人が好きでした。異常なほど美形にセンシティブだったと同時に、生理的な嫌悪感が強かった人なのね。この生理的嫌悪感が、雅代さんはすごかった。これを抜きにして、彼女の存在も、彼女の作品も語れないと思います。『夜ごとの揺り籠、舟、あるいは戦場』は好きな作品で評価しますが、一連の作品で書いた、母が愛してくれなかったから自分は娘を愛せないという彼女の主張は、私にはかなり強引で単純なこじつけに思えるのだけど。むしろ肉体が許容できずに反応する、その時に起こる心理的欲動こそが、彼女の存在の中心軸にあるのだろうと思います」

総子が看破する森の生理的な嫌悪感とは、恐らく彼女が幼い頃から抱き続けてきたコンプレックスと表裏一体をなすものだ。

そして二人が疎遠になるのは、総子の「嫉妬」に対する批判が森を衝いたためだ。

「私は歯に衣を着せない人間なので思った通り、結構、手厳しいことを言ったんです。周囲の人を観察し、いろんな人から情報を得て、そこから自分なりの思索を深めて一一人の人物像を作り上げていくのはいいと思う。でも、あなたの場合は自分のところに取り込んだ情報を十倍に薄めて十個のストーリーに仕上げている感じ。それはそれであっぱれな才能とは思うけど、犬も食わぬ夫婦喧嘩ばかりでなく、自分の、女性の奥底を見つめて、そこにもう少し社会性を取り入れるなりして次元に幅を持たせるといい、なんてずいぶん生意気なことを言ったりしました。きっと雅代さんは私のことを煩い人だと思ったでしょう」

その後も二人は軽井沢や諸磯で会い続けたが、以前のような親密さは薄れてしまう。それでも、総子が文化参事官として来日していたアラン・ジュフロワと出会って渡仏を決断した時には、森は総子に紹介された文学者たちを招き、送別会を開いてくれた。

フランスに渡ってからも、森から届く新刊の扉には、〈みんなで、あなたがハッピーなことを喜んでいます〉と直筆でメッセージが綴られていた。

「有名になってからも雅代さんの芯にある人間的なよさは何も変わらなかった。私は、その頃の彼女の悩みも夫婦の葛藤も知らずにいました。私自身が自分のことばかり考えているエゴイストだったから、人のことにあまり気を配らなかったのでしょう」

無一文でフランスに渡った総子は二人の娘を抱え、詩人との生活を支えるためにデザインの仕事に就いた後、自身の会社を立ち上げる。懸命に生きる日々の中で、日本にいる人気作家との縁も少しずつ薄れていった。

「あの頃の私たちは、背中合わせの関係だったんですね。互いの温もりを楽しみつつ、正反対のものを希求し、正反対の願望を培いながら同じような激しいエネルギーでもがいていた。彼女は華やかさを求め、私は華やかさから逃れよう、とね。もし彼女が当時の私のライフスタイルに触発されたとしても、私はまさにその時にそのライフスタイルから逃げ出そうと必死だった。そういう皮肉な側面を持った一抹の苦味と悲しみをたたえた友情です。今、彼女がいてくれたなら、お互いが見つけ出そうともがいていた理想を語り合えたのに……」

親友が作家になった年に離婚した暁子は、森の応援もあって美容研究家としてスタート、講演会や執筆に忙しかった。そんな中でも、森と恋人との手紙の仲介役は続けていた。森の恋は「情事」から五年以上は続いたろうか。

「手紙が来ると、彼女はうちに飛んできて嬉しそうにしていたから、ああまだ続いているんだと思ってました。思春期の娘たちに、私、『ママ、ひどい。アイヴァンが可哀想じゃない』と責められたわ。娘たちは、よく遊んでくれたアイヴァンが大好きだったから。私は『大人になればわかるわよ。ママにはアイヴァンもマコも大事なの』と答えたの」

淑子もパラオに遊びに行く時に、森からそこに暮らす男に手紙を託されたことがある。作家が、淑子がよく着ていたソニアリキエルを身につけるようになった頃だ。

「ブルーアイのすごくきれいな男でした。英語圏の人だったことしか覚えていませんが」

このパラオの男が、「情事」のレインのモデルとなった男、デニスなのだろうか。「彼」は、森の小説にもエッセイにも幾度となく登場する。八五年に上梓された森の自伝的要素が強いシナ・シリーズの「家族の肖像」にも登場しており、作家自身の作品解説がある。

——で、この頃から既成事実に題材を求めるというより、題材のために事実を作っていくというように逆転していきました。人間関係や出会いを小説のために歪めてしまうという不幸な時代に入り始めたんです。(「月刊カドカワ」角川書店/九一年六月号)

この言葉からもわかるように、森は過剰に内面を吐露してみせる傾向が強い。彼女の三十八歳からの人生は物語を紡ぐことがすべてに最優先された。そのために社交があり、生活さえあって、作家は生身をさらしながら夫や家族を傷つけることも厭わず、書き続ける。そうして更年期障害という言葉すら流通していなかった時代に母娘の葛藤、主婦の自立、セクシュアリティ、経済力と贅沢といった「女のテーマ」を誰よりも早く日本で小説にしていったのである。

——ある時から——正確には私が小説を書き始めてから、四つに組みあうようなフェアな喧嘩など存在しなくなった。私は常に観察者であり、けしかけ役であった。四つに組みはしたが、それはあくまでも演技であった。

するると夫は敏感にもそのことを察して、いっそう苛立ちをつのらせ、陰険に怒り狂った。夫が喚いたり叫んだりする言葉は、何カ月かすると私の小説の中に登場した。

(『ファミリー・レポート』新潮社刊／八八年)


——(略)ものを書くために、あえて自分をそういう状況(筆者注・恋愛)に追い込んでいくという感じで、相手なんかどうでもいいみたいな——。生理的に好ましかったら誰でもいいんですよ、ある意味で。(「人生・家族・文学」)


森は書きたかったのだ。

暁子は、時々しか会えなくなった人気作家が身を削って書く姿を見ていた。

「ものすごく真面目だから、いつも情報を集めて、メモをとっていました。書くためにいろんな人に会わなきゃならない。その頃には森瑤子になってるからみんなにチヤホヤされていたけれど、彼女は疲れていたわ。悩みはいつも人間関係のトラブルで、『胃が痛い』とよく言っていた。ある時から、私は二人きりでしか会わないようにしたのね。カンヅメになったホテルにアロマオイルを持って行ったり、喫茶店で会ったり。そんな時は昔どおりのマコでした。でも、『これからパーティーなのよ』と言いながら、喫茶店でガサガサと慌ただしくマニキュアを塗ってる姿を見て、悲しかった。彼女は書けていること、森瑤子になれたことは喜んでいたけれど、それで満たされたわけじゃない。何が満たされなかったのかしら。男の人の愛情なんだろうということは漠然とわかりましたけれど」

晩年まで森の近くにいたのが淑子である。彼女は森が亡くなる年の二月に、誕生日を下町の河豚屋で祝ってもらっていた。

「彼女は一口も食べられなかったのに、そのあと代官山のバーで深夜まで飲みました。本当に楽しく、優しい人でした。彼女は幸せだったと思いますよ。だって、羽ばたいて、あんなに輝いていたんですもの」

森の最後のインタビューが録音された十七分間のテープがある。九三年五月十五日に、女性誌に掲載するための「森瑤子自選集」の著者インタビューとして録られたもので、自選集の編集者であった新福正武がファクスで送った質問に、聖ヶ丘病院のベッドにいた森が答えた。テープから流れてきた森の声は、病床にいるとは思えないくらいしっかりとして、柔らかく優しい。話し方や声は、ヘザーにも、マリアにも、ナオミにもよく似ている。その一部の要約。

〈自分で振り返ってみて、つくづくとずいぶん多岐にわたってあちこちに手を出した作家だという感じがします。呆れると同時に我ながら感心しているんですけれども。「情事」は、私自身の女としての人生の途中で溜まって溜まって溜まり抜いたものが、喉のところからいきなり噴き出してきてしまったという感じで書いた小説です。後に私はそのことを「美しい嘔吐」「美しい吐瀉物」と呼びました。「情事」以降、『誘惑』『嫉妬』と続いて、現在まで何冊書いたでしょう。何十冊書いたかわかりませんが、「情事」以降の他の作品というのはすべて自然に噴き出したものではなく、自分の喉に指を突っ込んで無理矢理吐く、言ってしまえばそういう形で書き続けたものなんですね。

私がはじめて本を書いたのは三十五《ママ》歳です。それまで三十歳から三十五歳にかけて、「自分は何のために生まれてきたのか、これからどうするか」「子どもたちが巣立った後に自分はどう老いていくのか」と悩み、何かしたいんだけれど何をしていいのか、苦しみ抜きました。でも、焦ることはない。いきなり芽は出ないから、種を蒔いて、水をやって、やがて花が咲く。私は「情事」を書いた時、やっと芽が出たわけです。それまでにいっぱい本を読んだり、結婚して子どもを育てたり、いろんなことがあって、それが私の栄養やお水やなんかだったんですね。今、五十になり、自選集を出すことになって、なんとか花が咲いたかなと思います。そういう長い戦いが人生です。〉

森は、ホスピスに入ってからも三本の連載エッセイを書いた。六月上旬に容態が急変し、人工透析を受けた後は、はっきりと人生の終わりが近づいていた。しかし、モルヒネを打ちながら作家は書くことをやめようとはしない。「締切りがあるでしょ」と秘書の本田緑を傍らに座らせて、辻褄の合わなくなった内容を原稿用紙に口述筆記させる。その姿を見た看護師に「先生は本当に書くことが好きなんですね」と言われると、「ええ」とはにかむのであった。意識がなくなるまで、そうして森瑤子は書き続けた。

森瑤子　著作一覧

1978年

『情事』（集英社）

1980年

『誘惑』（集英社）

『嫉妬』（集英社）

1981年

『別れの予感』（PHP研究所）

『傷』（集英社）

1982年

『招かれなかった女たち』（集英社）

『愛にめぐりあう予感』（主婦と生活社）

『熱い風』（集英社）

1983年

『さよならに乾杯』（PHP研究所）

『風物語』（潮出版社）

『ジゴロ』（集英社）

『夜ごとの揺り籠、舟、あるいは戦場』（講談社）

『女ざかりの痛み』（主婦の友社）

『夜光虫』（集英社）

『ホロスコープ物語』（文藝春秋）

1984年

『女と男』（集英社）

『女ざかり』（角川書店）

『ミッドナイト・コール』（講談社）

1985年

『家族の肖像』（集英社）

『復讐のような愛がしてみたい』（ベストセラーズ）

『渚のホテルにて』（中央公論社）

『風の家』（文藝春秋）

『叫ぶ私』（主婦の友社）

『一種、ハッピーエンド』（角川書店）

『カフェ・オリエンタル』（講談社）

『結婚式』（新潮社）

1986年
『ジンは心を酔わせるの』（角川書店）
『男上手女上手』（角川書店）
『カナの結婚』（集英社）
『ベッドのおとぎばなし』（文藝春秋）
『イヤリング』（角川書店）
『六本木エレジー』（大和出版）
『もう一度、オクラホマミクサを踊ろう』
（亀海昌次との共著　主婦の友社）
『別れ上手』（ハーレクイン・エンタープライズ社）
『美女たちの神話』（講談社）
『プライベート・タイム』（角川書店）
『ホテル・ストーリー』（角川書店）

1987年
『男三昧・女三昧』（毎日新聞社）
『TOKYO愛情物語』（実業之日本社）
『秋の日のヴィオロンのため息の』
（主婦の友社）
『彼と彼女』（角川書店）
『スクランブル』
（橋本シャーン「イラスト」との共同　潮出版社）
『ホホホのほ』（山田邦子との共著　太田出版）
『熱情』（ケビン・リーガーとの共著　角川書店）
『誘われて』（毎日新聞社）
『風のように』（角川書店）
『クレオパトラの夢』（朝日新聞社）
『浅水湾《リパルスベイ》の月』（講談社）
『情事』マンガ（學藝書林）
『ベッドのおとぎばなし』マンガ（學藝書林）
『渚のホテルにて』マンガ（學藝書林）

1988年
『ハンサムガールズ』（集英社）
『ラヴ・ストーリー』
（アイヴァン L・ブラッキンとの共著　角川書店）
『カサノバのためいき』（朝日新聞社）
『恋の放浪者』（大和出版）
『ダブルコンチェルト』（集英社）
『望郷』（学習研究社）
『六本木サイド・バイ・サイド』
（亀海昌次との共著　主婦の友社）
『アイランド』（角川書店）

『刻は過ぎて』（角川書店）
『ファミリー・レポート』（新潮社）

1989年
『ある日、ある午後』（角川書店）
『あなたに電話』（中央公論社）
『Ｔｈｅマインドジュエリー』
（稲越功一［写真］との共同　講談社）
『消えたミステリー』（集英社）
『ドラマティック・ノート』（角川書店）
『夜の長い叫び』（集英社）
『砂の家』（扶桑社）
『ベッドのおとぎばなし　Ｐａｒｔ２』（文藝春秋）
『十月のバラ』（角川書店）
『女が35歳で』
（倉橋由美子、山口洋子、村松友視、吉田知子、五木寛之との共著　マガジンハウス）

1990年
『ダイヤモンド・ストーリー』
（稲越功一［写真］との共同　ＴＢＳブリタニカ）
『少し酔って』（実業之日本社）
『わたしを止めて』訳（主婦の友社）
『午後の死』（角川書店）
『贅沢な恋愛』
（村上龍、林真理子、北方謙三、藤堂志津子、山川健一、村松友視、山田詠美との共著　角川書店）
『風を探して』（中央公論社）
『垂直の街』（集英社）
『夜のチョコレート』（角川書店）

1991年
『デザートはあなた』（朝日新聞社）
『マイコレクション』（角川書店）
『パーティーに招んで』（角川書店）
『おいしいパスタ』
（亀海昌次との共著　ＰＨＰ研究所）
『質問の本』訳（角川書店）
『質問の本　ラブ＆セックス編』訳（角川書店）

1992年
『悲劇の終り』訳（筑摩書房）
『非常識の美学』（マガジンハウス）
『東京発千夜一夜』（朝日新聞社）

『ママの恋人』（角川書店）
『四つの恋の物語』BOOK & VIDEO（プレジデント社）
『トゥインクル物語』（潮出版社）
『スカーレット』訳（新潮社）
『男語おんな語翻訳指南』（堀池秀人との共著　光文社）
『終りの美学』（角川書店）
『森瑤子自選集　第一巻』（集英社）

1993年

『人形』（原康子〔和紙人形〕、管洋志〔写真〕との共同　石英文庫）
『香水物語』（角川書店）
『マイ・ファミリー』（中央公論社）
『親しき仲にも冷却あり』（講談社）
『人生の贈り物』（学習研究社）
『恋愛論』（角川書店）
『森瑤子自選集　第二巻』（集英社）
『森瑤子自選集　第三巻』（集英社）
『森瑤子自選集　第四巻』（集英社）
『森瑤子自選集　第五巻』（集英社）
『森瑤子自選集　第六巻』（集英社）
『森瑤子自選集　第七巻』（集英社）

1994年

『あなたに逢いたい』対談集（集英社）
『森瑤子の料理手帖』（講談社）
『シナという名の女』（集英社）
『甲比丹』（講談社）
『森瑤子自選集　第八巻』（集英社）
『森瑤子自選集　第九巻』（集英社）

1995年

『風のエッセイ』（創樹社）

1996年

『森瑤子　愛の記憶』（大和書房）

※文庫化されたもの、没後に再刊、再編集されたものを除き、単著、共著、対談集、ムック、訳書、漫画化された作品を掲載しています。

文庫版あとがき

六年前のある夜、山田詠美さんと編集者の三人で飲んでいた。何がきっかけだったか、詠美さんが森瑤子の思い出話を始めた。本当に素敵な人だったんだよ。語るほどに酔いも手伝って、詠美さんの先輩作家への愛が破裂しそうになる。

「そんなに好きなら、森さんを書いたらいいじゃないですか」

そう言うと、詠美さんは即座に首を振った。

「私は小説しか書かないの。島﨑さんが書けばいいんだよ。森瑤子を書くのは島﨑さんの仕事だよ」

あの時、思い出したのだ。私は二度、森瑤子に会っていた。

一度目は、一九八五年の二月か三月の初旬。当時、大阪にいた私は大阪朝日新聞広告局の仕事で、春に公開するロバート・デ・ニーロ&メリル・ストリープ主演の映画「恋におちて」について森さんに話を聞くために上京したことがあった。その頃の森さんは女性誌のグラビアに登場するようになった時期で、この時のインタビューが載った紙面は評判がよく、社内的な賞をもらったとかで担当者がご馳走してくれた。

それなのに森瑤子が何を話したのか、まったく覚えていない。覚えているのは、待ち合わせの場所が前年にオープンした有楽町マリオン上階のフリースペースだったことだけだ。同階で「朝日カルチャーセンター」の仕事を終えたばかりの森瑤子は、挨拶のあとに、「ここでいいじゃない?」と言って、公園によくある座り心地の悪い白いペンキが塗られた腰掛けに座ってしまったのだ。そして小一時間話すとパッと席を立ち、消えるように去って行った。髪に巻いたターバンとニットのスーツが早春のような淡いブルーだった。

二度目は、会ったというより見たのである。八〇年代後半からのフェミニズムブームがまだ熱かった一九九〇年の大阪。都島区のホールで女性の生き方をめぐる講演会が小倉千加子、俵萠子、森瑤子という顔ぶれで開かれ、聴衆の一人として人気作家を眺めた。講演の名手として知られる二人が大阪弁で会場を沸かせたあとに三番手で登壇した森さんは、震えるような声で、「人前で話すのが苦手で不安だから石を握りしめているのです」と話し出し、手の中の黒いペーパーウエイトを見せた。話はそう面白いものではなかったと思う。しかし、講演会が終わったロビーで聴衆がどっと取り囲んだのは、つばの広い帽子をかぶり、ソニア リキエルの黒いパンツスーツを着た、真っ赤な唇の森瑤子だった。

主婦のカリスマが見せる贅沢できらびやかな世界は私には遠いものだったが、「情事」を書き、『叫ぶ私』を書いた女性には関心があった。森瑤子はバブルの時代を体現した作家であると同時に、ウーマンリブが先導したフェミニズムの時代、女の時代をまるごと生きた人でもあった。講演会で森さんの隣に座っていた心理学者の小倉さんは森瑤子が繰り返し書いた、子どもの頃に海岸で母に置き去りにされた記憶について、自著『醤油と薔薇の日々』の中で「母が怒っていると思った時に子どもが陥る当惑と孤独は、社会の承認が得られないことに対する恐怖が姿を変えて現れたもの」「この恐怖感が、繰り返し、母の後ろ姿という形をとって彼女を苦しめたのだ」と分析した。森さんはどこまでもこの恐怖感と闘いながら書き続けたのだ。多くの女性たちがシンクロして森瑤子ブームが起こったのは、ゴージャスライフへの憧れのせいばかりであるはずがない。秘書だったドーリーこと本田緑さんは「後ろ姿を見て抱きしめたくなった」と話したが、取材を重ねるうちに私も同じ気持ちになっていた。

準備期間はおいて、森さんの二十三回目の命日に訪れた与論島から始まり、二〇一八年の夏、ナオミさんと二日間を過ごしたヨーロッパで終わった取材だった。証言してくださった方々に、心よりお礼を申し上げたい。ことに長い電話に付き合ってくださったドーリーさん。また長女のヘザーさんには、アイヴァンさんら家族との仲介役もお願いし、さまざまな形で助けてもらった。書かれることの痛みを知っている彼女には何をどう書かれるのか不安もあったし、それが現実となった時もあった。それでもヘザーさんは、「しょうがないですね、母が書いちゃってるんですから」と言って耐えてくださった。そのヘザーさんと引き合わせてくれた橋本シャーンさんが、去年、逝去された。伊藤雅代時代からの森さんの友人であったC．W．ニコルさんも亡くなってしまわれた。お二人のご冥福をお祈り申し上げます。

文庫版には、敬愛する酒井順子さんがこの上なく素晴らしい解説を寄せてくださった。厚くお礼を申し上げます。きっかけをつくってくださった山田詠美さん、そして天国の森さんにも、心からの感謝を捧げたい。

幻冬舎の羽賀千恵さんには、「小説幻冬」の連載時から伴走してもらった。取材に同伴し、折々に助言と励ましをくれて、随分と支えられた。羽賀さんとの出会いがなければ、この本が世に出ることはなかったと思う。本当にありがとうございました。

森瑤子の時代から四半世紀が過ぎても、ジェンダー・ギャップ121位の国では規範が再生産され続け、作家が抱えた達成への罪悪感や生きづらさは女たちからなくならない。新しいフェミニズムの風がもっともっと強く吹いて、そんなものを蹴散らしてくれますように。

二〇二〇年六月　バブルから遠く離れた東京で

島﨑今日子

解説

酒井順子

一九九一年（平成三年）の十二月に刊行された雑誌「Olive」が、手元にあります。その表紙を飾っているのは、森瑤子と、マリア・ブラッキン。母の死後に『小さな貝殻』を書いた、森瑤子の次女です。

少女向けの雑誌であった「Olive」の表紙になぜ森瑤子が写っているのかというと、その号の特集が「ママに勝つ！」というものだったから。そこでは、「素敵なママと、同じブランドの服でおしゃれ競争！」ということで、何組かの「素敵な」母と娘がモデルとなっているのです。

この頃は、母親達の「素敵化」が始まった時代でした。母親としての顔しか持っていない「おふくろ」とか「母ちゃん」ではなく、一人の人間として人生を楽しんでいる母親の方が素敵とされる背景があったからこその、この特集だったのでしょう。

「ママは先輩。ママは友達。ママはライバル。とにかくママは強いけれど、いつかきっとママに勝つ！」

という特集のコピーも、当時のムードを表しています。かつての母親達のように、娘より「上」の存在として一方的に躾けたり人生を決めたりするのではなく、また今時の母親のように、娘と同じレベルに降りてきて仲良くしているのでもない。母は母で、娘は娘で「充実した人生」を求めてもがいているというライバル関係にあったのが、この時代の母娘でした。

そんなことを思うのは、私の母が森瑤子と同じ年に生まれているからです。我が母を含め、この時代の母親達は、自身ができなかった自己実現を娘に託したり、成功した娘に嫉妬したりと、複雑な感情を娘に抱きがちでした。我々世代から、母親との間に問題を抱える娘が目立つようになってきたのは、母達が「母」という孤島から出ようともがいていたことと無縁ではないでしょう。

そんな中で「ママに勝つ！」特集のトップを飾っている、森瑤子母娘。

「乗馬用パンツをしっかり着こなしてしまったふたり。本当に馬に乗れる人が着ると、洋服も生き生きしてくるんだ。」

と記されている通り、二人はベネトンの色違いのジョッパーズに合わせたカジュアルなコーディネートに身を包み、明るい笑顔を見せているのでした。

それは、日本橋髙島屋に「森瑤子コレクション」がオープンした年。カナダの島も与論島の別荘も既に手に入れていた森は、従来の女性作家とは違う華やかさをまとっていたものです。

しかしそれから約三十年がたった今、私は複雑な思いでこの写真を眺めています。『森瑤子の帽子』を読めば、この頃の森瑤子は仕事の面でも家族の面でも、重く複雑な事情を抱えていたことがわかります。のみならず、この写真が世に出てからわずか一年半後に、森は世を去ってしまうのですから。

「Olive」においても、「1年前、ママと大ゲンカして家をとび出し、そのまま自立してしまったというマリアさん」ということで、単なる仲良し母娘ではないことは示されています。しかし親との多少の葛藤はあろうと、有名な作家の母とイギリス人の父を持つ娘は、楽しく華やかな青春時代を送っているのだろうと、私を含め当時の読者達は思っていました。

対して、『森瑤子の帽子』を読んで自分の母のことが思い出されてならなかった今の私は、マリアさんに対してシンパシイのようなものを感じながら、昔の雑誌を眺めました。我が母は専業主婦ではあったものの、華やかなことが大好きで婚外恋愛も辞さない、けれど夫とは離婚せずに、外で遊ぶ時も家族の食事をきっちり用意していました。「家庭人であらねば」という意識と「家庭の外でも認められたい」という意識の間で、股裂き状態になっていたという意味では森瑤子と共通したものがあり、そんな母の娘であることはなかなか難儀だったから。

一九四〇年、すなわち昭和十五年に生まれた森瑤子は、小学校から戦後の民主主義教育で育った最初の世代です。敗戦後に認められるようになった男女共学そして男女平等を、彼女達は当たり前のものと捉えて育っていったことでしょう。

しかし彼女達の根っこは、戦前の感覚とも繋がっていました。彼女達の親は、男女の間に明確な区別やら差別やらが存在した時代に育った人達。学校教育は民主的であっても、家に帰れば戦前と同じ、という中で森瑤子達は育ったのです。

だからこそ彼女達は大人になってから、戦前世界と戦後世界の間で、股裂き状態となったのではないかと私は思います。森瑤子は小説家としてデビューした後、仕事で多忙を極めながらも夫に尽くし続けますが、それはイギリス流の「家族が第一」という姿勢の表れというよりは、日本風の「夫を立てる」という姿勢だったのではないか。

彼女達は、それまでの日本女性と比べると格段に自由に育った世代です。森にしても、高い教育を受け、「ジロー」や「風月堂」で遊び、自分が選んだ相手と結婚。戦争や親からの強制によって人生を曲げられることなく、自分で人生を選択することができたのです。

しかし、初めて「自由」をポンと与えられた女性達は、その取り扱い方にまだ慣れていなかったことでしょう。だからこそ、与えられた自由を生かすことができなかった女性もいれば、自身をすり減らすほどに過剰に活用する女性もいて、森瑤子は後者だったのではないか。

伊藤雅代からミセス・ブラッキンとなり、やがて森瑤子となる。それは全て彼女が選んだ道でしたが、自身の選択であったが故に、彼女は動き続けなくてはならなかったのだと、私は本書を読んで思ったことでした。

従来の日本女性が背負っていた不幸は、誰かのせいにすることができるものでした。貧困や飢えや戦争は、国のせい。好きな人と結婚できないのも進学できないのも親のせい、などと。それは「不幸」ではありましたが、「自分のせいではないのだから、しょうがない」と、諦めのつく状態でもありました。

しかし自分で選び取った生活においては、不幸を社会や他者のせいにしづらくなってきます。頑張れば道は拓けるとなれば、不幸の責任は自分にかかってきてしまう。

道を拓く能力を持っていた森瑤子は、だからこそ動き続けました。その時に不可欠だった武装が帽子であり、肩パッドの入った服であったことを、本書は明らかにしています。

まさに「時分の花」として咲き誇り、やがて散っていった森瑤子について、著者の島﨑今日子さんは様々な角度から光を当てて、その姿を立体的に描きだしました。家族、友人、仕事仲間といった人々のみならず、税理士にまで話を聞いているところに、私は筆者の執念のようなものを感じます。お金の問題を曖昧にしていないからこそ、森瑤子の個性は、鮮やかに今に蘇っているのです。

取材対象者はそれぞれ、森に対する思いを丁寧にそして正直に、語っています。彼女の魅力だけでなく、弱さや問題点までもが語られているのは、取材対象と島崎さんとの間に信頼関係が結ばれていたからに違いありません。森瑤子に対する筆者の愛が、それぞれの取材対象の口を、滑らかにさせたのだと思う。

必ずしも上手くいっていたわけではない、家族関係。仕事の面での、消耗。華やかな生活に見える一方での、経済的な困窮。……といった陰の部分も隠すところなく描きながらも、本書が浮かび上がらせた森瑤子は、やはり人を惹きつけてやまない女性でした。闇を背景としていたからこそ彼女の魅力は際立ったのであり、森瑤子はその闇をも自身で演出していたことを、この本は表したのです。

本書には、

「彼女は書きたかったのだ」

という文章が出てきます。家族、過去のボーイフレンド、友人、セレブライフ。森は多くのものを愛していましたが、最も愛していたのは詰まるところ「書く」ことだったと、島崎さんは看破しました。全ての存在を「書く」ことに奉仕させてしまうという背徳感と、森は一生戦い続けたことでしょう。森瑤子の帽子は、そんな後ろめたさを世間の視線から隠すためにかぶっていたもののような気も、するのでした。

——エッセイスト

この作品は二〇一九年二月小社より刊行されたものです。

森《もり》瑤《よう》子《こ》の帽子《ぼうし》

島﨑今日子《しまざききょうこ》

令和2年8月10日　初版発行

発行人――石原正康
編集人――高部真人
発行所――株式会社幻冬舎
〒151-0051東京都渋谷区千駄ヶ谷4-9-7
電話　03(5411)6222(営業)
　　　03(5411)6211(編集)
振替00120-8-767643
印刷・製本―中央精版印刷株式会社
装丁者――高橋雅之

検印廃止

幻冬舎文庫

ISBN978-4-344-43008-2　C0195　し-46-1

幻冬舎ホームページアドレス　https://www.gentosha.co.jp/
この本に関するご意見・ご感想をメールでお寄せいただく場合は、
comment@gentosha.co.jpまで。